LOUISA BURTON

Sündiger Mond

Buch

Weit abgeschieden von der Zivilisation steht in Frankreich ein Schloss, dessen geheimnisvolle Bewohner größten Wert auf Diskretion legen. Ebenso wie ihre Gäste, die dem dunkel lockenden Versprechen auf Erfüllung ihrer geheimsten Wünsche hierher gefolgt sind. Tatsächlich wartet im Château de la Grotte Cachée, in seinen Grotten und Gärten, eine magische Welt lustvoller Sinnlichkeit auf die Besucher – und das bereits seit Jahrhunderten. Denn die Bewohner des Schlosses sind nicht nur betörende Geschöpfe, sie sind auch unsterblich. Zu ihnen gehören ein in allen Künsten der Verführung perfekter Elf, eine Göttin der Liebe, ein lüsterner Satyr und ein Dschinn, der die unausgesprochenen Wünsche der Besucher erspüren und befriedigen kann.

Quer durch die Jahrhunderte suchen Gäste hier erotische Erfüllung. Die behütete reiche Erbin Emmeline ist von der Freizügigkeit, die sie an diesem Ort antrifft, zunächst schockiert. Doch ein verführerischer Fremder befreit sie schließlich aus ihrem goldenen Käfig, indem er ihr die Welt der Sinnlichkeit erschließt. Die verarmte junge Caroline lässt sich als Sklavin an den wohlhabenden Lord Rexton verkaufen, dem sie eine Woche zu Willen sein muss. Und eine andere junge Frau erkennt, dass sich ihr Schicksal in diesem Schloss erfüllen wird. Denn mit diesem Ort verbindet sie eine Leidenschaft, die verzehrend und verboten zugleich ist … Alle drei betreten ihnen bis dahin verborgene Bereiche der Lust – eine Lust, die zumindest für die Bewohner ewig währt …

Autorin

Louisa Burton, eine Kennerin viktorianischer erotischer Kunst, erfüllt mit ihren Romanen um die »Grotte Cachée«, die verborgene Grotte, die erotischen Sehnsüchte unzähliger Leser und Leserinnen. Nach »Das Schloss der geheimen Wünsche« folgt mit »Sündiger Mond« der zweite Roman aus dieser unwiderstehlichen Serie. Die Autorin lebt mit ihrem Mann und ihren beiden Töchtern in Rochester, New York. Mehr zur erotischen Welt von Louisa Burtons Romanen finden Sie unter:
www.louisaburton.com

Außerdem von Louisa Burton bei Goldmann lieferbar:

Das Schloss der geheimen Wünsche. Erotischer Roman (46510)

Louisa Burton

Sündiger Mond

Erotischer Roman

Aus dem Amerikanischen
von Theda Krohm-Linke

GOLDMANN

Die Originalausgabe erschien 2007
unter dem Titel »Bound in Moonlight«
bei Bantam, New York

MIX
Papier aus verantwortungsvollen Quellen
FSC® C014496
FSC
www.fsc.org

Verlagsgruppe Random House FSC-DEU-0100
Das FSC®-zertifizierte Papier *Holmen Book Cream* für dieses Buch
liefert Holmen Paper, Hallstavik, Schweden.

1. Auflage
Deutsche Erstveröffentlichung März 2011

This translation is published by arrangement
with The Bantam Dell Publishing Group,
a division of Random House, Inc.
Umschlaggestaltung: UNO Werbeagentur, München
Motiv: Corbis/Elisa Lazode
Redaktion: Gerhard Seidl
AB · Herstellung: Str.
Satz: omnisatz GmbH, Berlin
Druck und Bindung: GGP Media GmbH, Pößneck
Printed in Germany
ISBN 978-3-442-47425-7

www.goldmann-verlag.de

Für meine Schwestern
Janice, Kate, Pam und Suze –
mit besonderem Dank an Suze,
die beste Korrektorin.

Anleitung

Darum gib acht und sei nicht ungeschickt,
wenn du beschaust dies goldene Geflecht,
weil es dich sonst mit seinem Garn umstrickt,
auf dass du wirst zum willenlosen Knecht.
Der ist ein Tor, wer sich in Freiheit blind
nach Ketten sehnt, auch wenn sie golden sind.

Aus »Sonett XXXVII« von Edmund Spensers Amoretti

1

Niemals in ihrem vierundzwanzigjährigen behüteten, sorgenfreien Leben in New Yorks Oberschicht hatte Emmeline Akte von so erschreckender Lüsternheit erlebt, und sie hätte nie vermutet, dass Angehörige ihrer eigenen Schicht sich ihnen hingeben könnten.

Sie musste unbedingt Lord Hardwyck finden, damit er sie sofort aus diesem schamlosen Château führte. Ihr distinguierter, weltgewandter Verlobter hatte doch gewiss nichts von dem ausschweifenden Festgelage gewusst, als er die Einladung angenommen hatte.

Solcherart waren ihre Gedanken, als sie die Tür öffnete, auf die die Gräfin mit der Ledermaske gedeutet hatte. Es beruhigte Emmeline, als sie den Raum betrat und feststellte, dass die Wände vom Fußboden bis zur Decke mit Bücherregalen bedeckt waren. Wahrscheinlich hatte Seine Lordschaft das Wochenende in einer abgeschiedenen Ecke verbracht und die Nase in ein verstaubtes altes Buch gesteckt.

Stellen Sie sich, lieber Leser, das Entsetzen unserer Heldin vor, als ihr Blick auf Archibald Dickings fiel, Baron of Hardwyck, zukünftiger Earl of Upswinge, dessen Nase ebenso wie der Rest seines Gesichts auf einem polierten Mahagoni-Schreibtisch zwischen den Schenkeln einer üppigen Blondine vergraben war, wohingegen sein geschwollener Schaft zwischen den Schenkeln einer weiteren Blondine steckte.

»Ich komme!«, schrie letztere und zerrte an den seidenen

Schnüren, mit denen ihre Hände und Füße an die vier Tischbeine gebunden waren. »O ja! Gott, ja! Oh! Oh!«

Als er Emmelines entsetztes Keuchen hörte, blickte Lord Hardwyck blinzelnd auf. »Miss Woodbridge. Wie schön, dass ich Sie hier treffe. Ich wusste gar nicht, dass Sie in Frankreich sind.«

Aus Kapitel eins von Emmelines Emanzipation *von Anonymus, erschienen 1903 bei Saturnalia Press und seitdem in zahlreichen Ausgaben weltweit verbreitet. Eine seltene Erstausgabe aus der ursprünglichen Auflage von achthundert Exemplaren wurde 2003 für 158 000 Dollar bei Sotheby's in New York verkauft.*

*

Steamboat Springs, Colorado 17. Januar 1922

Liebster Rémy,
nein, nein, tausendmal nein, ich werde Dich nicht heiraten. Ich werde Dich jedoch reiten wie ein Cowgirl, sobald wir uns wiedersehen. Und damit meine ich den Moment, in dem mein Blick auf Dich fällt, deshalb schlage ich vor, dass Du mich nicht bei Ankunft des Schiffes abholst, es sei denn, Du legst es darauf an, dass wir beide wegen Unzucht in der Öffentlichkeit verhaftet werden. Oder ist ein solches Betragen in Frankreich an der Tagesordnung? Wahrscheinlich nicht. Gott, ich liebe die Franzosen. Und am meisten *naturellement* Dich.

Du kannst Dir nicht vorstellen, was es mir in meiner gegenwärtigen verzwickten Situation bedeutet, von Dir zu hören – vor allem, wenn Du mir von Deinen köstlich schmutzigen kleinen Fantasien berichtest, wie zum Beispiel der, dass Du einen Film für Männer machst mit *mir* in der Hauptrolle. Ich lese Deine Briefe immer wieder, wie eine verliebte Sechzehnjährige. Zum Glück gibt es Luftpost. Jeden Morgen sitze ich in meinem Rollstuhl an diesem riesigen Aussichtsfenster im Gasthaus, mein armes zerschmettertes Bein im Gipsverband auf die Fensterbank gestützt, und warte auf die Post. Der stramme, rotwangige junge Nils bringt sie mir. Er holt sie in der Stadt ab, außer natürlich, wenn das Post-Flugzeug aufgrund der Wetterbedingungen nicht landen kann.

Nils stammt aus Norwegen und ist ein silberblonder Hüne. Ich neige dazu, ihn anzustarren, weil es in Frankreich so große Männer nicht gibt. Du überragst die meisten deiner Landsleute und bist wenigstens etwa eins achtzig groß. Ich habe irgendwo gelesen, dass Franzosen deshalb klein seien, weil Napoleon alle großen Männer zu Soldaten gemacht hat, als er versuchte, die Welt zu erobern, und die meisten von ihnen haben natürlich nicht lange genug gelebt, um Kinder zu zeugen. Sind nicht alleine bei Waterloo fünfundzwanzigtausend Franzosen gefallen?

Mit solchen Dingen beschäftige ich mich endlos, während ich hier sitze, in den Schnee hinausstarre und wünsche, ich wäre bei Dir in Paris. Ich weiß, ich jammere zu viel darüber, wie sehr ich mich langweile, aber Du kannst Dir nicht vorstellen, wie schrecklich es ist, wenn alle anderen Gäste jeden Morgen fröhlich mit ihren Skiern über der Schulter aufbrechen, während ich hier mit zerschmettertem Bein, gebrochenem Arm und angeknackster Würde herumliege. Wenigstens habe ich mir den linken Arm gebrochen, sodass ich immer noch den Füller halten kann. Ich habe den Artikel über das Steamboat-Springs-Winter-Festival überarbeitet – eigentlich über-überarbeitet –, wegen dem Hearst mich hierhergeschickt hat. Und natürlich verfasse ich epische Briefe an Dich.

Ich sollte mich nicht so sehr über Langeweile beklagen. Wie immer leistet Kitty mir hingebungsvoll Gesellschaft, und ich werde zumindest nicht mehr in diesem grässlichen Krankenhaus festgehalten. Dr. Horney lässt nicht mit sich handeln, sosehr ich ihm auch um den Bart gehe und ihn anflehe. Er besteht darauf, dass ich warten muss, bis beide Gipsverbände ab sind, bevor ich reisen kann. Kitty sagt, sie kommt nicht mit, wenn ich versuche zu verschwinden, bevor er den Gips abgesägt hat, und da ich in dieser Lage nicht allein reisen kann, stecke ich hier wohl für weitere vier Wochen fest.

Dein letzter Brief war eine Freude, *mon amour*, abgesehen von der ziemlich gemeinen Bemerkung, ich suchte ständig den Nervenkitzel und bekäme daher nur, was ich verdient hätte. Du weißt sehr wohl, oder Du solltest es zumindest nach Montgenèvre wissen, dass ich mit Skiern umgehen kann. Du hast doch selbst gesagt, ich sei die beste Skiläuferin, die Du je gesehen hättest – oder schmierst Du jedem weiblichen Wesen, das Du neu kennenlernst, Honig um den Mund? Und Du weißt doch auch, wie gerne ich Skispringen ausprobieren wollte. Ich habe diesen Auftrag doch eigentlich nur angenommen, damit ich es bei Carl Howelsen höchstpersönlich lernen konnte – und ich wollte natürlich auch den berühmtesten Skispringern der Welt zuschauen. Und zu Deiner Information, ich bin über ein Dutzend Mal erfolgreich gesprungen vor diesem hässlichen Sturz, der auch nur auf meine Erschöpfung zurückzuführen war.

Ernster jetzt, zu Deiner Kampagne, mich zu Mme. Rémy Binet zu machen:

Zwar rührt mich Deine herzerwärmende Bemerkung, dass ich »aussehe und ficke« wie eine zehn Jahre jüngere Frau – ah, ihr romantischen Franzmänner –, aber auch wenn man von meinem Alter zehn Jahre abzieht, wäre ich schon vierunddreißig, und ich brauche Dich ja wohl nicht daran zu erinnern, dass das IMMER NOCH ZWEI JAHRE ÄLTER IST ALS DU. Aber das ist nicht der einzige Grund, warum ich Dich nicht heiraten will. Wir kennen uns doch erst seit einem Jahr, und auch wenn Du durchaus recht hast mit unserer »außergewöhnlichen Beziehung« und »der tiefen Verbindung unserer Seelen«, gibt es vieles, was Du nicht von mir weißt, zum Beispiel den Grund, warum ich der Institution Ehe so ablehnend gegenüberstehe.

Dazu kann ich nur sagen, dass *Emmelines Emanzipation* eine Art Schlüsselroman ist. Die Ereignisse, die ich in diesem Buch beschrieben habe, sind tatsächlich mehr oder weniger so geschehen. Natürlich habe ich die Namen aller Beteiligten geändert und einige Details erfunden, um es unterhaltsamer zu machen und es schwieriger zu gestalten, mich als Autorin zu identifizieren. Wesentlich dabei war, dass es nicht in Schottland stattfand, sondern in Frankreich in einem Schloss namens Château de la Grotte Cachée.

Es entspricht jedoch den Tatsachen, dass ich meinen Verlobten dabei entdeckte, wie er es zwei Frauen besorgte, wenn auch im Esszimmer und nicht in der Bibliothek. Die Frauen waren auch nicht beide blond, nur die, die er fickte – sie war tatsächlich am Tisch festgebunden, wenn auch mit ordinärer Hanfschnur und nicht mit Seidenkordel. Er stützte sich mit den Armen ab, und während er in sie hineinstieß, leckte er gleichzeitig eine dunkelhaarige Frau in einem schwarzen Korsett, schwarzen langen Handschuhen und hohen Stiefeln, die vor ihm kniete. Sie hielt eine Reitgerte in der Hand und versetzte ihm damit kräftige Schläge auf den Hintern, während sie Anweisungen bellte, wie er die Blonde ficken sollte. »Stoß sie fest! Ramm ihn hinein! Fester, du elender Schwächling! Drück die Hinterbacken zusammen! Zusammen!« Im Buch sind beide Frauen wie saftiges junges Gemüse, im wirklichen Leben jedoch war die Dunkelhaarige zwar hübsch, aber die Blonde ein bisschen … nun ja, realer. Sie war selbst nach den Standards der damaligen Zeit ein wenig füllig, und ich weiß noch, dass sie eine wirklich hässliche Prellung am Oberschenkel hatte.

Der treulose Verlobte war Randolph Lytton, Baron of Hickley und heute der achte Earl of Kilbury, da sein alter Herr in der Zwischenzeit das Zeitliche gesegnet hat. Ich muss zugeben, dass er nicht ganz so ungerührt reagiert hat wie sein fiktionales Gegenstück Archie, als ich ihn auf frischer Tat ertappte, aber es schien ihm auch nicht besonders viel auszumachen. Er wirkte vor allem perplex.

Der Rest spielte sich mehr oder weniger genauso ab wie im Buch. Ja, es gab tatsächlich einen charmanten jungen Satyr mit einem glorreichen Stab zwischen den Beinen, der mich an der Hand nahm, aber sein Name war nicht Tobias, sondern Inigo. Und wenn ich sage, er war ein Satyr, so meine ich damit keinen Schwerenöter. Er hätte tatsächlich ein Satyr sein können.

Ich fasse es nicht, dass ich diese Worte gerade zu Papier gebracht habe.

Es versteht sich wohl von selbst, dass dieser Brief niemandem außer Dir in die Hände fallen darf. Die einzigen Menschen auf der Welt, die wissen, dass ich *E. E.* geschrieben habe, sind du, Kitty und mein Agent. Kannst Du Dir vorstellen, wie sehr es meiner Karriere schaden würde, wenn herauskäme, dass die Schriftstellerin, Journalistin und wagemutige Abenteurerin Emily Townsend insgeheim eine Pornografin ist oder war? Den Franzosen wäre es ja egal, aber den Amerikanern! Sie haben immerhin eine Verfassungsklausel erfunden, die es gesetzlich verbietet, ein Porterhouse Steak mit einem Schluck Cabernet herunterzuspülen. Dieses Land ist über seine puritanischen Wurzeln nie hinausgewachsen, und ich fürchte, das wird auch nie passieren.

Wo wir gerade davon sprechen – ich danke Dir sehr für Dein großherziges Angebot, mir eine Kiste Château Montrose zu schicken, damit er mich im kalten amerikanischen Westen wärmt, aber es ist Kitty gelungen, einen lokalen Schnaps aufzutun, der in groben Steinkrügen abgefüllt ist und, Gott helfe mir, besser schmeckt als alles andere, was ich je im Mund hatte.

Abgesehen von Deinem Ding natürlich.

Ich verbleibe, *de tout mon cœur*,

Deine ergebene, jammervolle

Em

2

Emmeline blickte verwirrt durch das Seitenfenster des Brougham, der neben ihrem kleinen grünen Benz im Kutschenhaus des Schlosses stand. In den Fängen eines fiebrigen Deliriums – denn was für eine andere Erklärung sollte es für sein heftiges Zittern und wahnsinniges Keuchen geben? – schrie der junge Mann auf: »Ja! O ja! Leck die Spitze. Drück die Eier. Und jetzt sauge fest daran … fester … da kommt es. Ich komme!«

Er brüllte wie ein Löwe und wand sich in Zuckungen, die Emmeline mit unaussprechlicher Furcht erfüllten. Sie musste handeln, und zwar rasch, sonst würde dieser junge Mann seiner grässlichen Krankheit erliegen.

»Beim Jupiter, Lavinia, du bist eine Künstlerin mit dem Mund«, sagte er, als der Kopf einer Frau in Sicht kam.

Du lieber Himmel, nein, *dachte Emmeline.* Sie hatte doch wohl nicht ihren Mund um seinen … seinen …

Emmeline wich angewidert zurück, als sie begriff, welch lasterhafte Szene sich gerade vor ihren Augen abgespielt hatte. Ihr wurde schwarz vor Augen, und sie sank zusammen, als Entsetzen und Ungläubigkeit über ihr zusammenschlugen.

*

Steamboat Springs, Colorado 26. Januar 1922

Mon chéri Rémy,
nein, nein, tausendmal nein, etc. etc. etc.
Ich bin vierundvierzig. Du bist zweiunddreißig. Warum müssen wir eigentlich überhaupt darüber diskutieren? Rémy, Du weißt, was ich für Dich empfinde. Du bist der vollkommenste Mann, dem ich je begegnet bin, der beste Liebhaber, der warmherzigste Gefährte. Und, oh, der Kontrast zwischen diesen breiten, muskulösen Bauernschultern und der Brille und dem Verstand … dabei werden mir immer noch die Knie weich.

Wenn es einen echten Grund für uns gäbe, uns zu binden, würde ich darüber nachdenken, aber ehrlich gesagt sehe ich dazu keinen Anlass. Es ist doch alles wunderbar, oder nicht? Was würde sich denn durch eine Heirat ändern? Wir schlafen zusammen, wir reisen zusammen, wir haben die gleichen Freunde und die gleichen Interessen. Und doch hat jeder von uns sein eigenes Zuhause, damit wir nicht ständig aufeinanderhocken. Außerdem würde unsere Übereinkunft, auch mit anderen schlafen zu können, nicht funktionieren, wenn wir den Bund der heiligen Ehe geschlossen hätten. Es ist doch das perfekte Arrangement. Warum willst Du es denn unbedingt ruinieren?

Apropos schlafen mit anderen, ich muss Dir erzählen, was ich gestern Nacht von Nils, dem Wikinger, geträumt habe. Aber zuerst muss ich Dir berichten, was mich zu dem Traum inspiriert hat.

Jeden Morgen, wenn Nils die Post bringt, trinkt er eine Tasse heißen Kakao im Speisezimmer, bevor er sich wieder auf den Weg macht. Gestern hat Kitty, die ein Auge auf ihn geworfen hat, ihn gefragt, ob sie ihn begleiten könne. Er war natürlich entzückt. Sie ist aber auch ein niedliches Püppchen. Hinterher erzählte sie mir, er habe sie gefragt, ob die hübsche Brünette mit den gebrochenen Knochen ihre Schwester sei. Sie sagte, er sei ganz erstaunt gewesen, als sie ihm erklärte, ich sei ihre Tante und dreiundzwanzig Jahre älter als sie.

Nun, das Kompliment muss in meinem Kopf wirklich Wurzeln geschlagen haben, denn ich bin mitten in der Nacht von einem erregenden feuchten Traum – ja, auch Frauen haben so etwas – aufgewacht. Im Traum trank ich, nicht Kitty, mit Nils Kakao im Speiseraum. Er war so schüchtern und nervös und sichtlich verliebt in mich. Und er hatte noch nie eine Frau berührt.

Ich sagte: »Du kannst *mich* berühren, wenn du willst«, und hob meinen Rock ein bisschen, um ihm zu zeigen, was ich meinte.

Er zog seinen Stuhl heran und ließ seine Hand zögernd über mein Bein gleiten – nicht das Gipsbein, sondern das andere. Ich trug meine Seiden-Knickers, und sie sind natürlich so locker, dass er überhaupt keine Probleme hatte, mitten ins Ziel zu treffen. Er streichelte mich sehr vorsichtig, schob die Haare über meiner Spalte mit seinen großen, sanften Fingern beiseite und erforschte jede Falte zwischen meinen Schamlippen, bis ich zu keuchen begann und die Armlehnen meines Rollstuhls umklammerte.

Er sagte: »Es wird ganz feucht.«

Ich konnte nur nicken.

Eine Fingerspitze glitt über meine Klitoris, und ich zog scharf die Luft ein. Er dachte sofort, er hätte mir wehgetan, und wollte die Hand wegziehen, aber ich sagte ihm, es fühlte sich gut an. Er erwiderte, für ihn auch, und ich konnte sehen, dass sein Schwanz so dick und hart wie ein Besenstiel war.

Er schob einen Finger in mich hinein, und ich kam auf der Stelle. Das faszinierte ihn. Hektisch wollte er seine Hose herunterlassen, aber ich schob ihn weg und sagte zu ihm, weiter könnten wir nicht gehen, er sei zu jung für mich – ich weiß, ich weiß. Er versuchte, mich zu überreden, und meine Weigerung wurde immer halbherziger. Und auf einmal waren mein Gips und meine Kleider auf wundersame Weise verschwunden – Träume sind in dieser Hinsicht sehr praktisch. Er warf mich zu Boden, hielt mir die Arme fest und fickte mich wie eine Dampframme.

Ich wachte mitten im Orgasmus auf, obwohl ich auf dem Rücken lag und gegen nichts stoßen konnte. Wenn ich im Schlaf komme, liege ich sonst immer auf dem Bauch und reibe mich am Bett. Mit der Hand brachte ich mich noch ein paarmal zum Höhepunkt und schlief dann wieder ein.

Beim Frühstück fragte mich Kitty, warum ich so lächeln würde, also erzählte ich ihr von dem Traum.

»Glaubst du, er ist wirklich noch Jungfrau?«, fragte sie.

»Das kannst du besser herausfinden als ich.«

Heute Morgen trank sie also wieder mit ihm Kakao, lenkte das Gespräch auf Frauen und fragte ihn geradeheraus, ob er schon einmal mit einer geschlafen hätte. Du kennst ja Kitty, Zurückhaltung ist nicht ihre Sache.

Und weißt Du was? Er hat noch nicht! Zwanzig Jahre alt, ein norwegischer Gott mit dem Gesicht eines Engels, und er ist noch Jungfrau. Ist das nicht süß? Kitty hat ihn gefragt, ob er denn schon mal eine Frau angefasst habe … da unten. Auch das hatte er nicht. Sie fragte ihn, ob er es gerne einmal tun würde. Er zögerte zuerst und erzählte etwas von einem Mädchen in der Kirche, das er anhimmelt, aber er hat sich bisher noch nicht getraut, es anzusprechen. Schließlich jedoch fasste er Kitty an, und sie sagte, es sei so ähnlich wie in meinem Traum gewesen. Nils streichelte sie behutsam, und sie wurden beide immer heißer. Aber als sie gerade kurz davor stand zu kommen, riss er sich mit sichtlicher Anstrengung von ihr los, sagte, er würde sie zu gerne mögen, um sie wie einen Straßenköter zu behandeln, und ging. Das war vor acht Stunden, und sie ist immer noch verdrießlich.

Ja, Liebling, Du wartest ungeduldig darauf, wann ich »alles« über das Château erzähle, wie Du es in Deinem Brief so nachdrücklich verlangt hast. Deine Neugier quält mich, ebenso wie Dein Zorn darüber, dass ich Dir bis jetzt noch nie etwas von Hickley oder den anderen erzählt habe. Ich neige nicht dazu, in der Vergangenheit zu leben – das weißt Du doch. Als ich die letzte Seite von *Emmelines Emanzipation* beendet hatte, hatte ich dieses Kapitel meines Lebens abgeschlossen und war bereit, von vorn anzufangen.

Allerdings kann ich es nachvollziehen, dass du die Erwähnung der Ménage à trois im Esszimmer und die wenigen Zeilen über den Satyr als »Schwanzfopperei« bezeichnest. Ich verstehe, dass Du die ganze Geschichte hören willst, und Du hast natürlich recht, wenn Du sagst, dass ich in den nächsten drei Wochen Zeit im Überfluss habe. Es wird mehr als einen Brief füllen, alles zu erzählen, aber ich werde mich auf jeden Fall bemühen.

Allerdings muss ich Dich warnen. Ich bin mir nicht sicher, inwieweit ich meiner Erinnerung bei den Dingen, die in Grotte Cachée passiert sind, trauen kann, und das nicht nur, weil es zwanzig Jahre her ist. Es ist ein verrückter Ort, und es berauschte mich allein schon, dort zu sein, vor allem in bestimmten Ecken wie zum Beispiel der Höhle.

Das Château liegt in der Auvergne, in einem Tal, das von dicht bewaldeten, erloschenen Vulkanen gebildet wird. In einem von ihnen befindet sich eine weitläufige labyrinthische Höhle. Der Eingang zu dieser »verborgenen Grotte« befindet sich in einem römischen Badehaus, das an eine Seite dieses Bergs gebaut wurde. »Römisch« bedeutet, dass es tatsächlich auf die römische Besatzung Galliens zurückgeht. Was auch immer Du denkst und empfindest, wenn Du in Grotte Cachée bist, scheint es stärker und machtvoller zu werden, je tiefer man in die Höhle eindringt. Aber manchmal fühlt man es auch im Schloss oder sogar in den riesigen, uralten Wäldern der Umgebung.

Wenn ich heute an das denke, was dort passiert ist, an die Dinge, die ich gesehen habe oder zu sehen glaubte … nun, es ist verlockend, den Schluss zu ziehen, dass ich die ganze Zeit über nicht bei mir war. Die Episode war anstrengend, zumindest begann sie so, und zu große Anstrengung kann dies bewirken. Manche der Soldaten, die ich während des Krieges pflegte, litten unter Halluzinationen, aber das lag nur am Schock vom Trauma der Schlacht, und wenn sie erst einmal weg von der Front waren, erholten sie sich schnell. Aber ich schiebe meine Erfahrungen in Grotte Cachée vor allem deshalb auf zu große Anstrengungen, weil ich vorher tatsächlich gewarnt worden war, dass dieser seltsame Ort von Dämonen bewohnt sei und ich höchstwahrscheinlich unerklärlichen Phänomenen ausgesetzt sein würde.

Aber ich eile voraus. Um zu verstehen, warum ich überhaupt dort war, musst Du wissen, wie und warum ich mich mit Hickley verlobte.

Ich habe Dir erzählt, dass mein Vater Bankier war. Tatsächlich jedoch gehörte ihm die Bank, und er war Teilhaber an der Eisenbahnlinie der Vanderbilts. Er baute ein Granitschloss an der Fifth Avenue und eins aus weißem Marmor in Newport, das dem Tempel des Apollo nachempfunden war, mit sechs zwölf Meter hohen Säulen vorn. Oh, und wir hatten ein großes, altes Landhaus auf Long Island, das sehr heimelig und gemütlich war. Dort lernte ich reiten. Und Mutter hatte für ihre Einkaufsausflüge ein kleines Pied-à-terre in Paris.

Kannst Du es Dir vorstellen, *chéri*? Wir hatten eimerweise Geld, aber es war alles ein bisschen zu neu und glänzend, da mein Vater es sich erarbeitet hatte. Die Astors und ihresgleichen schauten auf die Neureichen herunter, eine Zeit lang sogar auf die Vanderbilts, aber meine Eltern waren entschlossen dazuzugehören. Man erreichte das auf herkömmlichem Weg, indem man seine Tochter in eine ehrwürdige alte Familie einheiraten ließ. Engländer mit Titel galten als das sicherste Entree in die Gesellschaft.

Meine Kindheitsfreundin Consuelo Vanderbilt wurde von ihrem geliebten Winty Ruthurford weggerissen und an Sunny Churchill verheiratet, einen blässlichen kleinen Kerl mit Mopsaugen und manikürten Händen, der absolut keine Vorzüge aufwies bis auf die Tatsache, dass er der neunte Duke of Marlborough war. Ich war eine von Consuelos Brautjungfern, und mein erster Eindruck, dass Sunny möglicherweise eine Enttäuschung war, wurde bestätigt, als er es vorzog, einkaufen zu gehen, statt an der Hochzeitsprobe teilzunehmen. Am Nachmittag der Hochzeit waren Consuelos Augen rot verquollen, weil sie den ganzen Morgen in ihrem Zimmer, das streng bewacht wurde, damit sie nicht durchbrannte, geschluchzt hatte. Das meine ich absolut ernst. Natürlich war die Ehe ein völliges Debakel. Sunny behandelte sie wie Dreck. Er hatte die Dollarprinzessin nur geheiratet, um die wahre Liebe seines Lebens, dieses mächtige Mausoleum, das auch unter dem Namen Blenheim Palace bekannt ist, restaurieren zu können.

Dollarprinzessinnen, so nannten sie uns, die amerikanischen Erbinnen, die sich mit armen britischen Aristokraten verlobten, die wiederum ständig auf der Suche nach Finanzspritzen waren, um das Schloss ihrer Vorfahren restaurieren, Bakkarat spielen oder ein oder zwei Geliebte aushalten zu können. Die Bedingungen meiner Eheschließung wurden zwischen meinem Vater und Hickley ausgehandelt, als Hickley im März 1902 mal wieder auf der Suche nach einer Frau in New York war. *Sein* Vater, der siebte Earl von Kilbury, hatte den Rest des Familienvermögens verprasst, und er steckte bis zum

Hals in Schulden, sodass er verzweifelt auf die zwei Millionen Dollar in bar und Eisenbahn-Aktien wartete, die er bei unserer Heirat im Juni des darauffolgenden Jahres erhalten sollte.

Warum, wirst Du Dich fragen, sollte eine clevere, lebenstüchtige kleine Katze wie ich einem so blutleeren und korrupten Arrangement zustimmen? Vielleicht erinnerst Du Dich an mein Alter Ego Emmeline, die vor ihrem sexuellen Erwachen so behütet und klassenbewusst aufgewachsen ist, und kannst Dir dann vorstellen, dass ich vermutlich eben so ein Mädchen war, bevor ich aus meinem Kokon schlüpfte.

Emmeline ist eigentlich das fiktivste Element im Buch. Um ihre Transformation besonders dramatisch zu gestalten, musste sie vorher außergewöhnlich naiv sein. In Wirklichkeit jedoch war ich, was man damals in Amerika als »Neue Frau« bezeichnete. Wir spielten Tennis und Golf, rauchten Zigaretten, fuhren Fahrrad und Auto und waren gebildet, auch wenn Du Dir nicht vorstellen kannst, was für nervenaufreibende Auseinandersetzungen mit meinen Eltern es mich gekostet hat, bis ich nach Bryn Mawr durfte. Wir trugen Blusen mit Puffärmeln und Röcke, die den Knöchel zeigten, auch wenn wir eher gestorben wären, als sie für einen Mann zu heben. Wir fanden, dass uns eine berufliche Laufbahn zustand und wir, wenn wir wollten, auch unverheiratet bleiben konnten.

Warum ließ ich also zu, dass meine Eltern mich mit zwei Millionen Dollar an einen geldgierigen englischen Baron übergaben? Zuerst musst Du verstehen, dass ich keine Ahnung von Hickleys wahrem Charakter, beziehungsweise seinem kompletten Mangel daran, hatte, als ich ihn kennenlernte. Wir wurden einander von einem gemeinsamen Freund namens Kit Archer vorgestellt. Kit war Engländer, aber er lebte in Frankreich, wo er als *administrateur* dem *seigneur* von Grotte Cachée diente, eine Tradition in seiner Familie, die er schon in der vierten Generation erfüllte. Er hatte auch zwei Bücher über klassische Geschichte geschrieben sowie einen Roman über Atlantis, der zwar obskur, aber eigentlich ganz gut war.

Ich hatte Kit vier Jahre zuvor bei Bertha Chalmers kennengelernt, die zweimal im Monat einen literarischen Salon abhielt, an dem er teilnahm, wenn er sich gerade in New York aufhielt. Ich war zum ersten Mal dort und vor Ehrfurcht erstarrt, weil ich mich im gleichen Raum mit Leuten wie Edith aufhielt. Es war noch vor *Das Haus der Freude*, aber ich liebte ihre Kurzgeschichten und Artikel. Kit war so warmherzig und redselig – ich fühlte mich einfach wohl in seiner Gegenwart, natürlich auch in Ediths. Er und ich wurden enge Freunde und blieben es bis zu seinem Tod kurz vor dem Krieg, obwohl ich damals erst zwanzig und er ein beleibter, kahlköpfiger, von der Gicht geplagter Mann von sechzig war, der auf der anderen Seite des Atlantiks lebte. Und damit Du nicht auf die Idee kommst, an unserer Beziehung könne etwas Unpassendes gewesen sein, Kit hatte eine Frau, vier Kinder und einen Enkel, die er über alles liebte.

Unter anderen Umständen hätte ich an jenem Abend Mrs. Chalmers Salon vielleicht ausfallen lassen, weil New York von einem dieser heftigen Schneestürme im März heimgesucht wurde, aber Kit hatte mir eine Nachricht geschickt, er sei gerade erst in die Stadt gekommen und würde einen jungen Baron mitbringen, den er auf der Überfahrt getroffen hätte. Er habe einen meiner Artikel in einer Zeitschrift gelesen und wolle mich unbedingt kennenlernen. Also ging ich hin, teils wegen Kit und teils, um mir diesen adeligen Engländer anzusehen, der tatsächlich wusste, wer ich war! Und der mich kennenlernen wollte!

Hickley stellte sich als gut aussehend und liebenswürdig heraus, mit dieser klassischen britischen Unerschütterlichkeit, die wir Amerikaner gerne mit Intelligenz verwechseln, und er schien sich unter den unkonventionellen Intellektuellen im Salon vollkommen wohlzufühlen. Er erzählte mir, dass ihm mein Artikel über Marion Jones Farquhar in Wimbledon, der zwei Jahre zuvor im *Scribner's* erschienen war, gut gefallen habe. Er war außergewöhnlich aufmerksam, was damals ganz neu für mich war, und ich will dich nicht anlügen: Es stieg mir zu Kopf.

Ich war noch nie die Ballkönigin. Für gewöhnlich war ich das Mädchen, das sich am nächsten Tag von seinen zahlreichen Freundinnen darüber berichten ließ. Was mir fehlte, waren Freunde – ernsthaft interessierte Freunde. Gelegentlich ging jemand mit mir aus, und ich war sogar ein paarmal geküsst worden, aber es ging nie weiter. Das Hauptproblem war wohl meine Reizlosigkeit – ich war nicht hässlich, Gott bewahre, aber eben nach den Maßstäben der damaligen Zeit auch nicht schön. Mein Gesicht war in Ordnung – es gefiel mir eigentlich ganz gut. Es besaß eine scharfe Zartheit, die damals vielleicht nicht in Mode war, die ich jedoch ästhetisch fand. Aber ich war zu schlank, zu sportlich, hatte zu kleine Brüste. Und um alles noch schlimmer zu machen, konnte ich den Männern auch nie an den Lippen hängen, nicht über ihre geistlosen Witze lachen und mir Lobreden ausdenken. Hinzu kam, dass ich halbwegs gebildet war und schon erste Schreiberfolge aufzuweisen hatte, auch wenn das damals noch kleine Fische waren. Ich hatte bisher zwei Kurzgeschichten und eine Handvoll Artikel und Essays veröffentlicht, aber ich träumte davon, einen Roman zu schreiben.

Ich war vor allem deshalb von dieser Sache mit der Neuen Frau so begeistert, weil es für einen nicht so hübschen, sportlichen Blaustrumpf wie mich die perfekte Camouflage war. Da ich mit vierundzwanzig noch keinen ernsthaften Verehrer gehabt hatte, fürchtete ich langsam, nie mehr zu heiraten, weil mich anscheinend keiner haben wollte. Ungeachtet der Prinzipien der Neuen Frau gefiel mir jedoch die Aussicht nicht, meine Tage als sauertöpfische alte Jungfer zu beschließen wie meine Großtante Pembridge.

Ich wollte nicht unbedingt Kinder – wie Du weißt, gehörte das nie zu meinen Prioritäten. Wenn ich ehrlich bin, muss ich mit einer gewissen Scham zugeben, dass die Hauptmotivation für meinen Heiratswunsch wesentlich mehr mit den Erwartungen der Gesellschaft zu tun hatte als mit meinen innersten Wünschen. Ich hatte zwar künstlerische Neigungen und trat für die Rechte der Frauen ein, aber ich war in dem Glauben erzogen worden, dass die Ehe die Bestimmung einer Frau war und unverheiratete Frauen über dreißig mitleiderregend und unerwünscht waren.

Und als ob das noch nicht schlimm genug wäre, gab es innerhalb der Grenzen der New Yorker Gesellschaft für eine unverheiratete Frau keinen respektablen Weg, um Sex zu haben. Dass ich noch Jungfrau war, bedeutete schließlich nicht, dass ich es für immer bleiben wollte. Sex faszinierte mich, aber da Frauen aus einer bestimmten Schicht über so etwas niemals sprachen, wusste ich nur wenig mehr davon als den grundlegenden Bewegungsablauf des Geschlechtsverkehrs. Die Freuden der Selbstbefriedigung hatte ich schon als Vierzehnjährige beim Baden entdeckt, deshalb wusste ich über den Orgasmus Bescheid, auch wenn mir lange Zeit nicht bewusst war, dass man das so nannte oder andere Leute das ebenfalls kannten.

Hickley machte mir scheinbar aufrichtig, wenn auch nur kurz, den Hof, bevor er die entscheidende Frage stellte, am 1. April – das hätte mich eigentlich misstrauisch machen müssen. Er schien wirklich an mir interessiert zu sein, las alle meine Geschichten und Artikel. Rückblickend bin ich überzeugt, dass er mich aus dem *Sears Dollar Princess Catalogue* ausgewählt hat. Bestimmt hat ihn einer seiner Lakaien vorbereiten müssen, damit unsere erste Begegnung nicht so kalkuliert wirkte. »Sie hat vor zwei Jahren einen Artikel im *Scribner's* geschrieben, Mylord …« Es würde mich auch nicht überraschen, wenn er das gleiche Schiff wie Kit gebucht hätte, weil er wusste, dass wir befreundet waren und uns in New York immer sahen.

Er war zwar nicht besonders gefühlsbetont, erklärte aber ständig, »mich zu achten«, was ich für seine etwas steife Art hielt, mir zu sagen, dass seine Gefühle für mich sich schließlich in Liebe verwandeln würden, so wie es bei mir wohl auch der Fall sein würde. Ich wusste von der Mitgift, glaubte aber, das sei bei Adelshochzeiten so üblich. Nicht einen Augenblick lang sah ich meine Verbindung zu Hickley in der gleichen Kategorie wie Consuelos Heirat mit Sunny. Zwar waren Hickley und ich noch kein Liebespaar, aber wir würden ganz sicher eines werden. Geld spielte dabei nur eine sekundäre Rolle.

Okay, ich war also ein wenig naiv. Als Hickley nach England zurückkehrte und versprach, mich vor der Hochzeit noch ein- oder zweimal zu besuchen, hatte ich einen Ring mit Saphiren und Diamanten an der linken Hand und die Erinnerung an einen züchtigen Abschiedskuss, der für mich ein ganzes Leben voll fleischlicher Lust als Lady Hickley verhieß. Ich redete mir ein, er hätte mich sicher leidenschaftlicher geküsst, wenn wir nur einmal allein gewesen wären. Vielleicht hätte er sich dann ja sogar noch intimere Freiheiten herausgenommen. Mir wäre es nur recht gewesen, denn vierzehn Monate waren eine lange Zeit, um auf die erwähnte Lust zu warten. Jetzt, da meine Tage als Jungfrau gezählt waren, konnte ich es kaum erwarten herauszufinden, was ich verpasst hatte. Ich dachte an nichts anderes mehr.

Gegen Ende Juli schickte Consuelo mir ein Telegramm, in dem sie mir mitteilte, dass es ihr gelungen sei, mir eine Einladung zu König Edwards Krönung am 9. August zu verschaffen, wo sie eine der Kammerjungfern von Königin Alexandra sein sollte. Meine Eltern bestanden darauf, dass Tante Pembridge mich nach London begleitete, wo wir Gäste der Marlboroughs in Spencer House waren, das Sunny damals vermietete. Ich hatte Hickley vor unserer Abreise eigentlich eine Nachricht schicken wollen, fand aber dann, dass es mehr Spaß machen würde, ihn zu überraschen. Ich erkundigte mich in London nach ihm, aber man sagte mir, er reise mit Freunden durch Frankreich, wobei er sich zunächst im Château de la Grotte Cachée aufhielte.

Als ich meine Enttäuschung überwunden hatte, wurde mir klar, dass ich keineswegs nach New York zurückkehren musste, ohne ihn zu sehen. Seit ein paar Jahren trug ich eine kleine Visitenkarte in meiner Tasche mit mir herum, die Kit Archer mir gegeben hatte, als er eine Einladung auf das Château ausgesprochen hatte, sollte ich mich jemals in der Auvergne aufhalten.

»Ich garantiere dir, dass es eine einzigartige Erfahrung wird«, hatte er gesagt. »Zeig diese Karte der Torwache.«

Die Karte, die in einem winzigen Umschlag steckte, auf dem *Persönlich und vertraulich* stand, war aus elfenbeinfarbenem, goldgerahmtem Papier, das man kaum biegen konnte. Auf der Vorderseite stand in Französisch und Englisch *Das Recht zum Eintritt wird folgender Person gewährt.* Darunter hatte Kit mit Tinte *Miss Emily Townsend* und seine Initialen gesetzt. Auf der Rückseite der Karte zeigte ein Plan, wie man von Clermont-Ferrand über verschlungene Wege zu Grotte Cachée gelangte. Ich fragte Kit, ob sein Arbeitgeber nichts dagegen hätte, wenn eine vollkommen fremde Person zu Besuch käme.

»Seigneur des Ombres ist viel zu sehr damit beschäftigt, seine gesellschaftlichen Verbindungen zu kultivieren«, sagte er, »aber er hat gerne Gäste im Château, deshalb hat er mir Carte blanche gegeben einzuladen, wen ich möchte. Ich muss dich allerdings warnen, Em, es ist ein sehr freizügiger Ort. Du wirst höchstwahrscheinlich einigen äußerst unzüchtigen Vorgängen beiwohnen, aber ich glaube nicht, dass dir die Erfahrung schaden wird – eher wird sie dir guttun.«

Ich hatte die Karte in meine Tasche gesteckt und sie vergessen. Jetzt war ich froh, dass ich sie dabeihatte. Nach der Krönung überredete ich Tante Pembridge, einen kleinen Umweg über Frankreich zu machen, bevor wir nach Hause zurückfuhren. Ich hatte jedoch nicht die Absicht, eine Anstandsdame mitzuschleppen, wenn ich überraschend den Mann besuchte, der mir seit vier Monaten libidinöse Träume bescherte.

Auf der Karte sah ich, dass Clermont-Ferrand etwa hundertsechzig Kilometer von Lyon entfernt war, wo Biddie, die Cousine meiner Mutter, ein Château besaß. Biddies richtiger Name, Obedience, also Gehorsam, Blick, hätte nicht unpassender sein können, da die Blicks der wilde Zweig der Familie waren und Biddie besonders unkonventionell war. Das war einer der Gründe, warum ich sie immer gemocht hatte. Da ich wusste, dass sie jeden Sommer auf dem Schloss verbrachte, schickte ich ihr ein Telegramm, und sie lud uns ein.

Als wir dort waren, erzählte ich ihr, dass mein Verlobter in Grotte Cachée war. Sie lachte und verdrehte die Augen, weil sie natürlich genau wusste, warum ich zu Besuch gekommen war. Sie bot mir an, mir ihren Wagen und Fahrtkleidung zu leihen, wobei sie mir erklärte, ich solle mir mit dem Aufenthalt dort ruhig Zeit lassen. Ich versprach ihr allerdings, ich würde nicht länger als vier Tage bleiben und am Sonntag, dem Siebzehnten, zurückkommen. Sie überzeugte auch Tante Pembridge, dass sie im Schloss bleiben und sich von der Reise ausruhen sollte, weil ich dort, wo ich hinfuhr, keine Anstandsdame brauchte – sie vergaß zu erwähnen, dass Hickley dort sein würde.

Biddie erzählte mir, sie sei noch nie in Grotte Cachée gewesen, aber ihre Großmutter väterlicherseits hatte anscheinend Anfang des letzten Jahrhunderts dort einen Sommer verbracht. Sie hatte nie mit jemandem über den Besuch gesprochen, aber als Biddies Mutter nach ihrem Tod ihren Nachlass geordnet hatte, war sie auf einige Briefe gestoßen, die in ein schwarzes Seidentuch eingeschlagen waren. Der Inhalt dieser Briefe hatte sie offensichtlich zutiefst schockiert. Biddie hatte die Briefe nur kurz gesehen, bevor ihre Mutter sie verschwinden ließ, aber es gelang ihr, die erste Zeile eines Schreibens zu lesen. Sie hatte sie nie vergessen: *Hättest Du jemals gedacht, dass es Dir fehlen würde, von einem völlig Fremden eine ganze Woche lang gefesselt, ausgepeitscht und zur Unterwürfigkeit gezwungen zu werden?*

Biddie musste mir erklären, dass das etwas mit Sex zu tun hatte, so unwissend war ich. Die Briefe waren von der Frau geschrieben worden, die die engste Vertraute ihrer Großmutter gewesen war, seitdem sie gemeinsam Miss Cox' Akademie für Mädchen in New York besucht hatten – meine eigene Alma Mater. Biddie erzählte, die beiden hätten über die Streiche ihrer Jugend sehr gelacht. Über dem Kamin in Biddies Salon hing ein Porträt ihrer Großmutter, das Ingres um 1830 gemalt hatte, Kleid und Frisur nach zu urteilen. Sie war eine zierliche Rothaarige mit spitzbübischem Lächeln und einem Funkeln in den Augen. Biddie erzählte, ihre Freundin sei auch rothaarig gewesen und in der Schule hätte man sie »Miss Cox' Rotes Füchschen« genannt.

Biddies Mutter verbrannte die Briefe und weigerte sich für den Rest ihres Lebens, darüber zu sprechen. Von Zeit zu Zeit jedoch warnte sie Biddie davor, eine Einladung nach Grotte Cachée anzunehmen, wenn sie den Sommer in Frankreich verbrachte.

»Leider«, schloss Biddie, »bin ich nie eingeladen worden. Wie ich dich beneide! Du musst mir alles erzählen.«

Jetzt kommt der Teil, wo ich vor den dämonischen Bewohnern und mysteriösen Vorgängen in Grotte Cachée gewarnt wurde. Biddie hatte eine Art Mechaniker/Handwerker, der für sie arbeitete, ein komischer alter Kauz namens Eugène, der darauf bestand, sich davon zu überzeugen, dass ich mit ihrem kleinen, lippenstiftroten Peugeot umgehen konnte, bevor er ihn mir anvertraute. Ich musste ihn auf den örtlichen Straßen herumkutschieren, während er auf dem Beifahrersitz saß, sich über Grotte Cachée ausließ und mir erklärte, warum ich besser einen großen Bogen darum machen sollte.

In den Bergen, die über dem abgelegenen kleinen Tal aufragten, in dem alten Stein, aus dem das Château erbaut worden sei, seien Kräfte am Werk, sagte er, die eine *»influence diabolique«* auf jedes menschliche Wesen ausübten, das so unklug sei, sich dorthin zu begeben. Die Kräfte seien wie ein Magnet, der die Menschen auf unterschiedliche Weise anzöge, aber niemand sei völlig immun dagegen. Und es gäbe Wesen dort, die *»actes obscènes«* an menschlichen Gästen vollzögen. Es handele sich um Incubi und Succubi, erklärte er, sexuell gierige Dämonen, vor denen die Kirche die Gläubigen seit Jahrhunderten warnte.

Nun, ich musste mich sehr zusammenreißen, um in dem kleinen Auto nicht von der Straße abzukommen. So fest biss ich mir auf die Innenseite meiner Unterlippe, dass sie für den Rest des Tages geschwollen war. Er sagte mir, Dämonen seien praktisch unsterblich und man könne sie nur töten, wenn man sie verbrennen würde. In diesem Tal lebten dieselben vier Dämonen schon seit Jahrhunderten. Drei davon quälten Menschen, und zwar auf die perverseste Art und Weise, die man sich nur vorstellen könne. Eine davon sei ein weiblicher Succubus, der die Männer verhexte, um ihnen durch Sex die Lebensenergie auszusaugen. Ein anderer sei, wie Du meinem letzten Brief schon entnehmen konntest, ein Satyr. Und der dritte sei ein sogenannter Dusios, der sich vom Mann zur Frau und wieder zurück verwandeln konnte, um zwischen speziell ausgewählten Männern und Frauen einen *»transfert de sperme«*

durchzuführen, um so menschliche Nachkommen mit übernatürlichen Fähigkeiten zu produzieren. Eugène allerdings hob hervor, dass Dusii für gewöhnlich ihre männliche Form behielten und Frauen nur um des Verführens willen verführten, weil sie von Lust verzehrt würden, die sofort wiederkäme, sobald sie gestillt worden sei. Der vierte Dämon hielte sich tief in der Höhle auf, um Kontakt mit den Menschen zu vermeiden, denn wenn er ein menschliches Wesen berührte, müsse er dessen tiefste Wünsche Wirklichkeit werden lassen. Dieser spezielle Dämon, sagte Eugène, könne sich in eine Katze oder einen Vogel verwandeln oder sich sogar unsichtbar machen.

Ich fragte ihn, woher er das alles wisse, und er antwortete, sein Bruder Alain habe viele Jahre im Torhaus des Schlosses als Wache gearbeitet. Wie alle Angestellten der Grotte Cachée hatte Alain schwören müssen, über alles, was er dort sah und hörte, strengstes Stillschweigen zu bewahren. Dafür waren sein Gehalt und seine Pension unglaublich hoch. Alain war nie religiös gewesen, aber als er im Sterben lag, brachte Eugène ihn zum wahren Glauben zurück. Überwältigt von seiner neu entdeckten Frömmigkeit erzählte Alain seinem Bruder alles, bevor er verschied. Eugène ging bis zum Erzbischof, damit die Dämonen von Grotte Cachée exorziert wurden, aber man tat ihn als verrückten alten Fanatiker ab.

Ich dankte ihm für seinen Rat, sagte ihm jedoch, wie wichtig es sei, dass ich dorthin fuhr. Ich würde aber die Augen offen halten und mich vor Dämonen in Acht nehmen. Er erklärte mir, sie seien schöner als gewöhnliche Sterbliche, um ihre menschlichen Opfer besser verzaubern und verführen zu können. Und er bat mich, daran zu denken, nachts nicht nur die Tür zu meinem Zimmer zu verschließen, sondern auch jedes Fenster, selbst wenn ich ganz oben im Turm wohnen sollte. Die unersättliche Lust triebe die Dämonen in den Wahnsinn und würde ihnen außergewöhnliche Kraft verleihen. Vor allem die

Dusii könnten an den Schlossmauern hinaufklettern, um zu schlafenden Menschen zu gelangen.

Bei den holperigen Feldwegen, auf denen ich höchstens fünfundvierzig Stundenkilometer fahren konnte, und den Ziegen- und Schafherden, die mir den Weg versperrten, brauchte ich am nächsten Tag für die Fahrt nach Grotte Cachée über fünf Stunden. Die ganze Zeit über betete ich, dass die Regenwolken, die am Himmel aufzogen, dicht halten würden, bis ich da war. Du bist ja noch VIEL ZU JUNG, UM DICH DARAN ZU ERINNERN, aber die ersten Autos damals hatten weder Windschutzscheibe noch Dach.

Glücklicherweise kam ich an, als ich gerade die ersten Regentropfen spürte. Das Château lag so tief in dem üppig grünen Tal und war so dunkel – später fand ich heraus, dass es aus vulkanischem Gestein erbaut war –, dass man es vom Flugzeug aus wahrscheinlich nicht einmal bemerkt hätte. Es war ein rechteckiges Schloss mit einem Hof in der Mitte, einem runden Turm an jeder Ecke und einem kurzen, viereckigen in der Mitte jedes Flügels, wobei der vordere zugleich auch der Torturm war. Als ich vorfuhr, trat ein Wachmann heraus und kam auf einer Zugbrücke über einen breiten, tiefen Graben, der früher wahrscheinlich einmal ein Sumpf gewesen war, auf mich zu.

»Bonjour, mademoiselle«, sagte er. *»Êtes-vous perdu?«*

Ich reichte ihm die Karte und erwiderte, nein, ich habe mich nicht verirrt, Mr. Archer habe mich eingeladen. Er teilte mir mit, Mr. Archer befinde sich gegenwärtig in Indien und die momentanen Gäste würden am nächsten Tag abreisen, aber ich sei als Gast willkommen bis zu Mr. Archers Rückkehr. Er sagte, die Haushälterin, Madame Gauvin, würde ein Zimmer für mich vorbereiten und er würde einem Fahrer Bescheid sagen, der den Wagen ins Kutschenhaus bringen würde. Da ich jedoch nicht wollte, dass das Auto im Regen stand, erwiderte ich, das würde ich schon selbst erledigen, aber er solle bitte mein Gepäck ins Schloss bringen lassen.

Das Kutschenhaus, das sich unter dichten Bäumen neben dem Stall befand, war das größte, das ich je gesehen hatte, ein langes, schmales Steingebäude mit etwa einem Dutzend Boxen. Die Boxen waren nicht voneinander abgetrennt, sodass ich die anderen Automobile und Kutschen zu beiden Seiten sehen konnte, als ich meinen Wagen auf einen freien Platz fuhr.

Ich nahm meine Schutzbrille ab und setzte mir gerade einen ungewöhnlich schicken schwarzen Hut mit seidenen Bändern und Straußenfedern auf, den ich extra für mein Zusammentreffen mit Hickley gekauft hatte, als ich aus den Augenwinkeln eine Bewegung in einer Kutsche etwa fünf oder sechs Boxen weiter rechts wahrnahm. Es war ein glänzender Landauer mit einem Glasfenster auf jeder Seite. Durch die Scheibe sah ich einen jungen Mann in Hemdsärmeln mit leicht zerzausten braunen Haaren, der in der Kutsche saß. Er hatte den Kopf zurückgeworfen und die Augen geschlossen, und ich hätte geglaubt, er schliefe, wenn sich seine Brust nicht gehoben und gesenkt hätte, als ob er keine Luft bekäme. Er sah aus, als habe er Schmerzen, aber gerade, als ich dachte, ihm helfen zu müssen, hob er seinen Kopf und sagte etwas, wobei er hinunterblickte. Ich konnte zwar nicht hören, was er sagte, aber er war offensichtlich nicht allein. Vielleicht, so dachte ich, liegt eine Frau mit dem Kopf in seinem Schoß – diese Landauer waren ja innen ziemlich geräumig.

Der junge Mann warf den Kopf zurück und verzog das Gesicht. Er bog den Rücken und erschauerte, bevor er wieder in die Polster sank. Es musste tatsächlich eine Frau mit ihm darin sein, und offensichtlich hatte sie ihn gerade mit der Hand befriedigt. – Lach nicht, Rémy!

Erneut blickte er hinunter, lächelte zufrieden und sagte etwas. Ein blonder Kopf tauchte auf.

Es war ein anderer junger Mann.

Ich stach mir mit einer Hutnadel in den Finger.

Der blonde Mann küsste ihn, dann drehte er sich um, um sich hinzusetzen. In diesem Augenblick sah er mich. Er sagte etwas zu seinem Gefährten, der erschreckt in meine Richtung blickte.

Ich formte mit den Lippen: »Es tut mir leid!« Dann rannte ich so schnell aus dem Kutschenhaus heraus, dass die Schöße meines Mantels mir um die Beine schlugen. Ich war schon etwa hundert Meter den Kiesweg entlanggelaufen, als ein Mann hinter mir rief: *»Mademoiselle!«*

»Es tut mir so leid«, sagte ich und wich mit erhobenen Händen zurück. *»Je suis désolée.«*

Als er meinen Akzent hörte, sagte er außer Atem auf Englisch: »Sie sind *américaine*?«

Ich nickte. »Ich bin Emily Townsend, eine Freundin von Mr. Archer. Er hat mich hierher eingeladen, ist allerdings nicht da. Aber ich kenne jemand anderen hier, und deshalb …«

»Bitte, *Mademoiselle*«, sagte er und machte meinem idiotischen Gestammel ein Ende. Er wirkte so jung und verletzlich, wie er da ohne Hut im Regen stand. Die Haare klebten ihm nass an der Stirn. »Ich bitte Sie, was Sie gesehen haben …« Er warf einen Blick zum Kutschenhaus, wo der blonde junge Mann in der ersten Box stand und uns beobachtete, während er sich eine Zigarette anzündete.

Ich sagte: »Es geht mich wirklich nichts …«

»Wenn mein Vater es herausfindet …«, begann er. »Das darf nie geschehen. Bitte, ich flehe Sie an, sagen Sie ihm nichts … zu niemandem.«

»Wer ist denn Ihr Vater?«, fragte ich.

»Émile Morel, Seigneur des Ombres. Ich bin Claude Morel. Wenn er wüsste …« Er schüttelte verzweifelt den Kopf. Regentropfen rannen wie Tränen über sein Gesicht.

»Ich werde ihm nichts sagen. Ich verspreche es«, erwiderte ich.

Er nickte nachdenklich. »Ich glaube Ihnen, Sie haben eine saphirblaue Aura.«

»Ich kenne Ihren Vater überhaupt nicht«, sagte ich. »Ich bin auf Einladung von Mr. Archer hier.«

Alarmiert blickte Claude mich an. »Er darf es auch nicht erfahren.«

»Kit würde Sie nicht verurteilen.« In Mrs. Chalmers' Salon gab es zwei Männer, einen Redakteur von *Harper's Weekly* und einen Drehbuchautor, die als Liebespaar galten. Und es gab eine Dichterin, die Pfeife rauchte und Männerkleider trug. Niemand, auch Kit nicht, schien daran irgendetwas merkwürdig zu finden, wobei ich wahrscheinlich die Einzige war, der nicht klar gewesen war, dass sich homosexuelle Liebe auch körperlich äußerte. Es war mir einfach nie in den Sinn gekommen, dass zwei Personen gleichen Geschlechts sich küssen, geschweige denn Liebe machen könnten.

»Er mag mich nicht verurteilen, aber er müsste es meinem Vater sagen, denn wenn ich keinen Erben zeuge …« Claude schob sich die nassen Haare aus den Augen. »Es ist undenkbar.«

Ich fragte ihn, wie alt er sei.

»Achtzehn.«

»Sie sind noch jung«, sagte ich. »Bis Sie heiraten und Kinder haben wollen, haben Sie es vielleicht überwunden, diese …«

»Nein«, erwiderte er düster. »Das wird nicht so sein.«

Ich versicherte ihm, dass ich sein Geheimnis wahren würde, woraufhin er sich wieder zum Kutschenhaus wandte und ich zum Château ging. Als ich den Hof betrat, regnete es bereits heftiger, aber ich konnte sechs oder sieben nackte Personen erkennen, die sich im Becken des großen Brunnens in der Mitte tummelten. Eine, eine junge Frau, tanzte mit ausgestreckten Armen umher, das Gesicht zum Himmel gewandt. Ein großer Mann kniete hinter einer Frau, die sich über den steinernen Rand des Beckens beugte. Er hatte die Hände um ihre Taille gelegt. Seine dunkelblonden Haare waren so lang, dass ich ihn für ein Mädchen gehalten hätte, wenn ich nicht gesehen hätte, wie er mit den Hüften pumpte. Schockiert stellte ich fest, dass sie kopulierten – und zwar auf eine Art, die ich dem Tierreich vorbehalten geglaubt hatte. Noch merkwürdiger war, dass er, während er sich mit der einen Frau paarte, eine andere mit schwarzen Haaren, die neben ihm im Wasser kniete und ihm den Rücken streichelte, küsste.

Ein Mann mit dunklen, lockigen Haaren stand am Sockel der Mittelsäule des Brunnens – auf der im Übrigen die Skulptur eines vögelnden Paares stand –, in einer Hand eine Flasche, die andere auf dem Kopf einer Frau, die vor ihm stand. Der Regen machte es schwer zu erkennen, was vor sich ging, aber es war offensichtlich, dass sich ihr Gesicht auf Höhe seines Glieds befand. Was das bedeutete, wagte ich mir nicht vorzustellen. Ein anderer Mann stand hinter ihr und ließ die Hüften kreisen. Aus seinem Hinterteil ragte ein dunkles, schwanzähnliches Objekt hervor. Das waren also die »unzüchtigen Vorgänge«, vor denen Kit mich gewarnt hatte, dachte ich, wobei ich seine typisch britische Neigung zur Untertreibung bewunderte.

Ich nahm die Szene seltsam distanziert wahr, beinahe, als sei es einer dieser Träume, in denen man weiß, dass man träumt, sodass man mehr oder weniger zum Beobachter des Surrealen wird. Seitdem ich den Wagen abgestellt hatte, war ich wie leicht benebelt, und ich weiß noch, dass ich dachte: *Vielleicht hatte Eugène recht mit der magnetischen Kraft in diesem Tal.*

Der dunkelhaarige Mann an der Säule sah mich. Er nahm einen Schluck aus der Flasche und schenkte mir ein entzückend jungenhaftes Lächeln, das erste von vielen, mit denen er mich bedenken würde, denn das war Inigo. »*Ah, une beauté! Joignez-vous donc à nous!*«

Ich schüttelte heftig den Kopf, drehte mich um und eilte durch den nächsten Eingang ins Schloss. Seine Einladung, mich ihnen anzuschließen, hallte in meinem Kopf nach.

Ich befand mich in einem Saal, der aussah wie auf einem Gemälde. Er war riesig und opulent, mit Renaissance-Wandteppichen, die über der mit Schnitzereien verzierten Wandtäfelung aus Eiche hingen. Solche Säle haben für gewöhnlich etwas Abweisendes, wofür Sunnys Blenheim Palace das beste Beispiel ist, aber hier war die Atmosphäre warm und anheimelnd. Vielleicht lag es an den bequemen modernen Möbeln, auf jeden Fall war es ein recht einladender Raum – oder er wäre es gewesen, wenn nicht von einer Kette an der Decke, die an den mit Vlies gefütterten Ledermanschetten um ihre Handgelenke und Knöchel befestigt war, eine geknebelte Frau mit einer Augenbinde gehangen hätte – nackt, natürlich. Sie hing mit dem Gesicht nach oben in der Höhe des kleinen Tisches neben ihr, die Beine weit gespreizt, sodass man ihre feuchte Spalte sah. Auf dem Tisch standen eine dicke, nicht angezündete Kerze und eine schwarze Marmorstatuette, und daneben lagen eine Karotte, eine Gurke … Du kannst es Dir schon vorstellen. Um ihren Hals hing ein Schild, auf dem stand: Fick mich oder leck mich.

»O mein Gott!« Rasch entfernte ich Knebel und Augenbinde. »Ich hole Sie da herunter!«

»Das wirst du schön bleiben lassen«, erwiderte sie mit vornehmem britischem Akzent. »Was meinst du wohl, wie lange sie gebraucht haben, um mich hier so zu präsentieren?«

»Sie machen das *freiwillig*?«

Sie starrte mich ungläubig an. »Was hast *du* denn da auf dem Kopf?«

Ich tastete nach dem Hut und musste feststellen, dass die breite Krempe völlig durchweicht war. Die Straußenfedern hingen schlaff herunter.

»Willst du mich jetzt nun lecken oder nicht?«, fragte die Frau.

Ich trat einen Schritt zurück und sagte: »Äh, vielleicht ein anderes Mal. Ich suche meinen Verlobten.«

»Und das ist …?«

»Randolph Lytton, Baron of Hickley.«

Ihre Miene hellte sich auf. »Ach, du bist die kleine Yankee von unserem scharfen Randy? Freut mich, dich kennenzulernen. Ich bin Frances Caddingdon, aber du kannst Fanny zu mir sagen.«

Ich erkannte den Namen – ich glaube, ich hatte sie vor ein paar Jahren im Royal Opera House im Vorbeigehen mal gesehen. Es war *Lady* Caddingdon, eine Marquise.

Fanny erklärte mir, ich würde Hickley im Esszimmer finden, sagte mir, in welche Richtung ich gehen musste, und bat mich, ihr Knebel und Augenbinde wieder anzulegen.

Das kleine Tableau, auf das ich im Esszimmer stieß, kennst Du ja schon. Als mein Verlobter mich sah, hielt er in seinem Stoßen inne und sagte: »Miss Townsend? Sind Sie das?«

Ich bejahte die Frage, da mir keine bessere Antwort einfiel.

Er runzelte verwirrt die Stirn und sagte: »Was zum Teufel haben Sie da auf dem Kopf?«

Und mit diesem Satz muss ich meinen Schreib-Marathon beenden, *chéri*, da ich bereits Krämpfe in der Hand habe – Du weißt, ich stehe an der Schwelle zum Alter. Außerdem ist Kitty gerade hereingekommen, um mich zum Abendessen in den Speisesaal zu schieben. Sie lässt ausrichten, sie schickt Dir einen Kuss, und ich soll Dir unbedingt das Folgende schreiben, sonst verweigert sie mir den Verdauungsspaziergang im Mondschein: »Bleib bei der Heiratsgeschichte dringend an Em dran. Früher oder später wird sie ja sagen, denn sie ist wirklich verrückt nach Dir.«

Mit dem letzten Teil des Satzes hat sie recht.

Je t'aime à la folie,

Em

3

Du wirst uns dafür noch dankbar sein, meine Liebe«, sagte Lady L. und fesselte Emmelines Hände hinter ihrem Rücken, während ihre Zofe, die robuste Fanny, sie fest um die Taille packte.

»Lasst mich sofort los, ihr schamlosen Dirnen!«, verlangte Emmeline, als die Frauen sie auf einen seidengepolsterten Hocker drückten und ihr die Beine unanständig weit auseinanderzogen, damit sie die Füße an die Stuhlbeine binden konnten.

»Eine solche Prüderie führt nur zu Elend und hysterischen Anfällen«, erklärte Ihre Ladyschaft, während sie Emmeline mit dem Gürtel ihres mit Gänseblümchen bestickten Morgenmantels knebelte. »Du bist längst überfällig für eine sinnliche Ausbildung.«

Sie zog den Vorhang beiseite, hinter dem Emmeline ein Fenster in dem dunklen kleinen Raum vermutet hatte. Es war auch tatsächlich eine Glasscheibe, aber man sah durch sie nicht nach draußen, sondern in einen Raum, von dessen Existenz Emmeline bis zu diesem Augenblick nicht das Geringste geahnt hatte.

»Wir nennen dies die Brunftzelle«, verkündete Lady L.

Es war eine fensterlose Kammer, die jedoch dank des Lichts aus elektrischen Wandleuchtern hell erschien. An den weiß getünchten Wänden hingen Wandbehänge, auf denen unaussprechliche Ausschweifungen dargestellt waren. Auch die Möbel hatten ungewöhnliche, unvertraute Formen, aber Emmelines Blick wurde vor allem von der nackten Schönheit angezogen, die mit ausgestreckten Armen und Beinen an goldenen Ketten von der Decke hing. Sie war nicht nur geknebelt, wie Emmeline, sondern trug auch eine Augenbinde, und sie hing gerade in der richtigen Höhe, dass ein Mann in sie eindringen konnte, was genau in diesem Augenblick auch der Fall war.

Der fragliche Gentleman war nackt bis auf eine Besonderheit: Aus seiner hinteren Öffnung hing ein Schwanz aus schwarzen Pferdehaaren. Hinter ihm stand eine Frau in einem schwarzen Korsett, langen Handschuhen und hohen Stiefeln, die ihm mit einer Reitgerte aufs Hinterteil schlug und schrie: »Fester, du kümmerlicher Wallach! Ramm ihn hinein! Stoß die Hure!«

Diese drei waren jedoch nicht die Einzigen, die sich an jenem Abend in der Brunftzelle aufhielten. Was Emmeline zunächst für die lebensgroße Basreliefskulptur eines Mannes an der hinteren Wand gehalten hatte, stellte sich bei näherer Betrachtung als echter Mann heraus, der mithilfe von Gips an der Wand befestigt war. Zu sehen waren nur seine Nase, sein Mund und sein Schritt, der anscheinend rasiert und weiß bemalt worden war. Eine Frau in einem strengen schwarzen Kleid stand vor ihm und fuhr mit einer Feder über seine geschwollene Männlichkeit und den dicken Sack darunter. Er stöhnte dabei leise auf.

In einer Ecke befand sich so etwas wie ein hohes Turnpferd, über dem eine junge Frau bäuchlings lag, den Rock hochgeschoben und die Gliedmaßen an die Beine ihrer merkwürdigen Bank gefesselt. Hinter ihr stand ein eleganter Mann mit einer schwarzen Maske, die aus etwas Hartem und Glänzendem zu bestehen schien wie Lack, aber Emmeline erkannte ihn an seinen geölten, rötlichen Haaren als Lord Hardwyck, ihren Verlobten. Er nahm die Frau auf dem Pferd wie ein Hund, wobei er sie bei jedem Stoß kräftig auf ihr rosiges Hinterteil schlug. Dabei starrte er die ganze Zeit über zu Emmeline, ein lüsternes Glitzern in den Augen.

»Er kann dich nicht sehen«, sagte Lady L. »Er sieht sich selbst dabei zu, wie er es Philomena Quimsby besorgt. Auf seiner Sei-

te ist es ein Spiegel, und hier kann man hindurchsehen ... Oh, verdammt, nicht schon wieder«, stöhnte sie, als Emmeline angesichts der Unkeuschheiten, die sie sich anschauen musste, in Ohnmacht fiel.

Ihre Ladyschaft zerrte Emmelines Kopf hoch und versetzte ihr zwei Ohrfeigen. »Bleib wach und lern etwas, du Dummchen. Komm, Fanny«, wandte sie sich an ihre Begleiterin, und die beiden verließen den Raum.

Oh, lieber Leser, und was unsere Emmeline an jenem Abend alles lernte! Die seltsamsten Empfindungen stiegen in ihr auf, als sie sah, wie sich die anderen Hausgäste in der Brunftzelle vergnügten, Empfindungen, die ihr bis zu jenem Moment fremd gewesen waren. Ihr Herz schlug schneller, und die rosigen Spitzen ihres Busens wurden seltsam steif. Höchst merkwürdig und beunruhigend war die prickelnde, heiße Nässe, die sich zwischen ihren Schenkeln sammelte. Ihr Geschlecht wurde verzehrt von einem köstlichen Brennen, das sie selbst durch wiederholtes Reiben am Hocker nicht lindern konnte. Es machte sie ganz unruhig, weil es immer schlimmer wurde.

»Liebe Emmeline. Was um Himmels willen ...«

Als sie sich umdrehte, sah sie ihren einzigen wahren Freund an diesem Ort, den gut aussehenden, sanften Tobias, der das dämmerige kleine Zimmer betrat.

»Ist alles in Ordnung?«, fragte er und nahm ihr den Knebel heraus.

»Ich weiß nicht!«, stöhnte sie. »Sie ... sie haben mich gefesselt und hier zurückgelassen, und jetzt fühle ich mich so ... so ... Oh, Tobias.« Sie zitterte am ganzen Leib, am liebsten hätte sie geschluchzt und geschrien, und sie fragte sich, ob das wohl Hysterie war. »Was geschieht mit mir?«

Er blickte in das Brunftzimmer, nickte und kniete sich vor sie. »Ich glaube, ich weiß es. Und ich glaube, ich kann dir helfen.«

»Du ... ja?«, fragte sie, und als seine Hand unter ihren Rock

glitt, war es ihr auf einmal gleichgültig, dass er ihr noch nicht einmal angeboten hatte, ihre Fesseln zu lösen.

*

Steamboat Springs, Colorado 2. Februar 1922

Mein geliebter, dummer Rémy,
erstens: Ich mag zufällig Parenthesen – außer in Romanen –, und ich habe nicht die Absicht, sie aufzugeben, nur weil Du sie »syntaktisch nachlässig« findest.

Zweitens: Es ist sehr lieb von Dir, mir zu versichern, dass ich keineswegs unattraktiv sei, sondern eigentlich »geschmeidige weibliche Vollkommenheit« verkörpern würde, und ich danke Dir dafür, aber es ist nicht wirklich notwendig, da in den letzten Jahren mein Aussehen in Mode gekommen ist. Rückblickend bin ich eigentlich sogar froh, dass ich als hässliches Entlein aufgewachsen bin. Ich finde, es ist gut, in der Jugend nicht so hübsch zu sein, weil das den Charakter bildet.

Drittens: Nein, mit Nils habe ich nichts gehabt, und nein, ich lüge auch nicht, um Deine Gefühle zu schonen. Es war wirklich nur ein Traum. Mein Gott, er ist zwanzig! Einerseits. Und andererseits kannst Du auch nur auf die Idee kommen, Sex käme für mich infrage, weil Du mich nicht mit meinen Gipsverbänden und meinen traurigen Haaren im Rollstuhl gesehen hast. Ein Bob, wie ich ihn trage, muss regelmäßig geschnitten werden, sonst sieht er scheußlich aus, und ich hätte schon zum Friseur gemusst, bevor ich hierhergekommen bin. Meine Ponyfransen sind mittlerweile so lang, dass ich sie mit einer Spange zur Seite stecken muss. Das verleiht mir die sorglose Ausstrahlung der Bergbewohner und sollte meine komplette Treue sichern, bis wir uns wiedersehen.

Nicht dass Treue ein Thema bei uns wäre, aber Du weißt,

was ich meine. Und nur zur Erinnerung, weil Dir dieser Nils wirklich unter die Haut gegangen zu sein scheint: In dem Jahr, seit wir zusammen sind, habe ich meine Option, mit jemand anderem zu schlafen, noch nicht eingelöst. Allerdings glaube ich, dass sie immer noch gilt, deshalb bin ich ehrlich gesagt ein wenig überrascht von Deinem eifersüchtigen Entsetzen bei der Vorstellung, ich könnte meine kaputten alten Schenkel für Nils breitgemacht haben. Schließlich ist das Recht, auch andere Leute zu sehen, nicht verschwunden, nur weil wir es bisher nicht genutzt haben.

Nein, richtiger müsste es heißen, weil *ich* es bisher nicht genutzt habe. Wir haben nie darüber gesprochen, ob wir dem anderen von den Eroberungen außerhalb unserer Beziehung erzählen sollten, aber da das Thema jetzt nun mal aufgekommen ist – und vermutlich ist es brieflich leichter zu besprechen als von Angesicht zu Angesicht –, sollten wir es vielleicht auch klären. Oder Du solltest es klären, da ich es ja bereits getan habe. Glaub bitte nicht, dass ich einen bourgeoisen Wutanfall bekomme, wenn Du mir von einer kleinen Affäre hier und da erzählst. Schließlich war diese Sache mit der freien Liebe meine Idee, und ich halte mich eigentlich nicht für eine so große Heuchlerin. Wenn ich Dich an der kurzen Leine halten wollte, würde ich Dich heiraten.

Apropos: Dein Argument, ich könnte für Jules und Inès eine »richtige Stiefmutter« sein, wenn wir verheiratet wären, ist nicht wirklich stichhaltig. Jules ist elf, Inès ist neun. Sie wissen, dass ich nicht ihre Mutter bin, schließlich leben sie bei ihr. Mich sehen sie nur, wenn sie Dich besuchen. Sie werden mich nicht plötzlich *Mère* nennen, wenn Du mir einen Ring an den Finger steckst, und das würde ich auch gar nicht wollen. Mir gefällt es wesentlich besser, die geliebte Tante zu sein. Die Rolle habe ich an Kitty schon bis zur Perfektion geübt, und sie liegt mir sehr. Ich liebe Deine Kinder so sehr, Rémy, und unsere

Beziehung zueinander ist so warm und herzlich, dass ich es so, wie es ist, perfekt finde. Das meine ich ernst, mein Schatz. Meinst Du nicht, Du klammerst Dich an Strohhalme?

Und um das Thema zu wechseln: Ich wollte Dir unbedingt noch erzählen, dass Kitty und Nils sich jedes Mal, wenn er die Post bringt, verstohlen küssen oder streicheln. Ach, wenn man doch noch mal sechzehn wäre. Allerdings sind die beiden schon zwanzig, respektive einundzwanzig, also eigentlich schon ein bisschen zu alt, um zu lange in diesem Vorspiel-Stadium stecken zu bleiben. Das Problem ist natürlich, dass Nils dieses Kirchenmädchen aus der Ferne anbetet. Hinzu kommt die nur allzu verbreitete Auffassung unter wohlerzogenen jungen Männern, dass man es mit einer Frau, die man mag und respektiert, nicht tun darf. Warum Frauen diese Auffassung auch noch ermutigen, entzieht sich meiner Kenntnis. Ja, ich weiß, ich habe gut reden, da ich mir meine Jungfräulichkeit bis vierundzwanzig bewahrt habe, aber das waren auch andere Zeiten damals. Kitty hat ein Diaphragma, seit sie neunzehn ist. Ich weiß es, da ich ihr zugeredet habe, es einsetzen zu lassen.

Da wir gerade von meiner Jungfräulichkeit sprechen und dem Bericht darüber, wie ich sie verloren habe – Deine Reaktion auf die Geschichte mit Claude im Landauer hat mich umgehauen. Zu behaupten, Du hättest Dich »emotional hintergangen« gefühlt, finde ich eine Spur zu melodramatisch, um nicht zu sagen, vorsintflutlich.

Hast Du diesen erotischen Film vergessen, den wir mit Margaux und Denis letztes Jahr im Sommer in Deinem Büro im *Pathé-Cinéma* gesehen haben, als alle schon nach Hause gegangen waren? Der, wo der Mann das Hausmädchen dabei erwischt, wie es sich mit dem Staubsaugerschlauch befriedigt, und er seine Frau zu einer kleinen Ménage à trois holt? Du hast mir gesagt, was die beiden Frauen miteinander gemacht haben, sei das Heißeste gewesen, was Du jemals gesehen hast.

Ich glaube es Dir sofort, denn kaum waren wir allein, hast Du mich auf die Knie gezwungen, deinen Schwanz herausgezogen und gegrollt: »*Suce-le.*« Ich werde schon nass, wenn ich nur daran denke, wie herrisch Deine Stimme geklungen hat. Und als Du mir sagtest, ich solle aufhören und mich über den Schreibtisch beugen, bin ich gekommen, ohne dass Du mich überhaupt angefasst hast, das einzige Mal in meinem Leben, dass mir so etwas im Wachzustand passiert ist. Wenn Du Dich erinnerst, habe ich pausenlos »Oh« geschrien, während Du in mich hineingehämmert hast – und dann noch ein paarmal, als Du auf dem Heimweg in diese Nebenstraße abgebogen bist, mich auf den Schoß gezogen und ihn mir erneut hineingesteckt hast. Du bist wirklich der heißeste Mann, dem ich je begegnet bin, und der beste Liebhaber. Ich habe solches Glück gehabt, Dich zu finden.

Aber ich werde rührselig. Ich habe diesen Film ja nur erwähnt, weil ich nicht verstehe, warum Du es »verstörend und unangenehm« findest, wenn zwei Männer es tun, während Du nichts dagegen hast, zwei Frauen dabei zu beobachten. Hast Du etwa Angst, Dein *pénis* könnte reagieren und Du müsstest über die Konsequenzen nachdenken? Ich frage ja nur, weil es mich verblüfft, dass ein so toleranter Mann wie Du so spießig reagiert.

Und jetzt wieder zu der wöchentlichen Folge von *Emilys Abenteuer im Schloss, Teil zwei.*

Die erwartete Aussprache zwischen Hickley und mir fand später an jenem Nachmittag statt. Er fand mich weinend in der Bibliothek. Das heißt, ich führte die Aussprache herbei, denn er starrte mich nur stumm an. Dass ich weinte, kannte er nicht an mir. Damit er mich über dem Regen, der aufs Dach trommelte, überhaupt hören konnte, musste ich schreien, weil die Bibliothek, die Kit völlig umgestaltet hatte, drei Stockwerke hoch war, mit einer breiten Galerie an der vorderen Wand. Es war die extravaganteste, bestausgestattete Privatbibliothek, die ich je gesehen hatte.

Ich beschuldigte Hickley der Untreue, der Perversität und des Betrugs, weil er in mir den Glauben geweckt hatte, er mache sich etwas aus mir, während ihm in Wirklichkeit nur die zwei Millionen Dollar meines Vaters etwas bedeuteten. Ich sagte, er habe mir vorgegaukelt, wir würden aus Liebe heiraten, und dabei sei es einfach nur eine geschäftliche Transaktion zwischen einem gierigen britischen Lord und einer naiven amerikanischen Erbin. Ich zerrte mir den Saphirring vom Finger und warf ihn ihm an den Kopf. Erst da begriff er die wirkliche Tragweite meiner Wut und die Konsequenzen für ihn: Die kleine Yankee hatte ihm das Geschäft vermasselt.

Sein Verhalten änderte sich, und seine milde Verwirrung wich ernsthafter Nervosität. Er schwor, er habe unsere Verlobung nie als geschäftliche Transaktion betrachtet, ich bedeute ihm weit mehr, als er sich anmerken ließe, aber er habe Angst gehabt, sich zu erklären, da wir uns doch erst so kurze Zeit kennen würden. Ich könne mich auf keinen Fall so schnell in ihn verliebt haben wie er sich in mich, und ich solle ihm doch bitte, bitte eine zweite Chance geben …

Ich erwiderte, dass ich ihm das nicht abkaufen würde. Wenn er mich wirklich liebte, dann hätte er mir in New York mehr als nur ein trockenes Küsschen gegeben. »Ich weiß, dass ich nicht schön bin, aber wenn Sie eine Frau lieben, wollen Sie dann nicht … dieser Liebe mit mehr als Worten Ausdruck verleihen?«

Hickley sagte, er sei verrückt nach mir, aber er habe sich im Zaum gehalten, um keine Grenzen zu überschreiten. Er erklärte, alle Männer hätten Bedürfnisse, aber ein wahrer Gentleman würde nicht im Traum daran denken, die Unschuld und den Ruf seiner Verlobten aufs Spiel zu setzen. Deshalb würde er, wie jeder andere Junggeselle, den er kannte, seine Lust »dort abladen, wo er niemals wieder mit ihr konfrontiert würde«. – Es fällt Dir vielleicht auf, dass er mir hinsichtlich meines Mangels an Schönheit nicht widersprochen hat.

Dem Vorwurf der Perversität setzte er entgegen, dass ich nur deshalb so schockiert sei, weil die Amerikanerinnen im Gegensatz zu den Europäerinnen so prüde seien. Ich sei zwar aufgeklärt, fuhr er fort, aber meine Kultur habe mich nie auf etwas anderes vorbereitet als auf meine ehelichen Pflichten – »im Nachthemd und bei gelöschtem Licht«. Da ich also ein typisch ahnungsloses, uninformiertes amerikanisches Mädchen sei, würde ich die kreativeren Formen des Liebesspiels natürlich widerwärtig finden.

Es war mir schrecklich peinlich, dass er mich mit allen anderen in einen Topf warf, was zweifellos seine Absicht war, aber das wurde mir erst später klar, da ich so einem geübten Lügner noch nie begegnet war. Ich behauptete also, ich fände es überhaupt nicht widerwärtig. Dabei hatte mich der Cunnilingus erschreckt, und was ich von dem Auspeitschen halten sollte, wusste ich auch nicht. Ich sagte, ich sei nur ein wenig enttäuscht über seine Untreue. Und dann, Gott möge mir beistehen, ich verstünde nun besser, warum er sich so zurückgehalten habe, aber es sei wirklich nicht nötig gewesen, weil ich alles andere als prüde sei.

Nun, jetzt hatte er mich, und ich muss beschämt gestehen, dass mein Entschluss, die Verlobung zu beenden, wankte. Der Bastard sank auf die Knie, ergriff meine Hände und erklärte, er sei noch nie so verliebt gewesen, habe noch nie eine wirkliche Beziehung gehabt und könne den Gedanken nicht ertragen, mich zu verlieren. Da es mich bekümmere, ihn mit anderen Frauen zu sehen, versprach er, bis zur Hochzeit »wie ein Mönch zu leben«. Und unsere »ehelichen Beziehungen« würden so abenteuerlich sein, wie ich es wünschte.

Ich erwiderte, ich hätte mich immer schon als abenteuerlustig empfunden. »Ich mag über solche Angelegenheiten gegenwärtig nicht viel wissen, aber ich versichere Ihnen, ich bin offen für alles und bereit zu lernen – wenn der richtige Zeitpunkt gekommen ist.«

Mehr brauchte ich nicht zu sagen. Er sprang auf und holte aus der gegenüberliegenden Ecke der Bibliothek ein Buch, das er mir reichte. »Es gibt hier eine herausragende kleine Sammlung erotischer Literatur, aber das hier ist mein Lieblingsbuch. Sie werden es sehr instruktiv finden, wenn Sie bereit sind, so etwas zu lesen.«

Ich nahm es und sagte: »Ich halte nichts von Selbstzensur.« Natürlich hatte ich solche Literatur noch nie in meinem Leben gelesen. Das Buch war der erste Band von *Mein geheimes Leben*, verfasst von einem gewissen »Walter«. Hickley sagte, dass ich daraus viel über die sexuellen Neigungen von Männern lernen würde. »Das kann unserer Ehe nur nützen.«

Er versuchte, mich zu überreden, den Ring wieder anzunehmen, aber ich erwiderte, ich müsse darüber nachdenken – eine Entscheidung, für die ich mir im Nachhinein sehr dankbar bin, da ich auf diese Weise wenigstens einen letzten Rest von Würde in dieser demütigenden Episode bewahren konnte. Hickley sagte mir, er würde mit seinen Freunden morgen in die französischen Alpen abreisen, aber sie kämen in ein paar Tagen wieder zurück, und er hoffe, dass ich »dann in der geeigneten Stimmung sei, um den Ring wieder anzunehmen«. Ich erwiderte, ich sei dann bereits abgereist, wenn das Wetter es zuließe. – Es stellte sich heraus, dass ich noch nicht abgereist war, aber das lag nicht am Wetter. – Ich ließ mich von ihm zum Abschied nicht küssen, und er schlich davon wie ein geprügelter Hund.

Die Haushälterin informierte mich, dass mein Gepäck ins *Chambre Rouge* gebracht worden sei, ein Zimmer im zweiten Stock des Ostflügels. Um dorthin zu gelangen, musste ich die Steintreppe im Südostturm hinaufsteigen. Auf dem Weg drängte sich ein elegant gekleidetes Paar mit einer atemlosen Entschuldigung an mir vorbei.

»Oh, das ist Hickleys Yankee«, sagte die Frau über die Schulter, als sie ein paar Stufen weiter stehen blieb. Es war »Fick mich oder leck mich«-Fanny. »Kommen Sie doch mit uns. Ich habe gehört, Lucinda Mumford lässt uns alle zuschauen.«

Ich hatte zwar keine Ahnung, was sie meinte, folgte ihnen aber neugierig den Turm hinauf. Oben angekommen war mir sofort klar, dass dies ein besonderer Ort war. Ich versuche mal, ihn so gut wie möglich zu beschreiben. Der Turm war rund und ziemlich groß, mit Schießscharten in der dicken Außenmauer. Auf den unteren Stockwerken waren verschiedene Zimmer untergebracht, manchmal achteckig oder in anderen ungewöhnlichen Formen, damit sie in den runden Turm passten. Hier im oberen Stockwerk jedoch gab es nur einen einzigen runden Raum, etwas kleiner als der Durchmesser des Turms, sodass außen eine Art Korridor von etwa zwei Meter Breite darum herumführte, in dem Sofas und Chaiselonguen standen. Der runde Raum sah so aus, als sei er erst kürzlich fertiggestellt worden. Die Außenwände waren mit dunklem Holz verkleidet und hatten alle paar Meter ein großes Fenster. Durch diese Fenster konnte man in den Innenraum sehen, dessen Wände mit apricotfarbener Seide bespannt und mit hohen Spiegeln in Goldrahmen behängt waren. In der Mitte dieses seltsamen »Boudoirs« stand ein Bett mit vier Pfosten. Auf dem Bett lag eine schöne junge Frau in einem schwarzen Satin-Gewand und masturbierte. Ihr Schmuck glitzerte in der Nachmittagssonne, die durch die Lichtkuppeln im spitz zulaufenden Dach drang.

Sie lag auf dem Bauch, hatte die Röcke hochgeschoben, und ihre schwarzen Petticoats bauschten sich um ihre Taille. Ihre ebenfalls schwarze, gerüschte Unterhose hatte sie bis zu den

Strümpfen hinuntergezogen. Der einzige entblößte Körperteil war ihr Hintern, der wie glatter weißer Marmor aus all dem Schwarz herausragte. Sie stieß langsam mit den Hüften, und ich sah, dass sie einen Arm unter sich geschoben hatte und ihn rhythmisch bewegte. Ihr Mund stand offen, die Augen hatte sie verträumt halb geschlossen. Durch die Scheibe hörte ich ihren bebenden Atem, und ich weiß noch, dass ich dachte: *Mein Gott, das ist real. Sie befingert sich tatsächlich selbst, und ich sehe wirklich zu.*

Fanny und ihr Begleiter sanken auf eine Ledercouch, die im Halbdunkel an der Wand stand. Sie knöpfte seine Hose auf, während er die Hand unter ihren Rock schob. Beide starrten sie in den runden Raum hinein. Von überallher im Korridor hörte ich stoßweises Atmen und leise Stimmen, und ich stellte fest, dass sie nicht das einzige Paar waren, das dieses Schauspiel genoss. Aber wie konnten sie in das Zimmer hineinblicken, in dem doch offensichtlich Spiegel hingen?

»Es sind transparente Spiegel«, flüsterte ein Mann neben mir, den ich vorher nicht bemerkt hatte.

Er sah unglaublich gut aus, auf eine südländische Art, mit dichten dunklen, lockigen Haaren und warmen braunen Augen wie geschmolzene Schokolade. Sein Gesichtsausdruck und seine Haltung vermittelten eine Aufrichtigkeit und Offenheit, die entwaffnend waren. Es war der Mann vom Brunnen, der mich eine Schönheit genannt und aufgefordert hatte, mich ihnen anzuschließen. Sein Englisch mit einem amerikanischen Akzent weckte eine Erinnerung in mir, die ich jedoch nicht greifen konnte. Ich hatte das Gefühl, ihm schon einmal begegnet zu sein.

»Ein Russe hat sie vor ein paar Monaten für uns angebracht«, sagte er und hob eine Weinflasche zum Mund.

»Für uns?«

»Nun, für den Seigneur des Ombres. Ich bin lediglich ein …

Langzeit-Mieter, sozusagen.« Er wies mit der Flasche auf die Spiegel und sagte: »Sie sind nur halb versilbert. Wenn man aus einem dunkleren Raum in einen hell erleuchteten blickt, kann man hineinsehen, aber die Personen im Raum sehen nur ihr Spiegelbild.«

»Sie weiß also gar nicht, dass sie beobachtet wird?«, fragte ich mit leiser Stimme. »Das ist ja schrecklich. Das ist …«

»O doch, das weiß sie. Jeder weiß, was es mit dem *Boudoir des Miroirs* auf sich hat. Es gibt eine Warteliste für diesen Raum. Sie wären überrascht, wie viele Menschen eine exhibitionistische Ader haben. Man kann den Raum für eine ganze Nacht oder aber für ein ›Nickerchen am Nachmittag‹, so wie jetzt, buchen. Ich bin übrigens Inigo.« Er reichte mir so nonchalant die Hand, als befänden wir uns auf einer Dinnerparty an der Fifth Avenue.

»Emily Townsend.«

»Ich weiß.«

»Entschuldigung, aber sind wir uns schon vorgestellt worden?«

»Nicht dass ich wüsste. Fanny Caddingdon sagte mir Ihren Namen, als ich fragte, wer das hübsche neue Mädchen sei. Sie haben nicht zufällig amerikanische Zigaretten dabei?«

»Leider nein.«

Eine Tür auf der anderen Seite des »Boudoirs der Spiegel« öffnete sich langsam, und ein Mann schlüpfte hinein. Er war etwa dreißig und sah nett aus, hatte jedoch ein gefährliches Glitzern in den Augen, bei dem es mir kalt den Rücken herunterlief.

Inigo klopfte mir leicht auf die Schulter und sagte: »Das gehört alles zu dem, was Lucinda sich erhofft hat, als sie um diesen Raum gebeten hat.«

»Sie meinen, es ist inszeniert?«

»O nein. Wenn jemand das *Boudoir* gebucht hat, dann handeln die anderen Gäste für gewöhnlich untereinander aus, welche Person oder vielleicht auch welche Gruppe überraschend zu Besuch kommt. Aber die Person im Boudoir hat keine Ahnung, wer es sein könnte. In der Ungewissheit liegt ja gerade der Reiz. Dieser Mann ist Theodore Newton. Er und Lucinda sind Amerikaner. Sie waren früher einmal ein Liebespaar, aber ich habe gehört, sie hätte ihn vor ein paar Jahren gegen ein älteres, reicheres Modell eingetauscht. Seit sie hier sind, versucht er die alte Flamme wieder zu entzünden, aber bis jetzt hat sie ihm die kalte Schulter gezeigt. Möchten Sie sich eigentlich nicht setzen?« Er wies auf einen leeren Stuhl.

»Oh. Nein. Nein, ich, äh …«

»Nur um sich hinzusetzen«, sagte er. »Ich meinte nicht unbedingt … Sie wissen schon.«

Unbedingt? »Mir macht es nichts aus zu stehen.«

Newton knöpfte seine Hose auf, zog seine Erektion heraus und rieb sie ein paarmal mit festem Griff. Eigentlich hätte ich auf der Stelle gehen sollen, aber ich blieb wie gebannt stehen. Ich hatte noch nie zuvor einen Penis gesehen, erigiert oder nicht, und ich weiß noch, dass ich völlig überrascht von seiner seidenglatten Struktur und der violett schimmernden Eichel war. Er steckte sich drei Finger in den Mund, um sie anzufeuchten, und sagte dann: »Ich wüsste zu gerne, was du jetzt denkst, Luce.«

Sie keuchte, aber bevor sie reagieren konnte, drückte er ihr das Knie auf den Rücken und stieß die Finger in ihre Spalte. Sie schrie und bäumte sich auf, wobei sie versuchte, ihn mit der freien Hand zu schlagen.

»Ach, willst du es mir nicht sagen?«, fuhr er fort und stieß mit den Fingern zu. »Aber so nass, wie du bist, kann ich deine Gedanken sowieso erraten. Du denkst bestimmt an all die Rubine, Smaragde und Perlen, für die du mich eingetauscht hast. Das macht dich klatschnass, was?«

»Du Hurensohn!«

Er öffnete den Verschluss von einer ihrer Ketten, Diamanten im Wechsel mit dicken, unregelmäßig geformten Barockperlen, und sagte: »Denkst du daran, wenn dieser vertrocknete alte Winzling in dir steckt?« Er ließ die Kette vor ihrem Gesicht baumeln. »Ich wette mit dir, du würdest am liebsten nur den Schmuck ficken und den Mann dazwischen auslassen. Hast du es immer noch so gerne, wenn man ihn dir in den Arsch steckt?«

Mir fielen fast die Augen aus dem Kopf, als er die Kette in ihr Rektum schob, eine dicke Perle nach der anderen, bis man nur noch den Verschluss am Ende einer kleinen Diamantenschnur sah. Es sah obszön schön aus, wie Schmuck fürs Hinterteil. Er zog leicht daran. Sie holte tief Luft, und ihre Hüften bebten.

Dann begann er, sie mit den Fingern zu ficken, während er an der Kette zog und wackelte. Dabei drückte er sie die ganze Zeit mit dem Knie aufs Bett. Sie stöhnte rau.

»Teddy, du Bastard«, hauchte sie und bog sich ihm entgegen. »Schwanzlutscher, Fickschwanz …«

Er zog das Knie weg. Sie schien es gar nicht zu merken. Und gerade als sie zum Höhepunkt kam, zog er die Kette heraus … plopp-plopp-plopp-plopp-plopp …

Sie schrie und bäumte sich auf, während der Orgasmus sie überwältigte. Als sie wieder zu Atem gekommen war, beugte sich Teddy dicht über sie und sagte leise: »Wusstest du, dass ich hier sein würde, Luce? Hast du ihm gesagt, ich sei der Grund, warum du ohne ihn nach Frankreich fahren wolltest, weil du mich unbedingt wiedersehen, mit mir ficken wolltest, auch wenn du zu stolz bist, es zuzugeben?«

»N-nein«, stammelte sie und rang nach Luft. »Gott, nein. Wenn er es herausfindet …« Sie schüttelte den Kopf.

Mit einem triumphierenden Blick warf sich Teddy über sie, riss ihr die Unterhose herunter und bestieg sie. Er packte ihre

Hüften und drang so kraftvoll ein, dass ich leise aufschrie. Er fickte sie fest und grunzte bei jedem Stoß. Erneut kam sie, klammerte sich an seinen Rücken und stöhnte: »Oh, Teddy … O Gott, wie ich diesen großen, harten Schwanz vermisst habe. Tiefer, Teddy, tiefer …«

»Ist alles in Ordnung, Miss Townsend?« Inigo berührte mich am Arm.

Ich zuckte zusammen. Schon diese leichte Berührung durch den Stoff meines Ärmels ließ mich sexuell erschauern, so erregt war ich. »Ich muss gehen. Es … es hat mich gefreut, Sie kennenzulernen.«

Er rief meinen Namen, als ich die Treppe hinunterrannte, aber ich blieb nicht stehen, bis ich die schwere Eichentür des *Chambre Rouge* hinter mir geschlossen hatte. Vom Abendessen abgesehen hielt ich mich für den Rest des Nachmittags und Abends in meinem Zimmer auf. In jener Nacht schlief ich kaum, sondern saß stundenlang in meinem Bett mit den roten Samtvorhängen und las *Mein geheimes Leben*. Ich fand es zutiefst deprimierend, nicht nur weil es weitschweifig und banal war, sondern weil der Sex schmutzig und hässlich war, stank und vage skatologische Anklänge hatte. Und »Walter« selbst kam mir unreif und triebhaft vor, ein Räuber, der Frauen, auch unschuldige Jungfrauen, ohne jeden Skrupel überfiel.

Da ich fand, eine »herausragende Sammlung erotischer Literatur« sollte attraktivere Geschichten enthalten, ging ich mitten in der Nacht in die Bibliothek, um nachzuschauen, was sonst noch in der Ecke stand. Ich entdeckte zehn weitere Bände von *Mein geheimes Leben*, wählte aber stattdessen die *Autobiographie eines Flohs* von »Anonymus«, weil ich beim kurzen Überfliegen feststellte, dass es sowohl witzig als auch erotisch war.

Auf dem Weg zurück in den zweiten Stock hörte ich leise Schritte über mir auf der Wendeltreppe. Zuerst zögerte ich, aber dann gewann meine Neugier doch die Oberhand. Ich huschte nach oben, wobei ich eigentlich erwartete, auch andere Gäste in dem Gang um das *Boudoir des Miroirs* anzutreffen. Es war schwer zu sagen, weil es stockdunkel war, aber ich schien die Einzige zu sein – es war schließlich ganz früh am Morgen.

Durch die durchsichtigen Spiegel konnte ich in das Boudoir sehen, wenn auch nicht so deutlich wie am Nachmittag zuvor, da die Lichtverhältnisse nicht ideal waren. Inigo hatte mir erklärt, die Spiegel funktionierten am besten, wenn man von der Dunkelheit ins Licht schaute; es drang zwar Mondschein durch die Oberlichter, aber Mondlicht ist eben nicht so hell wie Sonnenschein.

Ich sah jedenfalls alles ein wenig verschwommen, so wie auf diesen unscharfen Julia-Cameron-Fotografien, die Dir unerklärlicherweise so gut gefallen. Ich sah das Bett, auf dem eine Frau zusammengerollt auf der Seite lag. Sie war völlig – beziehungsweise zur Hälfte – in schwarzes Leder gekleidet: ein Wespentaillen-Korsett, Handschuhe bis zu den Schultern und eine Kapuze, die eng um Kopf und Schultern lag und sie komplett verdeckte. Von meinem Standort aus – ich blickte diagonal über das Bett von den Füßen zum Kopf – sah ich, dass die Kapuze hinten geschnürt war. Ich konnte mir nicht vorstellen, wie sie durch das feste Leder atmen konnte, aber dann sah ich, wie sich die Stelle über dem Mund bei jedem Atemzug hob und senkte, also befand sich dort offensichtlich ein Stück luftdurchlässige Gaze. Sie schien fest zu schlafen, auch wenn ich mir nicht denken konnte, wie man mit so einem Ding über dem Kopf überhaupt einschlafen konnte.

Ich fragte mich, wer die Person wohl war, die vor mir die Treppe hinaufgegangen war, als ich auf der anderen Seite des Raums, in der Nähe der Tür, eine Bewegung bemerkte. Es war schwer, etwas zu erkennen, zum einen wegen der Entfernung, zum anderen, weil das Mondlicht hauptsächlich auf das Bett fiel, aber verschwommen sah ich eine Gestalt in einem dunklen Morgenmantel. Wegen der Größe, vermutlich über eins achtzig, nahm ich an, es sei ein Mann, aber dann glitt der Morgenmantel zu Boden, und ich stellte fest, dass es eine Frau war, wenn auch eine große.

Sie hockte sich anmutig auf die Fersen. Ich weiß noch, dass sie mich an eine große, geschmeidige Raubkatze erinnerte. Ihre Augen waren geschlossen, ihre Lippen bewegten sich – aber sie murmelte so leise, dass ich durch die Scheibe nichts hören konnte. Zitternd biss sie die Zähne zusammen, dann senkte sie den Kopf, und ihre Haare flossen wie ein glänzender Bronzestrom über den Boden. Minutenlang verharrte sie in dieser Position, eine Hand auf dem Boden, die andere auf ihrem Knie. Schließlich schien sie sich zu entspannen. Sie warf die Haare zurück und stand auf.

Ich trat näher an die Scheibe. Mehr aus der Nähe betrachtet, hatte die Gestalt breite Schultern, schmale Hüften und war sogar noch größer, bestimmt eins achtundachtzig. Das war keine Frau, trotz der langen Haare. Es war der blonde Mann vom Brunnen, der, der eine Frau geküsst hatte, während er in die andere eingedrungen war.

Ich weiß noch, dass ich mit offenem Mund dastand und zu verstehen versuchte, was ich gerade gesehen hatte. Unwillkürlich fielen mir Eugènes Dusii ein, die sich vom Mann zur Frau und wieder zurück verwandeln konnten. Aber eigentlich hatte ich nicht das Gefühl, einen Sex-Dämon zu betrachten – ich fühlte mich lediglich die ganze Zeit über ein bisschen berauscht. Weißt du noch, wie wir mit Gertrude und Alice Haschisch geraucht haben? Und dieses Gefühl war so ähnlich, als ob ich die Realität aus einer gewissen Distanz wahrnähme. Und wenn man bedenkt, dass die Lichtverhältnisse nicht besonders gut waren, kann ich mich auch geirrt und vielleicht gar keine Frau gesehen haben.

Der Mann blickte an sich herunter und betastete seine Genitalien, nicht auf eine sexuelle Art, sondern als wolle er sich vergewissern, dass alles an Ort und Stelle war. Er kreiste mit den Schultern, streckte Arme und Beine aus und ließ die Knöchel knacken. Dann hockte er sich hin, nahm etwas aus der Tasche des Morgenmantels, ein Band oder ein Stück Schnur, und band damit seine Haare nach hinten. Anschließend trat er ans Bett und betrachtete die schlafende Frau auf eine Art, die ich nur als hungrig bezeichnen kann.

Ich konnte ihn jetzt besser sehen. Er war prachtvoll. Ehrlich, Rémy, es war, als sähe ich die Gestalt eines jungen Gottes, gebadet in silbriges Mondlicht. Tut mir leid, wenn ich in so poetischen Formulierungen schwelge, aber er raubte mir buchstäblich den Atem. Er hatte ein wundervolles Gesicht – strahlend blaue Augen unter geschwungenen Augenbrauen, eine Adlernase, volle Lippen. Beinahe wäre er zu hübsch gewesen, hätte er nicht ein so kantiges Kinn gehabt. Er war schlank, aber muskulös – auch sein Schwanz, der wuchs und sich glänzend und hart aufrichtete, während er die Frau betrachtete. Er streichelte ihn ganz leicht mit den Fingerspitzen, und er schien noch länger und dicker zu werden. Ich war allein schon vom Zusehen erregt.

Er hockte sich auf das Bett hinter die Frau und ließ seine Hand leicht über ihre Hüfte gleiten. Sie fuhr aus dem Schlaf auf, aber er streichelte sie beruhigend, flüsterte »schscht«, und sie entspannte sich. Sie versuchte, sich zu ihm zu drehen, aber er hielt sie auf der Seite fest und begann, die Haube aufzuschnüren.

Als sie merkte, was er vorhatte, schüttelte sie heftig den Kopf und versuchte, seine Hände wegzuschieben. Aber er wehrte sie ab, und als er die Haube von ihrem Kopf zog, befreite er ihre wellige, mahagonibraune Haarpracht.

»Beruhige dich«, sagte er. »Beruhige dich, Helen. Ich bin es, Elic.«

»*Elic?*« Sie wollte sich aufrichten, aber er schlang die Arme um sie und sagte: »Entspann dich, Helen. Es ist alles in Ordnung. Du wirst schon sehen.« Er hatte eine tiefe, angenehm raue Stimme mit einem leichten europäischen Akzent, den ich nicht ganz einordnen konnte.

Helen wehrte sich und trat nach ihm – ich bekam schon Panik, weil ich fürchtete, es handele sich um eine Vergewaltigung –, aber dann strich er ihr über die Stirn und murmelte etwas in einer Sprache, die skandinavisch klang. Sofort war sie völlig entspannt, und mit verzücktem Gesichtsausdruck ließ sie sich von ihm zwischen den Beinen streicheln. Ich habe keine Ahnung, was er zu ihr sagte, aber von diesem Moment an war sie enthusiastisch.

Sie lagen in der Löffelchen-Stellung hintereinander. Er drückte die Spitze seines Schafts, wobei ein klarer Sirup austrat, den ich in meiner Unwissenheit für Samen hielt. Mittlerweile weiß ich natürlich, dass er seinen Schwanz mit seinen Lusttropfen einrieb. Er stützte sich auf einen Ellbogen, ergriff sein Glied und schob die Eichel in sie hinein. Mit einem Arm umfasste er ihre Hüften und schob sie ganz auf sich. Dabei stöhnte er so hingerissen auf, dass der Laut in meinem Bauch vibrierte.

Mit langen, stetigen Stößen trieb er seinen Schaft in sie hinein, während er zugleich ihre Klitoris befingerte. Stöhnend klammerte die Frau sich an das Laken. Von meinem Standpunkt aus hatte ich einen guten Blick auf alles, und ich fand es unglaublich erregend zu sehen, wie dieser harte, glatte Schwanz wie ein Kolben in sie stieß. Ich glaube, ich atmete genauso schwer wie die beiden, und ich war so nass, dass mir mein Honig an den Innenseiten der Schenkel herunterlief.

Helen kam zweimal. Als ihre zweite Klimax sich ankündigte, stützte Elic sich auf einen Arm, wahrscheinlich, damit er tiefer in sie eindringen konnte. Mit jedem Stoß spannte sich sein ganzer Körper an. Einen Moment hielt er inne, und dann stöhnte er ekstatisch auf. Ich konnte sehen, wie seine Eier pumpten, als er sich in sie entleerte – faszinierend! Und unglaublich erregend. Der Orgasmus dauerte viel länger, als es die Norm ist – wie ich jetzt weiß. Gegen Ende sickerte eine cremige Flüssigkeit, die ich als Sperma erkannte – obwohl ich mich erinnere, dass sie dicker war als normaler Samen –, aus ihr heraus.

Als es schließlich vorüber war, sank er atemlos und erschöpft auf das Bett zurück. Er schob ihre prächtige Haarmähne beiseite, zog sie an sich und küsste sie sanft und zärtlich auf den Nacken. Die Worte, die er flüsterte, brachten sie zum Lächeln. Langsam zog er seinen Schwanz aus ihr heraus. Er war immer noch halb erigiert. Sperma tropfte aus ihm heraus wie schmelzende Eiscreme.

Er setzte sich auf, um ihr das Korsett und die Handschuhe auszuziehen, dann ließ er sie wieder aufs Bett sinken und saugte an ihren Brüsten, während er mit der Hand seinen Schwanz rieb. Innerhalb weniger Sekunden war er wieder steif, und er hob ihre Beine über seine Schultern, keine fünf Minuten, nachdem er seinen Schwanz aus ihr herausgezogen hatte. Heute weiß ich natürlich, dass das ungewöhnlich ist, aber damals war mir nicht klar, dass Männer eine Erholungspause brauchen. Er fickte sie ein zweites Mal, und wieder kam sie zweimal zum Höhepunkt, bevor er abspritzte. Allem Anschein nach war der Orgasmus ebenso heftig wie der erste, wenn auch vielleicht nicht ganz so lang. Und ich sah kein Sperma mehr, also hatte er sich in dieser Hinsicht wohl beim ersten Mal verausgabt. Ein paar Minuten später führte er ihre Hand über seine leicht nachlassende Erektion, zog sie auf alle viere und nahm sie erneut.

Du musst mir nicht glauben, Rémy. Aber ich habe es mit meinen eigenen Augen gesehen.

Oder zumindest erinnere ich mich so daran. Wer weiß schon, ob das dasselbe ist?

Und jetzt, *mon chéri*, sage ich Dir *Adieu*, weil es schon fast zwei Uhr morgens ist und ich kaum noch die Augen offen halten kann. Bitte, halt mich nicht für verrückt wegen dem, was ich Dir berichtet habe. Verrückt bin ich nur nach Dir.

Tu me manques,

Em

4

Emmeline wich zurück an die Wand. Sie zitterte vor Entzücken und Furcht, als Tobias' kolossaler Schaft sich wie ein stolzer, ungezähmter Hengst aufbäumte.

»Tut es … tut es weh?«, fragte sie und starrte fasziniert auf die hoch aufragende Säule aus Fleisch.

»Er sehnt sich nach Erlösung, Emmeline. Er sehnt sich nach dir.«

*

Steamboat Springs, Colorado 9. Februar 1922

Lieber Rémy,
wie immer habe ich Deinen letzten Brief verschlungen. Ich liebe Deine Beobachtungen und Witzeleien – es freut mich, dass ich Dir »Wichs-Material« zur Verfügung stellen konnte. Was Elic angeht, so könntest Du mit der Macht der Suggestion durchaus recht haben. Eugène hatte mir von Dusii erzählt, und da ich müde war – schließlich war es mitten in der Nacht – und mich sowieso seit meiner Ankunft schon leicht benommen fühlte, bildete ich mir ein, ich sähe, wie eine Frau sich in einen Mann verwandelt. Das klingt wirklich sehr einleuchtend.

Zu Deinem Brief: Etwas nagt an mir, seitdem ich es zum ersten Mal – und danach noch Dutzende Male – gelesen habe. Es hat etwas zu tun mit unseren Seitensprüngen, seit wir zusammen sind. Ich finde, es war sehr zuvorkommend von mir, Dir zu schreiben, dass es bei mir niemand anderen gegeben hat. Ich war Dir diese Information keineswegs schuldig, sondern habe sie aus Rücksicht auf Deine Gefühle preisgegeben. Unter dieser Voraussetzung war es sicher nicht zu viel verlangt, Dich ebenfalls darum zu bitten. Dass Du darauf antwortest, Du seist mir weder Treue noch einen Bericht Deiner Untreue schuldig, da wir nicht Mann und Frau seien, kommt mir überraschend kalt – das sieht Dir gar nicht ähnlich, Rémy – und außerdem recht durchsichtig vor.

Wenn Du glaubst, ich heirate Dich, nur um herauszufinden, ob Du im letzten Jahr fremdgegangen bist, kennst Du mich nicht sehr gut. So wichtig ist es mir nun auch wieder nicht. Ich habe Dir bereits gesagt, dass wir beide erwachsen sind und tun und lassen können, was wir wollen. Mir ist es gleichgültig, ob Du mit anderen schläfst. Das ist nicht der Grund, warum ich das aufgebracht habe. Aber es macht mir etwas aus, wenn Du auf meine Offenheit und Aufrichtigkeit so berechnend reagierst und versuchst, mich zu bestrafen, wo ich doch nur wollte, dass Du mit mir genauso rücksichtsvoll umgehst wie ich mit Dir, und zwar aus Liebe und nicht, weil Du Dich dazu verpflichtet fühlst.

Das wollte ich mir nur von der Seele schreiben. Und Du brauchst Dir keine Gedanken zu machen, ich grübele nicht weiter darüber, nein, ganz bestimmt nicht. Es spielt keine Rolle. Es ist nicht wichtig. Wenn Du es mir nicht sagen willst, sag es mir einfach nicht.

Also, weiter mit *Emilys Abenteuern.*

Als wir unsere tapfere Heldin das letzte Mal gesehen haben, hat sie eine Marathon-Vögelei zwischen Elic und Helen beobachtet. Ich weiß nicht mehr, wie oft sie es in jener Nacht gemacht haben. In der Mitte des dritten Aktes bin ich in mein Zimmer gegangen, habe mir ein heißes Bad eingelassen und mir drei oder vier wilde Orgasmen gegönnt, während ich mich an das Gesehene erinnerte.

Da ich die halbe Nacht auf gewesen war, schlief ich am nächsten Morgen bis zehn Uhr. Ich hätte wahrscheinlich noch länger geschlafen, wenn nicht jemand an meine Tür geklopft hätte. Es war vermutlich Hickley, der sich verabschieden wollte, aber ich war verschlafen und im Nachthemd und hatte wirklich keine Lust, noch einmal mit ihm zu sprechen, bevor ich nicht alles noch einmal durchdacht hatte, deshalb ließ ich ihn nicht herein.

Ich hatte gehofft, das Wetter würde aufklaren, sodass ich nach Lyon zurückfahren konnte, aber der Regen schlug immer noch gegen die Fenster, und es sah nicht so besonders gut aus. Da ich nicht wieder einschlafen konnte, zog ich mich an, ergriff *Mein geheimes Leben* und *Die Autobiographie eines Flohs* – die ich noch nicht einmal angefangen hatte zu lesen – und eilte nach unten, um den Tag in der Bibliothek zu verbringen.

Die Bibliothek war vorn im Schloss mit Terrassentüren, die auf einen ebenerdigen Balkon hinausführten, von dem aus man die Auffahrt überblickte. Die scheidenden Gäste standen unter schwarzen Regenschirmen neben einer Schlange wartender Kutschen. Ich erkannte Hickley und trat rasch hinter den Samtvorhang, um durch die Lücke zu spähen.

Er plauderte mit einem Paar, das gemeinsam unter einem Schirm stand, und was er sagte, schien sie gewaltig zu erheitern. An einem Punkt machte er eine kreisförmige Geste um seinen Kopf, als wolle er einen großen Hut andeuten, tat so, als zerrte er an der Krempe, und blickte sich mit großen, verwirrten Kuhaugen um. Seine Freunde brüllten vor Lachen.

Ich hatte das Gefühl, mir hätte jemand in den Magen geboxt.

Eine Frau in einem offenherzigen, gelb gestreiften Kleid rannte vom Torhaus unter den Schutz von Hickleys Schirm, wobei sie mit der einen Hand ihre Röcke raffte und mit der anderen ihren Hut festhielt. Ich erkannte in ihr den dunkelhaarigen Vamp, den er mit der Zunge beglückt hatte, als ich am Tag zuvor den kleinen Dreier unterbrochen hatte, dieselbe Person, die ihn mit der Reitgerte verprügelt und ihm befohlen hatte, die Blonde fester zu stoßen. Hickley zog sie an sich und gab ihr einen langen Kuss.

Ich schüttelte den Kopf und flüsterte: »Du Hurensohn.«

»Wer?«

Ich wirbelte herum. Inigo lächelte mich über die Lehne der Ledercouch mitten im Raum an.

»Wie schaffen Sie es eigentlich, sich immer so an mich heranzuschleichen?«, fragte ich.

»Ich habe die Fähigkeit kultiviert, Leute zu beobachten und ihren Gesprächen zu lauschen.«

»Meinen Sie das ernst?«

»Selten.« Er wandte den Blick zum Fenster und sagte: »Wer ist denn nun der Hurensohn?«

Ich seufzte. »Randolph Lytton, Baron of Hickley.«

»Ah, der scharfe Randy. Wie exzellent Sie doch den Charakter beurteilen können, Miss Townsend.«

Ich bat ihn, mich Emily zu nennen. »Wer ist denn diese Frau, die neben ihm unter dem Schirm steht?«

»Das ist Priscilla Brisbane«, erwiderte er, als sei das völlig offensichtlich.

»Wer?«

»Sie kennen Randy, aber nicht seine Geliebte? Ich habe sie gerade erst kennengelernt – sie waren noch nie zuvor hier –, aber man hat mir gesagt, sie seien schon seit vier Jahren zusammen, man sähe sie nie getrennt und er würde sie auf der Stelle heiraten, wenn sie nicht eine unbekannte, mittellose Schauspielerin wäre. Habe ich etwas Komisches gesagt?«

Ich stellte fest, dass ich lachte, kein fröhliches Lachen, sondern dieses bittere Kichern, das sich einem manchmal entringt, wenn man keine Tränen mehr hat. Ich erwiderte ihm, ich sei nur ein wenig benommen, weil ich nicht gut geschlafen hätte.

Draußen nahm ein Kutscher den Schirm einer Dame und half ihr in einen Landauer. Es war die Kutsche, in der ich am Tag zuvor Claude Morels kleines Techtelmechtel beobachtet hatte. Die Dame war Helen, die Elic in der vergangenen Nacht im *Boudoir des Miroirs* so gründlich beglückt hatte.

Ich fragte Inigo, ob er sie kennen würde, und er sagte, ja sicher, er wäre über alle Gäste informiert, die nach Grotte Cachée kämen. Er sagte mir, sie heiße Helen Forrester und sie sei hierhergekommen, um schwanger zu werden. Ihr Gatte war offensichtlich zeugungsunfähig – sie war sich ziemlich sicher, dass es an ihm lag und nicht an ihr, weil er auch keine Kinder aus seiner ersten Ehe hatte. Sie wollte unbedingt ein Kind, zögerte jedoch, sich zu diesem Zweck einen Liebhaber zu nehmen, nicht nur, weil sie ihren Mann liebte, sondern weil sie wollte, dass ihr Kind Forrester-Blut hatte. Sie fand heraus, dass der Bruder ihres Mannes, ein Don Juan namens Cyrus Forrester, nach Grotte Cachée fahren wollte, und folgte ihm dorthin, in der Hoffnung, ihn überreden zu können, dass er ihr ein Kind machte. Aber er war zwar ein Lüstling und ein Lederfetischist obendrein, wie sie bald entdeckte, besaß jedoch zu viel Ehre, um seinem Bruder Hörner aufzusetzen, auch wenn er gar keinen Kontakt mehr mit ihm hatte. Helens Tränen und Annäherungsversuche bewirkten nichts, und sie glaubte schon, ohne Erfolg abreisen zu müssen, aber dann erfuhr sie, dass eine Frau namens Cassandra eine Übernachtung im *Boudoir* gebucht hatte und dass Cyrus sie besuchen wollte. Helen überredete Cassandra, ihren Platz einnehmen zu dürfen, und sie streifte sich eine Kapuze über den Kopf, um ihre Identität zu verbergen.

»Sie sieht recht glücklich aus«, sagte Inigo, »die kleine List hat also offensichtlich gewirkt. Wollen wir hoffen, dass sie Früchte trägt!« Er hob einen Becher wie zu einem Trinkspruch, dann sagte er: »Ich bin ja sogar noch unhöflicher als sonst. Ich habe eine Kanne voll Java mitgebracht. Möchten Sie etwas?«

»Bitte.«

Inigo klopfte einladend auf die Couch neben sich und schenkte mir einen Becher ein. Er bot an, einen Schuss Brandy hineinzugeben, aber ich lehnte ab. Als ich mich neben ihn setzte, wobei ich meine beiden schmutzigen Bücher unter dem Rock versteckte, überlegte ich, ob ich ihm erzählen sollte, was ich in der vergangenen Nacht im *Boudoir* gesehen hatte. Aber dann verwarf ich den Gedanken wieder. Er sollte nicht wissen, was für ein Voyeur ich war. Und wie sollte ich ihm erklären, dass es so ausgesehen hatte, als ob Elic das Geschlecht gewechselt hätte, etwas, das Dämonen machen, wie ein verrückter alter Handwerker mir erklärt hatte, um einen *»transfert de sperme«* zwischen einem menschlichen Paar durchzuführen?

Stattdessen lobte ich überschwänglich den Kaffee und sagte, es sei der beste, den ich seit meiner Abreise aus den Staaten getrunken hätte. Ich fragte ihn, ob er aus New York käme, denn er hörte sich so an.

Er erwiderte: »Ursprünglich nicht, aber ich liebe New York, und ich habe ein Haus dort. Nun, wir teilen es uns, aber …«

»Wir?«

»Ich lebe hier mit ein paar Freunden – und natürlich mit den Archers, dem *seigneur* und seinem Sohn. Elic und Lili verreisen zwar manchmal, aber selten nach New York, deshalb betrachte ich das Haus eigentlich als meines. Wir haben noch ein Haus in Paris, und dorthin fahren sie für gewöhnlich, wenn sie sich eine Zeit lang in der Stadt aufhalten möchten.«

»Paris ist meine Lieblingsstadt«, sagte ich. »Ich würde alles dafür geben, dort leben zu können.« Ich fügte hinzu, wer Elic sei, wisse ich, aber bei Lili sei ich mir nicht sicher.

»Sie hat lange dunkle Haare und sieht sehr exotisch aus. Sie und Elic lieben einander sehr.«

Ich wusste nicht recht, was ich darauf antworten sollte.

Inigo fuhr fort: »Sie fragen sich, wie das sein kann, weil sie sie mit anderen Leuten gesehen haben. Das liegt daran, dass Elic … nun, es ist kompliziert, aber sie können nicht miteinander schlafen.«

Ich schwieg, weil ich meine Naivität nicht preisgeben wollte, aber ich muss wohl einen ziemlich verwirrten Eindruck gemacht haben, denn er erklärte: »Wenn ich sage ›schlafen‹, meine ich, Sie wissen schon … Geschlechtsverkehr. Sie können andere Dinge miteinander machen. Oder vielmehr, er kann Dinge mit ihr machen, aber andersherum funktioniert es nicht. Ich rede zu viel. Sie sind verwirrt, und ich kann nicht … Archer sagt mir immer, ich solle meine große Klappe im Zaum halten …« Er seufzte und schüttelte den Kopf. »Entschuldigung. Ich bin manchmal ein wenig geschwätzig.«

Seitdem frage ich mich, warum ein Mann, der nicht impotent war, mit einer bestimmten Frau keinen Sex haben konnte. »Müssen sie denn mit anderen Leuten schlafen?«, fragte ich. »Können sie nicht einfach … ohne auskommen?«

Inigo lächelte. »Nein, das ist leider unmöglich.«

Ich wollte gerade eine weitere Frage dazu stellen, als er das Thema wechselte und mir erklärte, er besitze zwar ein Haus in New York, er sei aber kein Amerikaner. Er meinte, die Leute würden oft über seine Herkunft spekulieren, und häufig glaubten sie, er hätte Zigeunerblut, aber in Wahrheit sei er auf Santorin geboren. Ich erwiderte, über Santorin wisse ich Bescheid. Es war die griechische Insel, die Kit Archer in seinem Roman als das wahre Atlantis identifiziert hatte. Inigo erzählte mir, er habe Kit bei seinen Studien geholfen.

Er berichtete mir, eigentlich hieße er Inignacios, was später, als er in Rom lebte, in die lateinische Form Ignatius verwandelt wurde, und schließlich zu Inigo, als er an der Grenze zwischen Frankreich und Spanien im Baskenland gewohnt hatte. Ich fragte ihn, wo in New York sein Haus stand, und er antwortete: »In Greenwich Village – im East Village.«

»Oh«, sagte ich, »dann kenne ich Sie von dort. Ich habe Sie dort einmal gesehen. Es war nur im Vorbeigehen. Sie kamen gerade aus Bertha Chalmers' Brownstone, als ich die Treppe hinaufkam. Sie tippten sich an den Hut und lächelten mich an, als Sie mir die Tür aufhielten.« Bei diesem Lächeln waren mir die Knie weich geworden – um das zu verstehen, müsstest Du ihn lächeln sehen –, aber das erzählte ich ihm natürlich nicht.

»Sie kennen Bertha?«

»Ich besuche ihren literarischen Salon. Dort habe ich auch Kit kennengelernt. Woher kennen Sie sie?«

»Sie hat eine Woche hier verbracht, als sie vor einigen Jahren durch Europa gereist ist. Ah, Bertha. Sie hatte alles – Witz, Schönheit …« Er lächelte verträumt, als ob sie ihn immer noch sexuell fesseln würde.

»Wann war das?«, fragte ich. »Wann war sie hier?« Bertha Chalmers war mindestens achtzig.

»Oh. Äh …« Er hob seine Tasse, trank einen Schluck und zuckte mit den Schultern. »Es ist schon eine Weile her. Wir sind Freunde geblieben.«

»Ja, aber … Ich meine, sie ist …«

»Haben Ihnen die Bücher gefallen?«, fragte er und wies mit dem Kinn auf die Ausbuchtung unter meinem Rock.

Ich erröte nicht so leicht, aber jetzt spürte ich, wie meine Wangen heiß wurden, als ich die Bücher unter meinem Rock hervorzog.

»So etwas brauchen Sie hier nicht zu verstecken.« Er zeigte auf *Mein geheimes Leben*. »Was halten Sie von diesem da?«

»Nicht viel. Man hat mir gesagt, es würde mir helfen, die sexuellen Neigungen von Männern zu verstehen, aber …«

»Vielleicht von Männern, die eingesperrt werden sollten. Wer hat Ihnen das gesagt?«

»Lord Hickley.«

»Ja, natürlich. Er und der alte Walt, sie sind aus dem gleichen Holz geschnitzt. Woher kennen Sie Hickley überhaupt?«

»Er will mich heiraten.«

Inigo zuckte zusammen. Zweifellos fiel ihm seine Bemerkung über Hickleys Geliebte ein.

»Aber ich ihn nicht.«

Sofort zog ein Lächeln über seine Miene. »Oh, ich liebe intelligente Frauen.«

Trübsinnig erwiderte ich: »Ich werde noch als intelligente alte Jungfer enden. So langsam frage ich mich, ob ich nicht besser dumm und schön wäre.«

»Aber Sie sind doch schön!«

Ich schüttelte den Kopf. »Wenn ich vielleicht eine andere Figur hätte, blassere Haut und dickere Haare …«

»Zurzeit sind üppige, weiche Frauen der letzte Schrei, aber das wird nicht anhalten. Es ändert sich ständig.« Er hielt mir einen amüsanten, aber überraschend lehrreichen Vortrag über die verschiedenen Moderichtungen weiblicher Schönheit in verschiedenen Zeiten und Kulturen.

»Das ist alles sehr faszinierend«, erwiderte ich, »aber leider lebe ich in der westlichen Welt an der Schwelle zum zwanzigsten Jahrhundert, und die meisten Männer halten mich für dünn und hässlich.«

Inigo rückte ein wenig näher und sagte: »Ich finde Sie schön.«

»Ich tue Ihnen nur leid.«

»Wenn Sie mir leidtäten, wäre ich dann so versessen darauf, Sie zu küssen?«

»Sie wollen mich doch gar nicht küssen.«

Etwa eine Sekunde später lag ich in seinen Armen, und er küsste mich wie noch niemand zuvor. Sein Mund war wunderbar warm, und er wusste, was er mit seinen Lippen und seiner Zunge anfangen sollte – er leckte nur ganz leicht innen über meine Oberlippe, genug, dass mein Herz einen Schlag lang aussetzte. Ich weiß nicht, wie lange wir uns küssten, aber das Blut rauschte in meinen Ohren, und der Raum drehte sich um mich. Ich weiß nur noch, dass ich am Schluss auf der Couch lag und er halb auf mir, ohne dass ich wusste, wie es dazu gekommen war.

»Kann ich dich berühren?«, fragte er ein wenig atemlos.

»Wo?«

Sein Lächeln ließ mich dahinschmelzen. »Es würde weniger Zeit in Anspruch nehmen, die Stellen aufzuzählen, an denen ich dich *nicht* berühren möchte.«

Ich erwiderte sein Lächeln. »Wo willst du mich denn *nicht* berühren?«

»Nirgendwo.«

Ich kicherte und biss mir auf die Unterlippe. Durch Rock und Unterrock spürte ich, wie sich seine Erektion an meinen Oberschenkel drückte. Sie war so hart wie ein Eichenast. Es ging alles so schnell, und ich war nicht sicher, ob ich schon bereit dazu war.

»Ich wollte mit dir schlafen, seit ich dich das erste Mal gesehen habe«, murmelte er und begann, meinen Rock hochzuschieben. »Ich habe mir vorgestellt, dich im Stehen, im Sitzen, von hinten, vornübergebeugt …«

»Ich bin noch Jungfrau.«

Er hielt inne. »Hmm.«

»Jetzt bist du enttäuscht.«

»Nein.« Er stützte sich auf die Ellbogen und sah mich an. »Doch.«

»Weil du dir einen netten, schnellen, freundlichen Fick …« Ich benutzte das Wort zum ersten Mal. »… erhofft hast, der auf einmal kompliziert geworden ist und …«

»Ich mag komplizierten Sex«, unterbrach er mich. »Ich mag ihn auch einfach, süß oder schmutzig. Ich mag Sex schnell, ich mag Sex langsam … Was ich nicht mag, ist, wenn die Frau, mit der ich Liebe mache, vor Schmerzen weint, und wenn dein erstes Mal mit mir stattfinden würde …« Er schüttelte den Kopf.

»Tut es denn nicht *immer* weh?«

Er öffnete die Knöpfe an seinem Hosenlatz und holte einen dicken, harten Schwanz von etwa dreißig Zentimeter Länge heraus.

Ich starrte ihn an. Obwohl ich sexuell unerfahren war, war mir sofort klar, dass er auf exquisite Weise unnormal war. Selbst die Adern unter der glänzenden, straff gespannten Haut waren ungewöhnlich dick. Das Köpfchen war wie ein Pfirsich, mit einem feuchten kleinen Schlitz an der Spitze. Ich hätte ihn gerne angefasst, traute mich aber nicht.

Inigo setzte sich auf, um seine Hose wieder zuzuknöpfen, und sagte: »Ich habe keine Jungfrau mehr gehabt seit … Na ja, sagen wir mal, du würdest nicht glauben, wie lange es her ist. Ich halte mich lieber an erfahrene Frauen, weil ich ihnen nicht wehtue und sie eher ihre Wünsche äußern, sodass ich langsamer werden kann oder …«

Ich setzte mich ebenfalls auf und fuhr mir durch die Haare. »Es ist schon in Ordnung. Ich wollte eigentlich auch nicht wirklich. Ich kenne dich ja kaum, und ich glaube auch nicht, dass es für dich so schön gewesen wäre. Ich meine, ich weiß überhaupt nichts – weniger als nichts. Bevor ich hierherkam, war mir nicht klar, wie unwissend ich bin, aber jetzt … ich weiß gar nicht, wo ich anfangen soll.«

»Wenn du nicht willst, brauchst du nicht unwissend zu bleiben«, erwiderte er. »Geschlechtsverkehr bedeutet nicht nur, für einen Mann ... die Beine breitzumachen. Es gibt Dinge, die ich dir beibringen kann ...«

»Sex-Unterricht?« Ich stand auf und fuhr über meinen zerknitterten Rock. »So soll man es aber eigentlich nicht lernen.«

Inigo erhob sich und sagte: »Bei diesen Dingen gibt es kein Falsch oder Richtig, Emily. Warum lässt du mich nicht ...«

»Nein. Wirklich.« Ich wich zurück, als er die Hand nach mir ausstreckte. »Ich schäme mich so schon genug.«

»Unschuld ist nichts, weswegen man sich schämen müsste. Aber wenn du lernen willst ...«

»Es tut mir leid, Inigo«, sagte ich und wandte mich zur Tür. »Ich weiß, du versuchst nur, mir zu helfen, aber ich glaube wirklich nicht ...« Ich keuchte erschreckt auf, weil ich fast mit einer dunkelgrauen Katze zusammengestoßen wäre, die gerade in die Bibliothek kam.

Die Katze machte einen Buckel und fauchte mich an.

»Kusch, Darius«, sagte Inigo. »Sie wird dich nicht anfassen.«

Die Katze schoss zu einem Ledersessel gegenüber vom Sofa.

»Sobald es aufhört zu regnen, reise ich ab«, sagte ich zu Inigo. »Ich verabschiede mich also jetzt schon mal.«

Ich ging in mein Zimmer, setzte mich auf die Bettkante und hätte am liebsten geweint. Noch nie war ich so verwirrt und unsicher gewesen. Mein Blick fiel auf meinen ruinierten schwarzen Hut mit den Straußenfedern, den ich zum Trocknen über einen der Bettpfosten gestülpt hatte. In Gedanken sah ich Hickley, wie er mich zur Erheiterung seiner Freunde und seiner Geliebten nachäffte – der lächerliche durchweichte Hut, der Schmollmund, die großen, traurigen Augen.

Die eingebildete, langweilige Amerikanerin: Das war die Rolle in dem kleinen Drama, die Hickley mir zugewiesen hatte. Und ich spielte sie perfekt. Unwissend und überwältigt war ich auf die Bühne gestolpert, und genauso würde ich sie wieder verlassen. So hatte es Lord Hickley verfügt.

Aber ich wusste doch aus meinen Romanen, dass fiktive Charaktere manchmal einen eigenen Willen entwickelten und die Geschichte in eine andere Richtung trieben, als es der Autor beabsichtigt hatte. Entschlossen stand ich auf und sagte laut: »Fahr zur Hölle, Randy!« Und dann ging ich nach unten, in der Hoffnung, dass Inigo noch in der Bibliothek war.

Dort war er. Er blickte von seiner Zeitschrift auf, als ich eintrat, und lächelte.

Ich sagte: »Ich, äh, ich war vielleicht ein bisschen voreilig …«

Inigo stand auf. Ein anderer Mann, den ich nicht gesehen hatte, weil er in dem Sessel saß, in den die Katze gesprungen war, erhob sich ebenfalls. Er war noch dunkler als Inigo, mit einem leichten Bartschatten.

»Miss Emily Townsend«, sagte Inigo. »Darf ich Ihnen meinen Freund Darius vorstellen?«

»Ich freue mich, Sie kennenzulernen.« Ich trat auf ihn zu, um ihm die Hand zu schütteln, aber er verbeugte sich nur. Zuerst glaubte ich, mit seiner rechten Hand sei etwas nicht in Ordnung, aber er hielt ein Buch damit.

»Die Freude ist ganz auf meiner Seite.« Seine Stimme war sehr tief, mit einem leichten Akzent, den ich nicht einordnen konnte.

Ich sagte: »Verzeihung, aber heißt nicht die Katze auch Darius?«

»Ja, in der Tat«, erwiderte Darius. »Und ich bin mir nicht sicher, ob sie oder ich beleidigt sein sollte.«

Inigo ergriff meine Hand und drückte sie beruhigend. Er wies zur Tür und sagte. »Wollen wir einen kleinen Spaziergang machen?«

Es war nur ein kurzer Spaziergang, der in seiner Suite im Südwest-Turm schon zu Ende war. Die Möbel im Arts-and-Crafts-Stil waren selbst nach heutigem Standard bemerkenswert modern und verliehen seiner Zimmerflucht eine warme, männliche Note. An den Wänden hingen Original-Kunstwerke von Aubrey Beardsley, Gustav Klimt und allen möglichen Präraffaeliten und Impressionisten.

Inigo bot mir einen Cognac an, und als ich ihn annahm, obwohl es noch nicht einmal Mittag war, führte er mich in sein Schlafzimmer, wo sich der Schrank mit den alkoholischen Getränken befand. Er goss für uns beide eine großzügige Menge in geschliffene Cognacschwenker aus Kristall.

Ich kippte meinen herunter, weil ich so entspannt wie möglich sein wollte für das, was mich erwartete, aber als er mich fragte, ob er mich ausziehen dürfe, stieg doch Panik in mir auf. Er muss es mir angesehen haben, denn er lächelte und fragte: »Macht es dir etwas aus, wenn ich mich meiner Kleidung entledige?«

Ohne große Umstände zog er sich aus, dann ergriff er seinen Cognacschwenker und trank so beiläufig einen Schluck, als stünde er nicht splitternackt vor mir. Ich versuchte, ihn nicht zu offensichtlich anzustarren.

»Du kannst ruhig hinschauen«, sagte er. »Darum geht es ja mehr oder weniger.«

Also schaute ich hin. In schlaffem Zustand war sein kräftiger Penis etwa zwanzig Zentimeter lang. Ich hätte ihn gern angefasst, traute mich aber nicht, deshalb war ich dankbar, als Inigo meine Hand ergriff und sie um seinen Schaft legte. Es überraschte mich, wie heiß er sich anfühlte und wie weich – allerdings blieb er nicht lange so. Unter meiner Hand wurde er schwerer und auch länger und dicker. Ich hielt mein Glas so fest umklammert, dass es ein Wunder war, dass es mir nicht unter den Fingern zersplitterte.

Ich stellte ihm alle möglichen dummen Fragen – unter anderem auch, ob es wehtat, wenn er hart wurde –, die er mit unendlicher Geduld beantwortete. Er zeigte mir, wie Männer gerne angefasst werden, und erklärte mir die unterschiedlichen

Liebkosungen und Bewegungen. Es erregte mich enorm, als ich spürte, wie die Spannung in seinem Körper wuchs. Seine Stimme wurde immer heiserer, und ich spürte seine Erregung. Dass seine Erektion sich, trotz ihres Gewichts, so hoch aufrichten konnte, kam mir wie ein Wunderwerk hydraulischer Technik vor. Er sagte mir, der kleine Tropfen klarer Flüssigkeit, der aus der Spitze seines Schwanzes austrat, werde Lusttropfen genannt, weil der Penis so schlüpfriger würde und besser in die Vagina eindringen könne. Allerdings bräuchte er für gewöhnlich auch noch ein Gleitmittel, wie Öl.

Schließlich zog er mich mit sich aufs Bett und befreite mich behutsam von Bluse, Rock und Korsett. Allerdings war ich immer noch sehr bekleidet, da wir damals eine absurde Menge an Unterwäsche trugen. Es war ein unglaubliches Gefühl, als er meine Brüste streichelte, vor allem, als er mein Leibchen aufknöpfte und meine nackte Haut berührte. Was er mit meinen Nippeln machte, erst mit seinen Händen und dann mit seinem Mund, verschlug mir den Atem.

Als er unter meine Unterröcke griff und auf mein Höschen stieß, zog er es mir aus, wobei er brummelte, dass Frauen so etwas gar nicht bräuchten.

Ich sagte: »Frauen tragen so etwas schon fast ein ganzes Jahrhundert lang«, aber dann begann er mich zu streicheln, und ich verlor den Faden. Ich kam heftig, und dann legte er sich auf mich und rieb seinen riesigen Schwanz in meiner Spalte, bis wir beide uns stöhnend aneinanderklammerten. Er krümmte sich und gab ein langes, bebendes Stöhnen von sich. Ich spürte, wie heiße Flüssigkeit pulsierend auf meinen Bauch spritzte, und kam erneut.

Danach ließ ich mich von ihm komplett ausziehen, damit wir zusammen baden konnten. Er las mir laut aus der *Autobiographie eines Flohs* vor, dann kniete er sich im Wasser hin und ließ sich von mir masturbieren, weil ich unbedingt sehen wollte, wie er ejakulierte. Ich war überrascht, wie viel herauskam und wie weit es durch die Wanne spritzte. Allerdings war es nicht so cremig wie Elics Sperma – es sah eher aus wie ganz gewöhnlicher Samen.

Wir wuschen uns gegenseitig mit einem seifigen Schwamm ab. Inigo shampoonierte meine Haare, erlaubte mir jedoch nicht, ihm die Haare zu waschen. Er meinte, er könne es nicht leiden, wenn man seinen Schädel berührte. Daran kann ich mich noch gut erinnern, weil ich es so ungewöhnlich fand, denn sonst wollte er so ziemlich an jeder Stelle berührt werden. Inigo liebte es über alles, wenn man ihn streichelte, rieb und leckte. Natürlich hat jeder das gern, aber Inigo lebte dafür. Körperliche Lust bedeutete ihm alles. Als wir erst einmal vertraut miteinander geworden waren, war er wie eine Katze. Ständig rieb er sich an mir und bettelte darum, gestreichelt zu werden. Er war eigentlich vierundzwanzig Stunden am Tag scharf. Im Gegensatz zu Elic brauchte er eine kurze Erholungspause zwischen den Orgasmen, aber nicht viel.

Er überredete mich, für den Rest meines Aufenthalts in seine Suite zu ziehen. »Hier denkt sich niemand etwas dabei.« Und am nächsten Morgen beherrschte ich fließend die Freuden der oralen Befriedigung, konnte sie sowohl geben wie auch empfangen, in jeder nur denkbaren Position.

Der nächste Tag war ein Freitag. Wir erwachten an einem klaren, schönen Sommermorgen. Ich hätte nach Lyon zurückfahren können, aber Inigo hatte darauf bestanden, dass ich bis Sonntag blieb – dem Tag, an dem Biddie mich spätestens zurückerwartete –, um das Gelernte in verschiedenen Formen der sexuellen Vereinigung zu festigen.

Den Großteil des Tages verbrachten wir im Badehaus, einem weißen Marmorbau, der eher aussah wie eine kleinere Ausgabe unseres Sommerhauses in Newport, wenn auch viel älter. Schließlich war es fast schon zweitausend Jahre alt. Innen war es ein klassisches Badehaus, abgesehen von der hinteren Wand, die aus einem mit Moos bewachsenen Felsen mit einer niedrigen Öffnung bestand, die in die *Grotte Cachée* führte. Unter einem großen Oberlicht war ein Becken eingelassen, etwa fünf Quadratmeter groß und anderthalb Meter tief, mit einer unter Wasser liegenden umlaufenden Marmorbank. Das Wasser für dieses Becken, das außergewöhnlich warm und beruhigend war, kam aus einem Bach, der durch die Höhle plätscherte.

An jeder Ecke des Beckens stand eine Säule mit einer lebensgroßen Skulptur eines Satyrs und einer Nymphe. Der Satyr, der kurze, lockige Haare hatte, hatte kleine Stummelhörner, die aus seinem Schädel ragten, leicht spitz zulaufende Ohren und einen glatten Schwanz mit einer Haarquaste am Ende. Mir fiel auf, dass der Satyr Inigo sehr ähnlich sah, aber er meinte, das läge daran, weil er so klassisch griechische Gesichtszüge habe.

»In Athen sieht praktisch jeder so aus«, behauptete er. Seit damals war ich einige Male in Athen, aber es stimmt nicht.

Ich wollte jede Stellung, die die Statuen darstellten, ausprobieren, also machten wir das auch. Zuerst kniete ich mich hin, um ihm einen zu blasen, dann hob er mich auf seine Schultern, wobei ich mit dem Rücken an einer Säule lehnte und ihn ansah, damit er mich lecken konnte. Er drückte mich gegen die Wand und rieb sich an mir, bis wir beide kamen, und nachdem wir ein wenig im Wasser geplanscht hatten, schlang ich die Arme um eine Säule, beugte mich vor, und er rieb sich an meinem Hintern, während er gleichzeitig meine Klitoris streichelte. Ich sagte zu ihm, ich wünschte, wir könnten wirklich Liebe machen, aber er erwiderte, ich sei sehr eng und er habe Angst, mir wehzutun, wenn er in mich eindringen würde.

In jener Nacht bat er mich, im Bett zu masturbieren, während er zuschaute. Er meinte, er fände nichts so fesselnd, wie einer Frau dabei zuzusehen, wie »sie sich selbst liebte«. Ich konnte mich aber nicht dazu überwinden, also holte er zwei breite, grob gerippte rote Bänder aus der Schublade seines Nachttischs – er hatte eine faszinierende kleine Spielzeug-Sammlung in dieser Schublade – und band meine Beine und meinen linken Arm an die Bettpfosten. Den rechten Arm ließ er frei, und er sagte, er würde mich erst losbinden, wenn ich mich selbst zum Orgasmus bringen würde. Ich weigerte mich jedoch immer noch, deshalb las er mir laut aus seinem Lieblingsroman *Der lustvolle Türke* vor, damit ich in Stimmung kam. Nach einer Stunde gab ich schließlich meinen Widerstand auf und begann, mich zögernd zu streicheln. Um sich zu vergewissern, dass ich keinen Orgasmus vortäuschte, um die Sache so schnell wie möglich hinter mich zu bringen, schob er zwei Finger in mich hinein, wobei er mir erklärte, er würde die Kontraktionen spüren, wenn ich zum Orgasmus käme. Während ich mich streichelte, bewegte er seine Finger langsam, und die Wirkung war erstaunlich. Ich wusste ja, wie es sich anfühlte, wenn ich die Klitoris stimulierte, aber das bei einer ausgefüllten Muschi zu spüren und dabei noch gefesselt zu sein überwältigte mich. Ich kam nicht nur, ich explodierte geradezu.

Am nächsten Tag, einem Samstag, wachte ich bei Sonnenaufgang auf. Eine Weile lag ich nur da, betrachtete den schlafenden Inigo und staunte darüber, wie es so weit gekommen war. Er lag auf dem Bauch, das Gesicht mir zugewandt, und ich war fasziniert davon, wie jung er im rosigen Morgenlicht aussah. Die Nacht war warm gewesen, und er hatte die Decke weggeschoben. Ich setzte mich auf, um seinen Körper zu bewundern und mir sein Bild genau einzuprägen, damit ich in der Erinnerung davon zehren konnte. Ich hatte zuvor noch nie darüber nachgedacht, dass auch Männer ein schönes Hinterteil haben könnten, aber Inigos Hintern war wirklich aufregend – klein, muskulös und so anmutig geformt, dass ich wieder einmal an diese Statuen im Badehaus denken musste. Direkt über der Kimme, im Bereich des Steißbeins, entdeckte ich eine dünne, senkrechte Narbe, etwa fünf Zentimeter lang und so blass, dass sie mir gar nicht aufgefallen wäre, hätte ich seinen Körper nicht so eingehend betrachtet. Ich beugte mich dichter darüber, um sie besser sehen zu können.

»Sie stammt von einer Operation.«

Ich zuckte erschreckt zusammen und presste die Hand auf mein heftig klopfendes Herz. »Was … äh, was für eine Operation?«

»Ich weiß nicht mehr«, erwiderte er verschlafen und drehte sich um. »Ich habe geschlafen. Gott segne Chloroform.« Er zog mich in die Arme, stupste mich mit seiner Morgenlatte an, und das beendete unser Gespräch.

Nach dem Frühstück ging Inigo mit mir im Park spazieren. Wir schlenderten über Waldwege, erforschten die Höhle – dabei wurde mir so schwindlig, dass wir umkehren mussten – und verbrachten den Nachmittag im Badehaus. Inigo legte mich am Beckenrand so zurecht, dass er mich mit dem Mund befriedigen konnte, dann setzte er mich auf die Bank und nahm mich zwischen meinen Brüsten.

Anschließend brach ich in Tränen aus. Er nahm mich in die Arme, streichelte mir über die Haare, küsste mich auf die Stirn und murmelte tröstende Worte. Er fragte mich, ob ich traurig sei, weil wir uns morgen trennen müssten. Nein, erwiderte ich, ich fände ihn hinreißend, aber ich hätte unsere Liaison nie als den Beginn einer ernsten Beziehung gesehen, sondern eher als verzaubertes Intermezzo. Mich betrübte, dass ich abreisen musste, ohne wirklich mit ihm geschlafen zu haben. Er versuchte mich zu überzeugen, dass das eigentlich ein Segen sei, weil ich es mir so aufsparen konnte, bis ich mich wirklich verliebte, aber ich wollte nichts davon wissen. Ich erklärte ihm, jetzt sei ich dazu bereit, mehr als bereit, weil es der natürliche

Höhepunkt dessen sei, was wir in den letzten drei Tagen geteilt hätten. Ich hätte das Gefühl, in mir sei eine Leere, die gefüllt werden müsste.

Kurz darauf betraten Elic und Lili Hand in Hand das Badehaus. Ich hatte die beiden in den vergangenen Tagen besser kennengelernt, aber ihre bemerkenswerte Schönheit faszinierte mich immer aufs Neue. Elic habe ich bereits beschrieben. Lili hatte tiefliegende Augen, hohe Wangenknochen und Haare wie schwarze Seide. An diesem Nachmittag trug sie, wie üblich, ein elegant einfaches Gewand aus goldbestickter Seide, das an einer Schulter wie ein Sarong gebunden war. Sie nannte es *lubushu* und sagte, das trügen die Frauen in ihrer Heimat. Ich fragte sie, wo das war, und sie erwiderte: »Der fruchtbare Halbmond.« Mehr bekam ich nicht aus ihr heraus. Der *lubushu* fiel ihr bis auf die Füße und enthüllte einen gehämmerten Goldreif um den Knöchel mit einer Scheibe aus blauem Stein, der aussah wie Lapislazuli.

Als sie uns begrüßten, hockte ich im Wasser und schlang die Arme um mich, um meine Nacktheit zu bedecken. Aber dann entkleideten sie sich beide wie selbstverständlich und kamen zu uns ins Becken, und binnen Kurzem gehörte mein sinnloses Schamgefühl der Vergangenheit an.

Lili fielen meine verquollenen Augen auf, und sie fragte mich, was los sei. Ich antwortete wortkarg, nichts, aber ich sah ihr an, dass sie mir das nicht abkaufte. Als wir später zusammen zum Château zurückgingen, hörte ich, wie die Männer, die ein paar Meter hinter Lili und mir gingen, miteinander flüsterten. Ich nahm an, sie redeten über mich, und wie sich herausstellte, hatte ich recht.

Als wir später aneinandergekuschelt im Bett lagen, las Inigo mir vor – nicht aus einem schlüpfrigen Roman, wie üblich, sondern aus den erotischen Gedichten von Catull, der bei Miss Cox im Klassik-Unterricht leider gefehlt hatte. Er klappte das Buch zu, küsste mich und sagte leise: »Elic möchte mit dir schlafen.«

Mir verschlug es die Sprache, und Du weißt ja, mein lieber Rémy, wie selten mir so etwas passiert.

Er sagte: »Ich meine, richtig – also, du weißt schon.«

»Aber Lili ...« Bestürzt schüttelte ich den Kopf.

»Du weißt doch, dass sie und Elic auch mit anderen schlafen.«

»Ja, aber wenn man sie zusammen sieht ... es ist so offensichtlich, wie sehr sie sich lieben. Ständig berühren sie sich, umarmen einander, wechseln Blicke. Und ich mag Lili. Sie war so freundlich zu mir, so warmherzig. Ich hätte das Gefühl, sie zu betrügen ...«

»Sie hat es vorgeschlagen.«

Ich setzte mich auf. »Wie ... wie konnte sie denn wissen ...?«

Inigo stützte sich auf einen Ellbogen: »Ich habe eine Andeutung gemacht, als sie mich fragte, warum du so ...«

»Das ist Wahnsinn«, sagte ich.

»Wir sind hier in Grotte Cachée.« Er ergriff meine Hand und küsste meine Finger. »Elic sagt, du seist exquisit, voll ›unterdrückter Leidenschaft‹. Er ist sehr gut im Entjungfern, und er tut es gerne.«

»Aber ich habe ... ich habe so etwas bisher doch nur mit dir getan. Ich kenne ihn doch kaum. Ich war noch nie allein mit ihm, habe ihn noch nie berührt.« Ah, aber ich hatte ihn in jener Nacht mit Helen im *Boudoir* beobachtet, und ich wurde immer noch nass, wenn ich daran dachte.

»Ich wäre ja dabei«, sagte Inigo.

»Du ... du wärst ...«

»Natürlich«, sagte er und setzte sich auf. »Ich versuche doch nicht, dich weiterzureichen, Em. Ich will dich doch nur glücklich machen. Ich würde gerne dein erstes Mal mit dir erleben, es sei denn, du willst mich nicht dabeihaben. Es ist deine ...«

»Natürlich will ich dich dabeihaben.«

Er lächelte. »Soll ich ihn zu uns bitten?«

»*Jetzt?*«

Er strich mir übers Gesicht und sagte leise: »Heute ist deine letzte Nacht hier, mein Liebling.«

Ich umarmte ihn, während ich darüber nachdachte. Schließlich nickte ich. Er küsste mich auf den Scheitel und stand auf, um Elic, der in einem anderen Turm wohnte, vom Telefon in der Halle aus anzurufen.

Als Inigo ins Schlafzimmer zurückkam, hatte ich mein Nachthemd angezogen. Ich sagte: »Lach nicht.«

»Ich lache nicht.« Und das tat er auch nicht. Er lächelte noch nicht einmal.

Ich zupfte am Saum des Nachthemds und sagte verlegen: »Ich weiß, das macht keinen Sinn, zumal er mich ja auch schon einmal nackt gesehen hat, aber … ich fühle mich dadurch mehr …«

»Natürlich«, erwiderte er. »Hier.« Er zog eine Unterhose an. »Damit du nicht die Einzige bist.«

Er blies alle Kerzen bis auf eine aus und legte die Kissen gegen das Kopfteil. Wir schlüpften unter das Laken – die Nacht war zu warm für die Steppdecke – und saßen eng umschlungen da und küssten uns. Schließlich klopfte es an der Tür.

»*Entrez*«, rief Inigo.

Als Elic das Schlafzimmer betrat, konnte ich ihm zuerst nicht in die Augen blicken. »Ist das ein neuer Renoir über dem Kamin?«, fragte er und setzte sich auf die Bettkante. Er trug eine dunkle Hose mit einem offenen Hemd darüber und war barfuß.

Inigo nickte. »Ich habe das Bild letzten Monat in Paris gekauft. Ist es nicht schön?«

»Ja«, erwiderte Elic, »obwohl ich mir eigentlich noch nie viel aus Stillleben gemacht habe. Wie findest du es, Emily?«

»Ich liebe es«, sagte ich. »Es ist exquisit, so üppig und farbenfroh.« Ich plapperte dummes Zeug, wie immer, wenn ich nervös bin. »Ich schaue es mir ständig an, aber Papageientulpen sind schon in meiner Kindheit meine Lieblingsblumen gewesen. Ich liebe ihre fedrigen Blütenblätter.« – Ja, Rémy, mein geliebter Renoir stammt von Inigo. – Ich erzählte ihnen, dass Nana im Frühjahr immer Vasen voller Papageientulpen in ihrem Haus hatte, aber meine Mutter fand sie »zu auffällig und aufdringlich«.

Die Unterhaltung wandte sich von bürgerlichen Empfindlichkeiten über Bildung der Gleichberechtigung der Frau zu. Es war rührend, wie sie sich bemühten, mich mit Small Talk zu entspannen, und es schien auch tatsächlich zu wirken. Als Elic schließlich die Hand ausstreckte, um mir über die Haare zu streichen, und dabei sagte, sie erinnerten ihn an Fortunys Gemälde von Odalisken, hatte ich die List schon vergessen.

»Deine Haare sind Fortuny«, sagte er sanft, »aber deine Haut ist Ingres.« Er streichelte mir über Gesicht und Hals, bis mir die Augen zufielen. Ich spürte, wie seine Hand leicht über meine Brust glitt, während Inigo die andere streichelte. Lippen berührten meinen Mund, und als ich die Augen öffnete, stellte ich fest, dass es Elic war und nicht Inigo, der mich küsste.

»Ist das in Ordnung?«, fragte Elic leise.

Ich nickte.

Er zog seine Hose aus, aber nicht seine Unterhose und auch nicht sein Hemd. Wahrscheinlich spürte er, dass ich mein Nachthemd anließ, weil ich diese dünne Leinenschicht zwischen uns brauchte. Er schlüpfte unter die Decke und küsste mich auf eine Wange, während Inigo die andere küsste. Ich lächelte bei der Aussicht, von zwei schönen, aufregenden Männern geliebt zu werden, die dazu auch noch nett waren, beinahe zu nett, um wahr zu sein. Sie streichelten und liebkosten mich, küssten mich, rieben sich an mir und flüsterten Worte, die jede Frau hören will. Irgendwann steckte einer von beiden einen Finger in mich und fand mich nass und bereit.

Als Elic begann, seine Unterhose aufzuknöpfen, sagte ich: »Ich, äh, ich möchte nicht in Schwierigkeiten geraten.«

»Du hast in dieser Hinsicht nichts zu befürchten«, sagte Elic. »Ich bin steril. Aber wenn es dich beruhigt, werde ich ein Kondom benutzen.«

Ich lehnte das Kondom ab, weil ich an Syphilis oder Gonorrhö noch nicht einmal dachte. So naiv war ich. Glücklicherweise jedoch holte ich mir nichts von ihm, was eigentlich ein Wunder ist, wenn man bedenkt, mit wie vielen Frauen er zusammen gewesen sein muss.

Inigo hielt mich in den Armen, als Elic sich zwischen meine Beine kniete und meine Hüften zu sich heranzog. Ich spürte, wie seine Finger sanft meine Schamlippen auseinanderzogen und die Spitze seines Schwanzes dagegendrückte.

»Sei vorsichtig, Bruder«, ermahnte Inigo ihn. »Sie ist eng.«

Elic dehnte mich ein wenig. Ich zuckte zusammen.

»Ganz langsam«, murmelte Inigo. Ich wusste nicht, ob er mit Elic oder mir redete.

Elic drang Stück für Stück in mich ein. Immer wieder zog er seinen Penis zurück, sodass mein Körper sich an ihn gewöhnen konnte. Schließlich packte er meine Hüften, stieß einmal kurz und fest zu, und ich spürte, wie etwas in mir nachgab – mein Hymen, natürlich.

Er hielt einen Moment inne und fragte, ob alles in Ordnung sei. Ich antwortete, es ginge mir wunderbar, und beide Männer lachten leise. Elic stieß weiter in mich hinein. Ich empfand eine Art brennenden Schmerz, aber ich war so überwältigt von dem Gefühl, dass ein Mann in mich eingedrungen war, dass ich kaum darauf achtete.

Als er seinen Penis schließlich komplett in mir hatte, küsste er mich und sagte mir, wie eng ich sei und wie unglaublich es sich anfühle. »Es fühlt sich beinahe *zu* gut an«, sagte er. »Wenn ich mich davon hinreißen lasse und dir wehtue, musst du es mir sagen.«

Ich versicherte ihm, dass ich das tun würde. Dann zog ich mein Nachthemd hoch und hob sein Hemd ein wenig an, damit ich ihn in mir sehen konnte. Es war ein faszinierender, äußerst erregender Anblick. Da Inigo meine Neugier anscheinend spürte, ergriff er meine Hand und führte sie dorthin, wo mein Körper und Elics miteinander verbunden waren. Sein Schwanz war so hart wie Marmor, und es erstaunte mich, dass mein Körper ihn tatsächlich aufnehmen konnte.

Elic gab einen tiefen, schnurrenden Laut von sich, als ich mit den Fingerspitzen seinen Schwanz streifte. Er begann erneut zu stoßen und blickte dabei auf meine Brüste, die Inigo sanft knetete. Dann ließ er seine Hand tiefer gleiten und streichelte meine Klitoris. Stöhnend packte ich Elic an den Schultern und bog mich seinen Stößen entgegen, die immer schneller und fester wurden.

»Tut das weh?«, fragte er mit heiserer, atemloser Stimme.

»Nein.«

Ich spürte Inigos Erektion durch seine Unterhose und begann, sie aufzuknöpfen. Er küsste mich dankbar und rieb sich an meinem schweißbedeckten Oberschenkel, während er gleichzeitig mit seiner intimen Liebkosung fortfuhr. Wir bewegten uns alle drei im gleichen Rhythmus, keuchten und bebten. Ein Schweißtropfen fiel von meiner Stirn auf Elics Gesicht.

Inigo kam als Erster. Mit einem Grollen der Befriedigung drückte er sich fest an mich. Jeder heiße Strahl seines Spermas auf meinem Oberschenkel brachte mich näher zum Höhepunkt, und als seine Klimax abnahm, kam ich. Elic richtete sich stöhnend über mir auf, sein Gesicht war gerötet, an seiner Stirn pochte eine Ader. Ich verspürte ein pumpendes Gefühl in mir, und ein zweiter Orgasmus folgte dem ersten auf dem Fuß.

Danach lagen wir eine Minute lang erschöpft auf dem Bett, und schließlich flüsterten beide Männer gleichzeitig: »Wow!«

Das abschließende Trennungsgespräch mit Hickley fand am nächsten Morgen statt, als er ins Château zurückkam. Er traf mich im Morgenmantel in Inigos Suite an, wo ich meine Sachen packte. Empört gab er mir mindestens fünfzig verschiedene Bezeichnungen für Schlampe. »Du bist eine verlobte Frau, um Himmels willen!«

Ich erklärte ihm, dass ich faktisch eine freie Frau sei, da ich so viel gesunden Menschenverstand besessen hätte, seinen Ring nicht zurückzunehmen, und dass ich außerdem für den Rest meines Lebens auf dieser Erde eine freie Frau zu bleiben gedächte.

Er schrie, dass er mich ruinieren und dafür sorgen würde, dass jeder in New York von meiner kleinen Affäre mit Inigo erfahren würde. »Du wirst nie wieder einen Heiratsantrag bekommen, jedenfalls nicht von einem Mann mit Rang und Namen.«

Ich erwiderte ihm, ich hätte in der letzten Zeit einige äußerst nützliche und interessante Dinge gelernt, unter anderem auch, dass das Leben zu kurz sei, um es in einem goldenen Käfig zu verbringen. »Ich kann mein Leben durchaus alleine genießen, bestimmt besser, als wenn ich Ihre Frau wäre – oder überhaupt eine Ehefrau.«

Ich sagte ihm, meinetwegen könne er sein Gift in ganz New York verstreuen, ich hätte sowieso vor, mich in Paris niederzulassen, wo mich niemand wegen einer kleinen Affäre verurteilen würde. »Wenn ich wählen müsste zwischen den Fesseln der Ehe oder einem ruinierten Ruf, der es mir ermöglicht, frei zu sein, dann würde ich jederzeit den ruinierten Ruf wählen.«

Und das, lieber Rémy, ist die Geschichte, wie Deine Geliebte ihre Unschuld und ihren nervenden Verlobten verlor. – Ich wette, es gibt nicht viele Frauen, die sogar zweimal kommen, wenn sie ihre Unschuld verlieren.

Ach, apropos, Nils hat seine vor zwei Tagen verloren, dank meiner entschlossenen Nichte, die ihn endlich besiegt hat. Sie hat mir erzählt, das Warten habe sich gelohnt, er sei »ein Tier« und es sei der »absolute Fick« gewesen.

Das ist für heute alles, *mon cœur*. Bitte denk daran, mit den kleinen Affären ins Reine zu kommen, die Du im vergangenen Jahr gehabt hast. Mit »ins Reine kommen« meine ich nicht, dass es ein Schuldbekenntnis sein soll, denn es gibt nichts, dessen Du Dich schuldig bekennen müsstest. Ich werde Dir keine Vorwürfe machen, falls Du mir erzählst, dass es andere Frauen gegeben hat. Oder sollte ich sagen, *wenn* Du es mir erzählst, denn ich denke langsam, es muss tatsächlich andere Frauen gegeben haben, sonst hättest Du längst schon etwas gesagt. Ich würde wirklich gerne wissen, ob auch Freunde von uns darunter sind, weil ich finde, ich habe das Recht zu erfahren, ob ich von meiner eigenen Freundin betrogen worden bin. Und ich hoffe natürlich, dass Du so viel Verstand besessen hast, Kondome zu benutzen, denn es wäre NICHT in Ordnung, wenn Du mich mit einer Geschlechtskrankheit anstecken würdest. Auch würde ich es nicht allzu freundlich aufnehmen, wenn Du einer anderen ein Kind gezeugt hättest, zumal Du dann möglicherweise heiraten müsstest. Es ist Dir doch wohl klar, dass manche Frauen Männer so in die Ehe locken. Eine offene Beziehung wie unsere kann sehr kompliziert sein, und ich weiß nicht, ob Du wirklich alle möglichen Störungen bedacht hast.

Ich liebe Dich so sehr, Rémy. Du bist mein Ein und Alles.

Je pense tout le temps à toi,

Em

5

Du bist eine verlobte Frau, um Himmels willen«, schrie Lord Hardwyck, während er die Treppe hinauf auf Emmeline zukam. Die Hände hatte er zu Fäusten geballt, und Spuckebläschen flogen. »Wie kannst du es wagen, wie eine gemeine Straßenhure mit diesem Zigeuner zu verkehren?«

»Er stammt aus Atlantis!«, gab sie wütend zurück. Mit verschränkten Armen und hoch erhobenem Kopf stand sie oben im Flur. »Und ich habe nicht mit ihm verkehrt. Ich habe ihn gefickt. Ich habe ihn gefickt, Archie. Und ich habe es geliebt!«

»Hure!«, zischte er sie an. Sein Gesicht war puterrot, seine Augen wild vor Wut. »Metze!«

»Weil ich keine Angst habe, mein Verlangen zu befriedigen? Was dem Ganter geziemt, ziemt auch der Gans, meine ich.«

»Du hast mich zum Narren gehalten!«, grollte Archie. Er schlang seine Hände um Emmelines Hals und drückte zu. »Dafür wirst du bezahlen, du kleines Luder. Ich bin Archibald Dickings, Baron of Hardwyck und der zukünftige Earl of Upswinge. Und wer bist du? Du bist niemand. Ein Nichts.«

Beinahe bewusstlos hörte Emmeline Tobias von unten rufen: »Emmeline? Liebling, bist du das?«

»Der Zigeuner.« Archie wandte sich mit wutverzerrtem Gesicht der Stimme seines Rivalen zu. Dabei taumelte er nach hinten, verlor das Gleichgewicht und krachte schreiend die steinerne Treppe herunter. Tobias drückte sich an die Wand, als er an ihm vorbeipolterte.

Er zuckte zusammen, als Archie schließlich auf dem harten Steinboden aufprallte. »Sieh nicht hin, meine Liebe«, sagte er und hielt Emmeline auf, als sie die Treppe herunterlaufen wollte. »Es muss erst alles aufgewischt werden.«

»Ist er …?«

Tobias blickte auf das, was von Archie übrig geblieben war und nickte. Er seufzte und fragte: »Warum hält mich eigentlich jeder für einen Zigeuner?«

*

Steamboat Springs, Colorado 14. Februar 1922

Mein geliebter Rémy,
frohen Valentinstag, *mon lapin*, oder ich sollte wohl besser sagen, frohen Valentinstag nachträglich, weil Du den Brief erst in einigen Tagen lesen wirst.

Nun, heute ist ein glücklicher Tag für mich. Weißt Du, warum? Dr. Horney schneidet mir den Gipsverband ab. Ich weiß, es ist ein schreckliches Klischee, aber ich schwebe wie auf Wolken.

Dieser Brief wird kürzer als sonst, weil Kitty und ich mit Nils' Hilfe packen werden. Er hat sich übrigens endlich dazu durchgerungen, das Mädchen aus der Kirche anzusprechen. Sein neu erwachter Mut hat wahrscheinlich etwas damit zu tun, dass er seine Jungfräulichkeit verloren hat. Morgen fahren wir mit der Eisenbahn nach New York. Erster Stopp: Cunard. Sobald ich die Überfahrt gebucht habe, schicke ich Dir ein Telegramm, damit Du weißt, auf welchem Schiff ich bin und wann ich ankomme. Aber denk daran: Du solltest mich nicht abholen, wenn Du nicht in aller Öffentlichkeit Unzucht begehen willst, denn ich habe es ernst gemeint, als ich sagte, ich würde Dich sofort anspringen, wenn ich Dich sehe.

Es gibt so vieles in Deinem letzten Brief, auf das ich antworten müsste. Zuerst: die Fellatio in der Landauer-Szene. Du bist ja ein ganz Cleverer mit Deiner Frage, warum ich in meinem Roman aus zwei Männern einen Mann und eine Frau gemacht habe, wenn ich es so spießig von Dir finde, wie Du darauf reagiert hast. Das liegt an all den schlüpfrigen Romanen, die ich in Grotte Cachée gelesen habe. Es kamen zwar viele Stellen mit zwei Frauen vor, aber nur sehr wenige mit zwei Männern. Und da ich wollte, dass *Emmelines Emanzipation* veröffentlicht wird, wollte ich männliche Leser nicht abschrecken. Du hast also recht: Ich wusste ganz genau, warum Du so auf die Szene reagiert hast, und es war hinterhältig von mir, Dich herauszufordern – ich entschuldige mich.

Entschuldigung Nummer zwei: Es tut mir leid, dass ich den Abspann am Ende meiner kleinen Schloss-Erzählung habe laufen lassen, »ohne den letzten Akt zum Abschluss gebracht zu haben« – ich rede schon wie ein echter Filmemacher!

Die Idee, *Emmelines Emanzipation* zu schreiben, kam mir erst, als Tante Pembridge und ich bereits auf dem Weg nach New York waren. Wie Du Dir sicher schon gedacht hast, schenkte Inigo mir zum Abschied den Renoir mit den Papageientulpen. Es fiel uns schwerer, uns zu trennen, als ich gedacht hatte – auch ihm, glaube ich.

Um Deine Frage zu beantworten, nein, ich bin nie nach Grotte Cachée zurückgekehrt, und nein, ich glaube nicht, dass es ein verzauberter Ort war, an dem sexuelle Dämonen lebten – obwohl ich es wiederum auch nicht ganz von der Hand weisen würde. Was mir dort passiert ist, war wie einer dieser seltsamen und schönen Träume, aus denen man mit dem Gefühl erwacht, die Welt sei besser, klarer und vollkommener als am Abend zuvor. Einen solchen Traum kann man nicht noch einmal erleben. Man kann ihn nur in Erinnerung behalten und sein Leben weiterleben.

Auf jeden Fall hängte ich das Gemälde in meine Kabine, wo es mich auf der Überfahrt ständig an Grotte Cachée und alles, was dort passiert war, erinnerte. Ich dachte daran, meine Erlebnisse niederzuschreiben, und dann dachte ich: *Warum soll ich sie eigentlich nicht in einen Roman verwandeln?* Das konnte natürlich nur eine bestimmte Art von Roman sein, und ich würde ihn unter Pseudonym veröffentlichen müssen, aber warum nicht? Schlimmer als Pornografie unter dem Namen »Walter« konnte es auch nicht werden. Außerdem fand ich, dass ein solches Buch vom Standpunkt einer Frau aus vielleicht mal ganz witzig war. Wie Du weißt, habe ich mit Anfängen so meine Probleme, aber als ich erst einmal in Fahrt gekommen war, lief es wie von selbst. Als wir New York erreichten, war das Buch schon halb fertig.

Und jetzt zum Schluss noch rasch über unsere offene Beziehung: Es ist schön zu wissen, dass Du mit niemand anderem geschlafen hast – danke, dass Du es mir gesagt hast –, aber ich bin keineswegs so leicht zu manipulieren, wie Du zu denken scheinst. Wenn Du sagst, Du würdest jetzt wahrscheinlich anfangen, mit anderen Frauen zu schlafen, seitdem Du wüsstest, wie ernst es mir mit der freien Liebe wäre, und dass »Monogamie außerhalb der Ehe ziemlich bedeutungslos sei«, dann versuchst Du doch nur, mir Angst einzujagen, damit ich Dich doch noch heirate. Aber die Aussicht, dass Du mit anderen Frauen schläfst, macht mir keine Angst. Ich fürchte mich eher davor, in eine Ehe eingesperrt zu sein, die meine Freiheit einschränkt und meine Seele erstickt. Natürlich bist Du nicht Hickley, das musst Du mir nicht sagen. Aber Du kannst doch verstehen, dass ein solcher Mann eine Frau ein für alle Mal von der Institution Ehe abhalten kann, oder?

Aber wir sollten über dieses Thema unbedingt persönlich sprechen, *chéri*. In weniger als zwei Wochen bin ich zu Hause. Vielleicht kannst Du ja in der Zwischenzeit einfach Abstand von Deinem Entschluss nehmen, mit anderen Frauen zu schlafen, bis wir zu einer gemeinsamen Geisteshaltung gekommen sind. Ich will Dir nicht vorschreiben, was Du tun oder lassen sollst, ich glaube nur, dass unser Gespräch produktiver wäre, wenn erst einmal alles beim Alten bliebe. Und wozu auch die Hast? Schließlich bist Du mir bis jetzt treu geblieben. Ich hasse das Wort »treu« in diesem Zusammenhang, weil es impliziert, dass Monogamie theologisch korrekt ist, aber Du weißt schon, wie ich es meine.

Ich muss jetzt los. Nils will in die Stadt aufbrechen, und er soll diesen Brief für mich aufgeben.

Bis wir einander wiedersehen – juhu!

Je t'aime

Em

Aus der *New York Times*:

EMILY TOWNSEND BINET
IN INDOCHINA GETÖTET

Berühmte Schriftstellerin und Reporterin
stirbt bei Rebellenangriff auf Dien Bien Phu

The Associated Press

HANOI, Vietnam, 15. März 1954 – Die mit dem Pulitzerpreis ausgezeichnete Schriftstellerin und Kriegskorrespondentin Emily Townsend Binet geriet gestern auf dem französischen Außenposten in Dien Bien Phu unter Artillerie-Beschuss und war auf der Stelle tot.

Sie war 76 Jahre alt.

Mrs. Binet sollte für *Le Monde*, CBS News und diese Zeitung über das Vorrücken der kommunistischen Vietminh nach Laos berichten. Um den Vormarsch aufzuhalten, hatten die Franzosen letzten November den Luftwaffenstützpunkt Dien Bien Phu errichtet.

Gestern am späten Nachmittag, nach zweitägigen sporadischen Angriffen durch Artillerie und Mörser, griffen die Vietminh verstärkt an und beschossen den Außenposten mit schweren Geschützen, die sie in den bewaldeten Hügeln der Umgebung postiert hatten. Bei diesem Angriff wurde Mrs. Binet getötet.

Colonel Christian de Castries, der die Fremdenlegionäre von Dien Bien Phu kommandiert, beschreibt Mrs. Binet, die im Feld Hosen trug, als »brillant und charmant«, mit »großem Sinn für Humor, der sie bei den Männern besonders beliebt machte«.

Die amerikanische Individualistin, die seit über einem halben Jahrhundert in Paris lebte, war bekannt für ihre Romane, die besonders wegen ihrer psychologischen Einsichten und subtilen Darstellung der Sitten und Gebräuche der Oberschicht geschätzt werden. Ihr berühmtester Roman ist *Dünne Luft*, für den sie 1949 den Pulitzerpreis verliehen bekam.

Es war ihr zweiter Pulitzerpreis, den ersten hatte sie zehn Jahre zuvor für ihre Berichte über den spanischen Bürgerkrieg bekommen, den sie als Ambulanzfahrerin bei der Abraham-Lincoln-Brigade erlebte. Ihre ersten Kriegsberichte wurden im Ersten Weltkrieg veröffentlicht, wo sie verwundete Männer in einem französischen Krankenhaus an der Front pflegte. Sie berichtete auch über den Zweiten Weltkrieg, in dem sie die Résistance unterstützte. Zwischen den Kriegen veröffentlichte sie neben ihren Romanen zahlreiche Artikel über ihre Erlebnisse in der ganzen Welt.

Mrs. Binet wird betrauert von ihrem Ehemann, mit dem sie 32 Jahre lang verheiratet war, dem französischen Filmregisseur Rémy Binet, ihren Stiefkindern Jules Binet und Inès Langelier, beide wohnhaft in Paris, fünf Stief-Enkelkindern und ihrer Nichte, Kitty Cavanaugh aus Boston, Massachusetts, und Arlington, Virginia.

Mrs. Binet lebte mit ihrem Mann in einem Stadthaus im Marais in Paris. Als gestern Abend die Nachricht von ihrem Tod die von ihr so geliebte Stadt erreichte, brachten die Pariser, die ihre Liebe erwiderten, Blumen, Briefe und Kerzen zu ihrem Haus.

Heute Morgen kam zu diesen Zeichen der Zuneigung ein wahrer Berg vielfarbiger Papageientulpen hinzu, die mit einem grob gerippten roten Band zusammengebunden waren. Allerdings war keine Karte dabei, sodass man nicht weiß, von wem sie stammen.

Sklavenwoche

Nimm mich, schlag mich in deinen Bann,
denn ich werd niemals frei, außer in Knechtsgestalt,
noch jemals keusch, tust du mir nicht Gewalt.

John Donne

1

London, 19. Juni 1817

»Habt Ihr etwas dagegen einzuwenden, vergewaltigt zu werden?«, fragte der silberhaarige, elegant gekleidete Sir Charles Upcott und tunkte seine Feder in ein Tintenfass.

Caroline Keating starrte Sir Charles, Anwalt und Baronet, über den Schreibtisch aus Marmor und Malergold, der im Mittelpunkt seines imposanten Büros in der Regent Street stand, fassungslos an. Erschreckt von seiner Frage – in der Tat zutiefst entsetzt – sagte sie: »Ist es nicht nur natürlich für eine Dame, gegen einen solchen Akt Einwände zu haben?«

Sir Charles blickte sie über den Rand seiner Brille an und schrieb etwas auf einen Bogen Papier. »Solltet Ihr ausgewählt werden für die Auktion, darf der Gentleman, der Euch erwirbt – Euer Herr –, Euch zahlreichen geheimen Neigungen aussetzen, die er seiner Frau oder seiner Geliebten nie enthüllen würde. Er mag sich zum Beispiel gefragt haben, wie es sich wohl anfühlen würde, eine unwillige Frau zum Geschlechtsverkehr zu zwingen – etwas, das ein kultivierter Mann normalerweise nie tun würde, selbst nicht bei einer Dame von fragwürdiger Tugend. Aber auch kultivierte Männer haben dunkle Fantasien. Wie ich bereits zu Anfang erklärte, Miss Keating, kann Euer Herr und Gebieter Euch in jeder nur erdenklichen Weise benutzen in den sieben Tagen, in denen Ihr in seinem Besitz seid, abgesehen von schweren Verletzungen, die das

Hinzuziehen eines Arztes notwendig machen, obwohl natürlich jederzeit ein Arzt zur Stelle sein wird.«

»Aber wenn es mir doch verboten ist, mich meinem ... dem Mann, der ... mich kauft, zu verweigern, wie will er mich denn dann zwingen? Er wird ja keinen Grund dazu haben – keine Gelegenheit –, wenn ich mich willig unterwerfe.«

Ohne von seinen Notizen aufzublicken, antwortete Sir Charles: »Er könnte Euch befehlen, Euch zu verweigern. Oder er könnte so brutal im Akt vorgehen oder andere dazu ermutigen, dass Ihr Euch zwangsläufig weigert.«

»Andere?«, fragte Caroline mit dünner Stimme.

»Es steht ihm frei, Euch einem oder mehreren anderen Gentlemen im Château auszuleihen, wenn es ihm beliebt. Eine Sklavin muss auf alles gefasst sein.«

»Aber habt Ihr nicht gesagt, dass ich mich außer meinem Herrn in dieser Woche keinem anderen Mann hingeben darf?«

Sir Charles seufzte, blickte auf und sagte: »Es sei denn, es geschieht auf *Geheiß* Eures Herrn. Wenn er es befiehlt, müsst Ihr es fraglos und ohne Zögern tun. Es ist wirklich ein elegant einfaches Arrangement.«

»Aber warum sollte er jemand anderen ermuntern ...«

»Für gewöhnlich, damit er zuschauen kann.«

Zuschauen? Caroline blinzelte den Anwalt an. Und gewaltsam genommen zu werden ... von mehr als einem Mann! Du lieber Himmel, was würde sie noch alles erfahren über die Neigungen scheinbar so kultivierter Herren?

Sir Charles nahm seine Brille ab. Das Leder knirschte, als er sich auf seinem Stuhl zurücklehnte und sie ruhig musterte. Wahrscheinlich überlegte er, ob es so klug gewesen war, ein so naives Mädchen wie sie in zwei Wochen auf ein geheimnisvolles, abgelegenes Château in Frankreich gehen zu lassen.

»Miss Keating«, sagte er, »der Mandant, den ich in dieser Angelegenheit vertrete, hat mich beauftragt, Euch diese Fragen zu stellen, um sicherzugehen, dass Ihr zur sexuellen Versklavung geeignet seid. Ich muss Euch jedoch warnen, wenn Ihr auch nur eine negative Reaktion zeigt, werdet Ihr nicht ausgewählt – und Lord Rexton hat Euch gestern Abend, als er Euch rekrutiert hat, sicher erklärt, dass viel Geld im Spiel ist, Tausende von Pfund.«

Caroline blickte aus dem Fenster. Die Seidenvorhänge bauschten sich in der warmen Sommerbrise. Gestern Morgen um diese Zeit hatte sie mit anderen Schaulustigen der Eröffnungszeremonie der Waterloo Bridge beigewohnt und darüber nachgedacht, dass sie noch nicht einmal den Halfpenny besaß, der als Brückenzoll verlangt wurde.

Sir Charles schwieg einen Moment, dann setzte er seine Brille wieder auf. »Um zu der Frage der Vergewaltigung zurückzukommen?«

»In Ordnung«, erwiderte sie und seufzte. Sie dachte an den Handel, den sie gestern Nachmittag mit Bram Hugget, dem Straßenkehrer, der seit Wochen um einen Kuss bettelte, abgeschlossen hatte.

»Nur einen«, hatte sie gesagt. »Aber er kostet dich einen Halfpenny.«

Er hatte sich sein stoppeliges Kinn gekratzt. »Aber dann will ich auch deine Titten anfassen.«

Am liebsten hätte sie geschrien und geweint, aber sie hatte die Zähne zusammengebissen. »Nur über den Kleidern, nicht darunter. Du hast eine Minute Zeit.«

»Miss Keating?«

Sie blickte zu Sir Charles, der sie erwartungsvoll ansah.

»Fellatio?«, fragte er.

Verwirrt runzelte sie die Stirn.

»Orale Kopulation. Seid Ihr willens, das durchzuführen?«

»Oral? Meint Ihr Küssen?«

Sir Charles zog eine Ledermappe aus einer Schublade. Er

löste das Band und öffnete sie. Sie enthielt einen Stapel Bilder. Er blätterte sie durch, zog eins heraus und reichte es Caroline. Der Stich stellte einen völlig bekleideten Mann und zwei mollige, nackte Frauen dar. Der Mann lag auf einem Bett mit den Füßen am Boden. Seine Hose war weit offen, und er knetete die Brüste der einen Frau, die über seinem Gesicht hockte. Die andere Frau kniete zwischen seinen gespreizten Beinen und saugte an seinem erigierten Glied, während sie sich und ihn streichelte.

Caroline blickte schockiert auf die Abbildung.

»Lord Rexton versicherte mir, Ihr hättet Erfahrung in dieser Hinsicht«, sagte Sir Charles. »Habt Ihr ihm gestern beim Musterungsgespräch nicht gesagt, dass Ihr durch eine Liaison mit einem Soldaten entehrt worden seid?«

Caroline räusperte sich. »Es war eine äußerst kurze Liaison.«

»Wie kurz?«

»Eine Nacht.«

»Wie lange ist das her?«

»Etwas über zwei Jahre.«

Stirnrunzelnd tauchte er die Feder in die Tinte und notierte diese Information.

Tausende von Pfund.

»Meine … meine Erfahrungen sind beschränkt«, sagte sie und beugte sich vor. »Aber ich versichere Euch, Sir Charles, ich werde nicht zurückschrecken …«

»Ja oder nein zu Fellatio, Miss Keating?«

Sie schluckte und reichte ihm den Stich. »Ja.«

»Seid Ihr bereit zu Kopulation auf griechische Art?«

»Es tut mir leid, Sir, aber ich weiß nicht, was das ist.«

Mit müder Nachsicht zog Sir Charles einen anderen Stich aus dem Stapel und reichte ihn ihr.

Ein Mann und eine Frau, beide nackt, vereinigten sich auf

einem üppig drapierten Bett. Sie hatte ihr Hinterteil hochgereckt, er nahm sie von hinten. Caroline musste die Abbildung einen Moment lang studieren, bevor sie merkte, dass er nicht in die Öffnung eingedrungen war, die die Natur dafür vorgesehen hatte.

»Oh«, sagte sie leise.

Sir Charles betrachtete sie erwartungsvoll über den Rand seiner Brille.

»Tut es weh?«, fragte sie.

»Das hängt weitestgehend davon ab, ob der Gentleman das wünscht oder nicht. Ja oder nein?«

Sie reichte ihm den Stich und nickte.

»Seid Ihr bereit, Euch physischen Strafen zu unterziehen wie Schläge auf das Hinterteil mit der Hand, der Rute oder der Gerte?«

Caroline zögerte. Leise Furcht stieg in ihr auf. Was hatte denn körperliche Bestrafung mit Kopulation zu tun? »Warum … warum sollte ein Mann denn solche Dinge tun wollen?«

»Weil es ihn erregt. Manche Männer – nein, eigentlich viele – empfinden fleischliche Lust, wenn sie Frauen bestrafen.« Er zog einen weiteren Stich hervor, auf dem eine erschreckt wirkende junge Frau dargestellt war, die bäuchlings über einer schmalen Bank lag, die Röcke hochgeschlagen, sodass man ihr entblößtes, kreuz und quer mit Striemen versehenes Hinterteil sah. Neben ihr stand ein maliziös grinsender Gentleman, der mit einer Hand seine Erektion streichelte und in der anderen ein Bambusstöckchen hielt.

Carolines Eingeweide zogen sich zusammen. Am liebsten wäre sie aufgesprungen und aus dem Zimmer gerannt.

»Nun?«, drängte Sir Charles.

Sie warf das Bild auf den Schreibtisch, als sie die Erinnerung an all die Prügel überfiel, die ihr Vater ihr und ihren Brüdern verabreicht hatte, für so unbedeutende Vergehen wie das Vergessen einer Psalmzeile oder einen Fehler in einer mathematischen Berechnung. In dem kleinen Schulzimmer im dritten Stock des schlossähnlichen Pfarrhauses, in dem sie aufgewachsen war, gab es einen breiten Lederriemen, ein Bambusstöckchen und ein perforiertes Holzpaddel, alle gut gebraucht. Sie konnte sich an keine Zeit erinnern, in der sie nicht voller blauer Flecke von seinen plötzlichen Wutanfällen gewesen war, meistens auf dem Rücken, manchmal auf der Brust und auf den Beinen – aber nie im Gesicht oder auf den Armen, wo die Mitglieder der Gemeinde von Reverend Keating es hätten sehen können. Er war grausam und erbarmungslos und wahrscheinlich halb wahnsinnig – von der französischen Krankheit, flüsterten ihre Brüder, die er sich in seiner wilden Jugend zugezogen hatte –, aber er war nicht dumm. Als Aubrey sie aus diesem Kerker, der ihr Zuhause gewesen war, befreit hatte, hatte Caroline sich geschworen, dass kein Mann sie je wieder schlagen würde.

»Miss Keating? Ja oder nein?«

»Ja«, flüsterte sie.

»Wie bitte?«

»Ja«, wiederholte sie lauter. Sie war den Tränen nahe. »Ja. Ja. Ja zu allem.«

»Ihr müsst jedem einzelnen Akt eindeutig zustimmen, damit Ihr später nicht behaupten könnt, Ihr hättet von nichts gewusst. Seid Ihr bereit, Euch fesseln, knebeln und die Augen verbinden zu lassen?«

»Ja.«

»Seid Ihr bereit, sexuelle Akte vor Zuschauern durchzuführen?«

»Ja.«

»Seid Ihr bereit, sexuelle Aktivitäten mit einer anderen Frau durchzuführen?«

Ach du lieber Himmel. »Ja.«

»Bekommt Ihr einen Orgasmus, Miss Keating?«

Caroline wurde rot.

»Das werte ich als ein Ja«, sagte der Anwalt und notierte es mit kratzender Feder. »Ihr habt also Freude an sexuellen Beziehungen?«

»Das ... das war der Fall bei der einzigen Erfahrung, die ich damit hatte.«

»Euer Alter?«

»Zwanzig.«

»Größe?«

»Ein Meter siebzig.«

»Gewicht?«

»Das kann ich nicht mit Gewissheit sagen.«

»Höchstens fünfzig Kilogramm«, murmelte der Anwalt. »Teint blass, aber ohne Makel. Haare goldblond.«

»Wegen meiner Haare habe ich mir überlegt ...«

»Mmm?«

»Ich möchte sie gerne mit Henna färben, wenn das erlaubt ist.«

»Um Euch unkenntlich zu machen? Manche Damen verändern zu diesem Zweck ihre Haarfarbe und verwenden Kosmetika. Ich muss sagen, in Eurem Fall wäre es eine Schande, aber wenn Ihr es wünscht, habt Ihr das Recht dazu.«

»Danke.«

Sir Charles legte die Feder beiseite und musterte sie nachdenklich.

»Meint Ihr, ich genüge den Anforderungen?«, fragte sie so gleichmütig wie möglich.

»Es ist schade, dass Ihr schon entjungfert worden seid, Miss Keating. Eine intakte Jungfrau erzielt den höchsten Preis als Sklavin. Jungfrauen, gefolgt von den Verderbtesten – die Unschuldigen einerseits und die liederlichsten Frauenzimmer andererseits. Ihr seid leider keins von beidem. Allerdings spielt natürlich auch große Schönheit eine Rolle und wird sich vorteilhaft für Euch auswirken. Und Eure naive Art finden gewisse Gentlemen unwiderstehlich.«

Er klappte die Mappe mit den frivolen Bildern zu und legte sie wieder in die Schublade. Dann reichte er ihr eine Visitenkarte. Auf schwerem, cremefarbenem Papier standen Name und Adresse eines Dr. Humphrey Coates.

Sir Charles sagte: »Ihr werdet Euch morgen Nachmittag um fünf Uhr zur medizinischen Untersuchung bei Dr. Coates einfinden. Er wird sich vergewissern, dass Eure Konstitution den Anstrengungen der Sklavenwoche gewachsen ist, und Euch attestieren, dass Ihr frei von Behinderungen und Krankheiten seid. Die Herren, die an der Sklavenwoche teilnehmen, müssen sich ebenfalls einer Untersuchung durch Dr. Coates unterziehen, um sicherzustellen, dass sie nicht an ansteckenden Krankheiten privater Natur leiden. Dr. Coates wird Euch etwas geben, damit Ihr nicht schwanger werdet, und ich werde arrangieren, dass …«

»Das ist möglich?« Der Gedanke an eine ungewollte Schwangerschaft hatte Caroline die ganze Nacht über nicht schlafen lassen. »Man kann … Beziehungen haben, ohne zu empfangen?«

»Es gibt zwei Vorrichtungen für diesen Zweck, eine Hülle aus Schafsdarm für den Gentleman und einen in Essig getauchten Schwamm für die Dame. Da Ihr Eurem Gebieter keine Unannehmlichkeiten verursachen solltet, bekommt Ihr einen Schwamm, den Ihr innerlich ständig tragen müsst. Ihr entfernt ihn nur während Eures morgendlichen Bads, um ihn zu säubern und frisch mit Essig zu tränken. Solltet Ihr diese Vorsichtsmaßnahme vernachlässigen und Euch hinterher in anderen Umständen befinden, so seid Ihr allein dafür verantwortlich. Laut Vertrag ist es Euch verboten, mit Eurem Gebieter darüber zu sprechen oder ihn als Vater zu benennen.«

»Vertrag?«

»Wie ich bereits erklärt *habe*«, fuhr er verdrossen fort, »bin ich nach einem positiven Bericht von Dr. Coates über Eure körperliche Verfassung bereit, Euch für die Sklavenauktion zu empfehlen. In diesem Fall müsst Ihr hier bei mir einen verbindlichen Vertrag über die Regeln während Eures Sklaven-Aufenthalts unterzeichnen. Die erste und wichtigste Regel ist absoluter Gehorsam Eurem Herrn gegenüber. Ihr müsst Euch jedem seiner Befehle ohne Zögern oder Widerspruch unterwerfen. Solltet Ihr diese Regel auch nur ein Mal nicht befolgen, werdet Ihr sofort nach Hause geschickt und bekommt lediglich die Reisekosten ersetzt.« Sir Charles leierte diese Informationen so lustlos herunter, als ob er das schon unzählige Male getan hätte, was wahrscheinlich auch der Fall war.

»Es steht Eurem Herrn frei, sich Eurer so zu bedienen, wie er es möchte, solange er sich an die Regeln im Vertrag hält. Sollte er sie nicht befolgen, werdet Ihr ihm weggenommen und an einen anderen Herrn versteigert. In diesem Fall erhaltet Ihr beide Kaufsummen. Sollte Euer Gebieter Euch eine Verletzung zufügen, die Dr. Coates als ausreichend schwer erachtet, werdet Ihr aus der Sklaverei entlassen, aber Euer Herr muss Euch die gesamte Kaufsumme ausbezahlen. Solltet Ihr nicht verletzt sein, wollt aber trotzdem zu irgendeinem Zeitpunkt in dieser Woche aus Eurem Vertrag entlassen werden, werdet Ihr sofort nach London zurückgeschickt. In diesem Fall habt Ihr die Regeln des Vertrags nicht eingehalten, und die finanziellen Verpflichtungen Eures Herrn Euch gegenüber sind null und nichtig. Habt Ihr verstanden, was ich Euch gerade erklärt habe?«

»Ja.«

»Zusätzlich«, fuhr er fort, »seid Ihr verpflichtet, die Lage des Schlosses, in das Ihr gebracht werdet, sowie die Identitäten der Teilnehmer, sowohl der Herren als auch der Sklavinnen, geheim zu halten. Ihr werdet hören, wie sich die Herren mit Namen anreden, aber Ihr dürft das nie tun. Sobald Ihr aus dem Château wieder zu Hause seid, müsst Ihr diese Namen aus Eurem Gedächtnis tilgen. Solltet Ihr in Zukunft jemandem begegnen, den Ihr aus der Sklavenwoche wiedererkennt, müsst Ihr Euch verhalten, als wärt Ihr Euch nie begegnet. Der Vertrag der Herren enthält die gleiche Klausel. Wird sie verletzt, so ist die Folge der komplette gesellschaftliche Ruin.«

»Wie könnt Ihr …?«, fragte Caroline.

»Gewisse außergewöhnlich betrübliche Sünden machen die angesehensten Mitglieder der Gesellschaft zu Parias, wenn sie öffentlich bekannt werden. Wenn nötig, werden solche Sünden erfunden.«

Sir Charles gab ihr zwei weitere Karten, eine für einen Schneider, der sie mit Kleidern und Unterwäsche für die neuen Erfordernisse ausstatten würde. »Die andere Karte ist von einem Waffenschmied, der spezielle Arbeiten für uns verrichtet. Er wird Euch ein Halsband, ein Paar Handschellen und Knöchelfesseln anmessen. Er macht sie aus gehärtetem Stahl mit Ringen zum Befestigen der Ketten und Lederriemen.«

Caroline starrte Sir Charles an.

Er erwiderte ihren Blick, bis sie wegschaute und zitternd die Luft ausstieß.

»Halsband und Fesseln müsst Ihr die ganze Woche über tragen«, fuhr er fort. »Auch wenn Ihr badet, was Ihr jeden Morgen tun werdet. Das Badewasser wird von einer Kammerzofe mit duftenden Ölen versetzt.«

Na, das ist doch etwas, dachte Caroline. Sie hatte schon viel zu lange kein richtiges Bad mehr genossen, und es fehlte ihr. Als sie jünger war, hatte sie manchmal über eine Stunde in der Badewanne gelegen und ihre Gedanken schweifen lassen.

»Man wird Euch unterrichten wegen der Transportmöglichkeit nach Calais und von dort zum Château.« Sir Charles tunkte die Feder erneut in die Tinte. »Wo wohnt Ihr, Miss Keating?«

»In St. Giles«, antwortete sie. Ihr entging nicht, wie seine Augenbrauen sich hoben, als sie das berüchtigte Elendsviertel nannte. »Ich teile mir ein Bett in einem Schlafhaus auf der Denmark Street, Ecke Charing Cross Road. Aber …«

»Ja?«

»Als ich gestern Abend gegangen bin, habe ich Mrs. Milledge, meiner Vermieterin, gesagt, ich würde nicht zurückkommen, und ich … ich weiß nicht, ob sie mich noch einmal aufnimmt, weil es pro Nacht Tuppence kostet, und ich konnte seit einiger Zeit nicht mehr bezahlen.«

Sir Charles grunzte, schrieb etwas auf ein Blatt Papier, faltete es um eine Fünfpfundmünze und versiegelte es mit Wachs. »Gebt das Mr. Peckham im St. James's Royal Hotel auf der St. James's Street. Das Geld reicht für zwei Wochen Bett und Verpflegung. Seht zu, dass Ihr ordentlich esst – dass Ihr so dünn seid, lenkt unnötig von Eurer Schönheit ab. Esst Rind und Lamm, und trinkt dazu viel guten roten Burgunder, damit Ihr ein wenig Farbe in die Wangen bekommt.«

Caroline nahm den Brief, der durch die Goldmünze schwer in ihrer Hand lag. So viel Geld hatte sie sehr lange nicht in der Hand gehabt. »Danke, Sir«, sagte sie. »Ihr seid äußerst großzügig.«

»Es ist weniger Großzügigkeit als eine Investition in zukünftigen Gewinn. Meine Kanzlei erhält fünf Prozent Kommission von Eurem Verkaufspreis, ebenso viel wie Riddells Auktionshaus, in dem die Versteigerung stattfindet. Je höher der Preis ist, den Ihr erzielt, desto mehr bekommen wir, und wenn Ihr ausgeruht und gut genährt seid, ist Euer Wert höher. Ich muss Euch ja wohl kaum daran erinnern, dass Eure Attraktivität als Sklavin bestimmt, wie viel Geld Ihr am Ende der Woche erhaltet.«

Eine Woche entsetzlicher Erniedrigungen. Wenn sie durchhielt, würde sie für immer frei sein von Elend, Hunger und

Hoffnungslosigkeit der letzten beiden Jahre. Sie konnte sich ein kleines Cottage in einem Ort in den Cotswolds kaufen, wo niemand Caroline Keating und ihren angeschlagenen Ruf kannte. Vielleicht konnte sie sogar die Schule für Mädchen eröffnen, von der sie seit ihrer Kindheit träumte.

»Wenn Ihr keine weiteren Fragen habt …« Sir Charles schob seinen Stuhl zurück.

»Das Geld«, sagte sie und beugte sich vor. »Ihr sagtet, Tausende. Lord Rexton hat das Gleiche gesagt. Ist das wahr? Kann ein Sklave erwarten, für so viel … verkauft zu werden?«

»Mindestens zweitausend«, antwortete der Anwalt, »und möglicherweise sogar noch ein bisschen mehr. Der höchste Preis in der Geschichte der Sklavenauktion ging letztes Jahr an eine junge Dame, eine herausragende Schönheit, die jungfräuliche jüngere Tochter eines Dukes. Sie kostete ihren Herrn dreiundzwanzigtausend Guineen.«

»Du lieber Himmel!«

»Wenn das Sieger-Angebot angenommen worden ist, muss der Gentleman einen Schuldschein über diese Summe minus zehn Prozent Kommission für die Dame unterschreiben, deren Dienste er erworben hat. Der Schuldschein wird treuhänderisch von Lord Rexton verwaltet.«

»Ist er auch da?«

»Als Repräsentant von Burnham, Childe und Upcott, ja. Unser Mandant, ich nenne ihn einmal Seigneur X, ermächtigt uns, die rechtlichen und finanziellen Aspekte der Sklavenwoche zu verwalten – und die jungen Damen hier in England auszusuchen. Die ausländischen Damen werden von Seigneur X' Verwalter, einem Mr. Archer, rekrutiert. Riddell wählt die Gentlemen aus, verschickt aber nur Einladungen, wenn ich persönlich ihre finanzielle Solvenz überprüft habe. Natürlich versteht es sich von selbst, dass manche wesentlich mehr bieten können als andere. Am Ende der Woche, wenn alles gut gegangen ist und die Dame den Vertrag eingehalten hat, wird ihr dann der Schuldschein ausgehändigt. Versteht Ihr?«

Er presste seine Lippen zusammen und lächelte dünn. »Elegant einfach, die ganze Angelegenheit.«

2

Grotte Cachée, zwei Wochen später

Da ist der schwule Fisch, der mich letztes Jahr gekauft hat«, flüsterte die Sklavin namens Violet und spähte durch einen Spalt im Vorhang der Dienstbotentür zum Ballsaal im Château de la Grotte Cachée, in dem männliche Stimmen zu hören waren. »Hat mich die ganze Woche nicht angerührt. Ständig musste ich nur in Männerstiefeln herumlaufen, während er sich einen heruntergeholt hat. Na ja, manchmal durfte er sich auch an den Stiefeln reiben. Das hat mir zwölftausend Guineen eingebracht.«

»Welcher? Wie sieht er aus?« Caroline drängte sich durch die Menge der Sklavinnen, die sich in dem dunklen Durchgang vor der Speisekammer versammelt hatten, bis sie am Vorhang angekommen war und ebenfalls hindurchsehen konnte. Sie würde lieber in Männerstiefeln herumstolzieren als die anderen Dinge tun, von denen die Sklavinnen, die im Jahr zuvor schon dabei gewesen waren, erzählt hatten. Die Geschichten, die sie gehört hatte, seit sie am vergangenen Tag in Grotte Cachée angekommen war, hatten ihre schlimmsten Vorstellungen noch übertroffen.

Caroline spähte in den hell erleuchteten Saal, in dem etwa zwei Dutzend Männer darauf warteten, die Sklavinnen begutachten zu können, bevor die Auktion begann. Viel konnte sie durch den schmalen Spalt zwischen Türrahmen und Vorhang nicht sehen, nur einen Streifen des riesigen, prächtigen Saals. Die Männer trugen alle Cutaways und Kniehosen sowie kunstvoll geschlungene weiße Seidenkrawatten. Einige hatten die Nase in ein kleines Pamphlet gesteckt, *Kompendium der Blumen*, auf dessen Umschlag die Zeichnung einer Orchidee zu sehen war, die durch ein Kettenglied wuchs; die Blüte wies eine bemerkenswerte Ähnlichkeit mit der unteren weiblichen Region auf. Auf den Seiten waren die sechzehn schönen jungen Frauen beschrieben, die sich am Abend zum Verkauf anboten. An jedem Büchlein hing an einem Band ein kleiner Stift aus poliertem Ebenholz, mit dem man sich Notizen machen konnte.

»Der Stiefelknecht ist der stolzierende Hahn mit dem Monokel«, sagte Violet, deren richtiger Name Elizabeth war. Sie hatte, wie die Hälfte der Sklaven, den vornehmen Akzent der britischen Oberschicht. Die andere Hälfte kam aus dem Ausland, und es waren einige exotische Schönheiten darunter. Tulip zum Beispiel, eine zarte junge Frau mit orientalischen Gesichtszügen, die kaum Englisch sprach; Columbine, die karamellhäutige illegitime Tochter eines reichen Zuckerrohrpflanzers aus Westindien; und Lili, von der Caroline vermutete, dass sie Perserin war, mit exotischen Augen und einer üppigen schwarzen Haarmähne. Wie auch einige andere der Mädchen war Lili eine erfahrene Sklavin, da sie sich schon im letzten Sommer auf den Block gestellt hatte. Davor hatte zwanzig Jahre lang keine Sklavenwoche stattgefunden, wegen des Kriegs, den Napoleon gegen England und seine Verbündeten geführt hatte.

Manche der Sklavinnen kannten sich schon vorher. Da waren zum Beispiel zwei amerikanische Erbinnen, Aster und Iris, beide mit leuchtend roten Haaren. Sie waren zusammen zur Schule gegangen und sahen die Erfahrung als großen Spaß an. Die Erlaubnis ihrer Eltern hatten sie nur deshalb bekommen, weil jede ihrer Mutter erzählt hatte, sie sei mit der Familie der anderen in Urlaub. Zwei der Veteraninnen, die üppige Laurel und die jungenhafte Jessamine, die ihre Haare in dem schicken neugriechischen Stil kurz geschnitten trug, hatten sich bei der letztjährigen Sklavenwoche zusammengeschlossen und waren auch nach ihrer Rückkehr eng befreundet geblieben. Und Lili schien mit einer der Novizinnen, einer über eins achtzig großen blonden Schönheit namens Elle, in herzlicher Freundschaft verbunden.

Ausländisch oder nicht, man sah und hörte bei allen Sklavinnen, dass sie von Adel waren. Manche, wie Caroline, waren durch widrige Umstände ins Elend geraten, andere suchten das Abenteuer und den ultimativen sexuellen Kick.

Die Sklavinnen – seltsam, wie sehr Caroline sich schon an die Bezeichnung gewöhnt hatte – hatten alle andere Namen bekommen, um ihre wahren Identitäten zu verbergen; Caroline hieß jetzt »Rose«. Zusätzlich hatten einige noch ihr Aussehen verändert, wie Caroline. Sie hatte ihre Haare rötlich gefärbt und sie zu einem griechischen Knoten aufgesteckt, mit Locken, die sich in ihrem Nacken und um ihr Gesicht ringelten. Die Augen hatte sie mit Khol schwarz umrandet, die Brauen dunkler gemacht und auf Wangen und Lippen leuchtendes Rot aufgelegt. Die Wirkung war bemerkenswert: Ihre eigenen Brüder hätten sie nicht erkannt.

Wie die anderen Sklavinnen trug Caroline ein breites, vergoldetes Halsband, an dem stählerne Ringe und Klemmen hingen. Bei ihrer Ankunft hier war es verschlossen worden. Eine fast ein Meter fünfzig lange Leine aus geflochtenem schwarzem Leder baumelte von einem Ring vorn herunter. Um Handgelenke und Knöchel trug sie schmalere Reifen; die Handschellen waren für den Abend zusammengeschlossen worden, sodass ihre Hände vor dem Körper gefesselt waren. Genau wie die anderen Sklavinnen war sie in ein »Inspektionsgewand« aus elfenbeinfarbenem Seidenchiffon gekleidet, das direkt unter dem Busen mit einem Satinband zusammengehalten wurde. Dazu trug sie zierliche Pantöffelchen aus Goldbrokat. Unter dem dünnen Gewand war sie nackt, was gut zu erkennen war, da sich der durchsichtige Stoff an ihre weiblichen Formen schmiegte. Eigentlich hätte sie angesichts der Tatsache, dass wildfremde Männer sie so gut wie nackt sehen würden, vor Angst wie erstarrt sein müssen, aber sie fand Trost darin, dass sie zu mehreren waren. Mit fünfzehn anderen Mädchen, die im selben Boot saßen wie sie, fühlte sie sich weniger entblößt, als wenn sie alleine gewesen wäre.

»Ach, du liebe Güte, das ist ja Brummel«, sagte Violet, die sich weiter im Saal umgesehen hatte. »Ich habe ihn nicht mehr gesehen, seit er England verlassen hat.«

»*Beau* Brummel?«, fragte Caroline.

Violet nickte. »Vor ein paar Jahren hat er Prinny beleidigt und musste … O mein Gott«, murmelte sie. »Der Peitscher ist auch hier.«

Die anderen Sklavinnen, die schon im Jahr zuvor hier gewesen waren, stöhnten, aber Mr. Llewellyn, ein dandyhafter junger Angestellter von Riddells Auktionshaus, der auf sie aufpassen sollte, brachte sie mit einem scharfen »Schscht!« zum Schweigen. Er hob die lange Kutscherpeitsche, die er immer bei sich trug – Caroline hatte allerdings noch nie gesehen, dass er einen damit geschlagen hätte –, und sagte: »Seid leise, sonst muss ich Euch befehlen, gar nicht zu sprechen. Und denkt daran, kein Laut während der Inspektion, es sei denn, einer der Gentlemen stellt Euch eine direkte Frage.«

»Was ist ein Peitscher?«, fragte Caroline misstrauisch.

»Jemand, den du nicht als Herrn willst«, erwiderte Elle. »Das ist der Marquess of Dunhurst, reich wie Krösus und böse wie der Teufel.«

»Woher weißt du das?«, fragte ein vollbusiges Mädchen mit

schwarz gefärbten Haaren, das man Jonquil genannt hatte. »Du warst doch letztes Jahr gar nicht hier.«

»Ich habe sie vor ihm gewarnt«, sagte Lili und warf Elle einen flüchtigen Blick zu.

»Selbst die anderen Gentlemen nennen ihn den Peitscher«, sagte Violet. »Er ist diese Bulldogge da bei der Gruppe von Männern am Kamin – der mit dem Spazierstock mit der Elfenbein-Schwanzspitze als Griff.«

»*Was?*« Caroline lachte ungläubig. »Das ist nicht dein Ernst.«

»Er hat ihn immer dabei, selbst in galanter Gesellschaft«, sagte Jonquil. »Auf den ersten Blick sieht er eher aus wie ein Pilz, aber dann entdeckst du das kleine Bischofsauge, und dir wird klar, dass es die alte kahle Ratte höchstpersönlich ist.«

Violet sagte: »Letztes Jahr kam er mit einer ganzen Truhe voller Handschellen, Peitschen und Paddel hier an. Das arme Mädchen, das er ersteigerte, hieß Dahlia. Eine hübsche kleine Blonde, Finnin, glaube ich. Das arme Ding sprach kaum Englisch, aber sie erzählte uns, dass der Bastard nicht ein einziges Mal versuchte, mit ihr zu schlafen, er wollte ihr nur Schmerzen zufügen. Sie hatte immer Tränenspuren im Gesicht und war am ganzen Körper voller Striemen. Sie bewegte sich wie eine alte Frau – man sah ihr an, dass sie ständig Schmerzen hatte.«

Caroline warf ein: »Ich dachte, die Herren dürften uns nicht verletzen.«

»Nur oberflächlich«, erwiderte Jonquil. »So lautet jedenfalls die Regel, aber Dahlia behauptete, Dunhurst habe sie gebrochen. Eines Morgens ging sie zu Dr. Coates, den ganzen Körper voller blauen Flecken und Wunden, und erklärte, er hätte sie wie wild mit einem schwarzen Stock geschlagen. Das hätte bedeutet, dass sie gehen, aber trotzdem das Geld behalten konnte. Dunhurst leugnete es, sagte, sie sei die Treppe heruntergefallen und er besitze gar keinen schwarzen Stock. Sein

Zimmer wurde gründlich durchsucht, aber es fand sich nichts. Mr. Riddell schickte Dahlia weg, weil sie ungehorsam gewesen war und gelogen hatte. Nach Tagen des Missbrauchs musste sie mit leeren Händen hier verschwinden – und Dunhurst hatte seinen Spaß gehabt, ohne dafür bezahlen zu müssen.«

»Die Aussichten sind jedoch nicht ganz so schlecht, meine Damen«, sagte Violet. »Erinnert ihr euch noch an den gut aussehenden jungen Mann von letztem Jahr mit den schwarzen, lockigen Haaren? Und diesem gewissen Lächeln?«

»Inigo«, sagte Jonquil aufgeregt. »*Er* ist hier?«

»Er hat den reinsten Knüppel zwischen den Beinen«, sagte Violet zu Caroline. »Das Mädchen, das er gekauft hat, konnte kaum noch laufen, als die Woche vorbei war, aber sie hat gemeint, es hätte sich gelohnt.«

»Ist sein Freund auch da?«, erkundigte sich Jonquil. »Der Blonde mit den strahlend blauen Augen? Sie haben ihn Elic genannt.«

Lili und Elle wechselten wieder einen Blick, dieses Mal leicht amüsiert.

Violet reckte den Kopf, um durch die schmale Öffnung etwas sehen zu können, und sagte: »Elic kann ich nicht sehen, aber Lord Cutbridge ist hier.«

»Ach ja?«, sagte Poppy, die hinter Caroline stand. »Er war letztes Jahr mein Herr. Er ist ein echter Gentleman, aber im Bett ein wahrer Hengst. Ich bin noch nie einem Mann begegnet, der den Bettsport so liebt wie Cutbridge – und er hat sich immer um meine Lust gekümmert. Schließlich bin ich schon gekommen, wenn er mich nur mit diesem *gewissen Blick* anschaute. Ich wünschte, alle wären so wie er.«

»Ein *Gentleman*?«, schnaubte Narcissa, die schöne junge Witwe eines Earls, zu der ihr Name passte. »Er ist der einäugige Sohn eines Gerbers.«

»Aber immerhin hat euer Prinzregent so viel von diesem

Sohn eines Gerbers gehalten«, warf Elle ein, »dass er ihn nach der Schlacht von Vitoria, wo er wohl auch sein Auge verloren hat, zum Baron gemacht hat, nicht wahr? Es ist doch wohl keine Schande, wenn man seinen Titel durch Heldentum gewinnt – ganz im Gegenteil.«

Violet, die immer noch durch den Vorhang spähte, sagte: »Es sieht wirklich nicht so finster aus. Rexton ist da.«

Die anderen seufzten sehnsüchtig.

Auch Caroline sah durch ihren Spalt David Childe, Lord Rexton, der auf einem roten Samtsofa saß, die langen Beine übereinandergeschlagen, in einer Hand einen Cognacschwenker, in der anderen eine Zigarre. Seine dunklen, welligen Haare waren ein wenig besser frisiert als beim letzten Mal, als sie ihn gesehen hatte, aber seine Miene gelangweilter Gleichgültigkeit war dieselbe. Er saß ganz allein da, die lackierte Schreibschachtel auf dem Platz neben sich.

»Wer ist dieser Rexton?«, fragte Angelique, die Französin war und zum ersten Mal Sklavin, wie Caroline.

»Er ist Viscount«, antwortete Violet. »Und Anwalt, obwohl man es ihm nicht ansieht. Er ist nur hier, weil er das Geld und die Verträge verwaltet – jammerschade. *Seine* Sklavin wäre ich gerne.«

»Er ist so kalt wie eine Viper«, warf Narcissa ein.

»Das sagst du doch nur, weil er sich von dir getrennt hat«, sagte Jonquil.

»Sie war letztes Jahr seine Geliebte, aber es dauerte nur wenige Wochen«, flüsterte Violet Caroline zu. »Ohne sie ist er besser dran. Sie hat zu allem und jedem eine Meinung, und sie kann einem den letzten Nerv rauben.«

Angelique stellte die Frage, die Caroline beschäftigt hatte, seit sie Rexton begegnet war. »Warum wird ein Viscount denn Anwalt?«

»Das weiß niemand«, antwortete Violet. »Er ist Partner bei

Burnham, Childe and Upcott, aber wie ich es verstanden habe, arbeitet er nicht wirklich. Er lockt hauptsächlich reiche Klienten in die Kanzlei – und Mädchen wie uns nach Grotte Cachée. Die meisten von uns englischen Mädchen wurden von ihm ausgesucht. Der Teufel mit der Silberzunge! Er könnte eine Nonne dazu überreden, sich hier versteigern zu lassen.«

Rexton, du Erpresser, dachte Caroline und beobachtete, wie er den Cognacschwenker an den Mund hob. *Du gewissenloser Schurke!*

Sie dachte an die Nacht vor zwei Wochen, als er ihre Angst und ihre Verzweiflung ausgenutzt hatte – eine Verzweiflung, die sie an jenem Nachmittag dazu getrieben hatte, Bram Hugget zu erlauben, seine große Zunge in ihren Mund zu stecken und ihre Brüste zu betatschen. Und das alles für den Halfpenny, den es kostete zu sterben.

»Ein Halfpenny, um die schöne neue Brücke zu überqueren, Miss.« Die Glocken der St. Paul's Cathedral schlugen Mitternacht, als Caroline dem rundlichen Zollwärter die schwer verdiente Münze hinhielt.

»Ein bisschen spät für eine Dame, um ohne Begleitung unterwegs zu sein«, sagte er und steckte die Münze in die dicke Geldtasche, die er wie eine Schürze um den Bauch trug. »Passt bloß auf, wenn Ihr über die Brücke geht. Die Gaslampen funktionieren noch nicht, und die Nacht ist dunkel mit all den Wolken. Beeilt Euch. Der Wind frischt auf, es gibt bestimmt ein Gewitter.«

Er tippte an den Schirm seiner Lederkappe und wies auf den Fußweg an der Ostseite der Brücke, der mit einem eisernen Drehkreuz abgesperrt war. Es klickte laut, als sie hindurchging.

Die Waterloo Bridge, eine Straßenbrücke mit neun Granitbogen, war an diesem Tag offiziell eröffnet worden – es war der zweite Jahrestag der Schlacht, nach der sie benannt worden war –, mit einer Militärkavalkade und einer Prozession, an der auch der Prinzregent, der Bürgermeister, der Duke of York und der Duke of Wellington teilgenommen hatten. Auf der Brücke wehten Fahnen, und auf dem Fluss drängten sich Ausflugsboote und Barken. Schaulustige säumten die Ufer, Terrassen und Dächer, um die Zeremonie mitzuerleben. Es war das aufsehenerregendste Ereignis, das Caroline je erlebt hatte.

Die Ankunft des Prinzen auf der königlichen Barke wurde mit Kanonenschlägen begrüßt, die so laut hallten, dass Caroline sich die Ohren zuhalten musste. Und trotzdem schlug ihr das Herz bis zum Hals, weil sie dabei an Aubrey denken musste, der zwei Jahre zuvor von einer Eisenkugel zerschmettert worden war.

Sie stand zwischen brüllenden Fremden, hielt die Augen fest geschlossen und dachte an ihren geliebten Aubrey und ihr elendes Leben, seit sie ihn verloren hatte. Und in diesem Moment war ihr auf einmal klar, warum es sie gerade zu dieser Brücke gezogen hatte. Seltsame Wärme und Gelassenheit stiegen in ihr auf, als ob Aubrey sie in eine warme Decke hüllte und ihr zuflüsterte: »Heute Abend. Tu es heute Abend, Geliebte, dann bist du immer bei mir.« Noch nie hatte sie so ruhige Entschlossenheit verspürt.

Und sie war immer noch entschlossen, als sie in jener Nacht den Fußweg entlangging. Eine Hand glitt über das Geländer, damit sie in der Dunkelheit den Weg fand, mit der anderen hielt sie sich die Haube fest, damit der Wind sie ihr nicht vom Kopf wehte. Sie war dankbar dafür, dass die Laternen noch nicht leuchteten. So konnten sie die Männer in den Zollhäuschen nicht sehen. Es war so finster, dass sie nur schwach die Umrisse von Somerset House am nördlichen Ende der Brücke erkennen konnte, und dahinter die Kuppel von St. Paul's. Den Blick fest auf das altehrwürdige Gotteshaus gerichtet, flüsterte sie: »Verzeih mir!«

Mit einiger Mühe erklomm sie die Balustrade und blieb einen Moment lang dort stehen. Ihre Röcke bauschten sich im Wind. Sie atmete den vertrauten moderigen Geruch des Flusses ein und hörte, wie das Wasser gegen die Stützblöcke aus Granit schlug – aber sehen konnte sie nichts, nur tiefe Dunkelheit.

Sie löste die Bänder ihrer Haube und ließ sie sich vom Wind aus der Hand reißen.

Ein heftiger Windstoß brachte sie ins Taumeln, und beinahe wäre sie hinuntergestürzt. Das Herz schlug ihr bis zum Hals, als sie sich bemühte, ihr Gleichgewicht wiederzufinden.

Wie ein Seiltänzer breitete Caroline die Arme aus und spähte hinunter in den schwarzen Abgrund. Ihre Entschlossenheit war plötzlich verschwunden, sie hatte nur noch schreckliche Angst. Sollte sie wirklich springen? Vielleicht …

Eine weitere Böe schob sie vorwärts, und sie rutschte mit den glatten Sohlen ihrer Schuhe aus. *Gott, nein …*

Sie ruderte wild mit den Armen, aber da schlug auch schon das kalte Wasser über ihr zusammen. *Oh, Jesus! Verzeih mir! Verzeih mir, Gott!*

Strampelnd versuchte sie, sich über Wasser zu halten, und griff blindlings in die Dunkelheit über sich. *Bitte, bitte.*

Ihre Lungen brannten, und dann prallte sie gegen etwas Hartes, das sie in Brust und Bauch stieß.

Eine barsche Männerstimme ertönte: »Packt zu! Haltet Euch fest!«

Mit beiden Händen griff Caroline zu – jemand hielt ihr ein Paddel hin. Ihre Finger glitten über das Blatt, bis sie sich schließlich um den Griff schlossen.

»Haltet fest!«, rief die Stimme.

Caroline spürte, wie jemand sie am Paddel hochzog. Sie keuchte und rang nach Luft, als sie an der Wasseroberfläche war, und während Hände nach ihr griffen und sie auf ein kleines Ruderboot hievten, spuckte und hustete sie. »Vorsichtig, Jack«, brummte jemand. »Wenn wir kentern, ertrinken wir alle.«

Es gelang ihnen jedoch, Caroline an Bord zu ziehen, ohne dass das Boot umschlug. Durchnässt und zitternd brach Caroline zusammen. Ihr ganzer Körper tat ihr weh, aber sie war unendlich dankbar für ihre Rettung.

»Danke«, ächzte sie. »O mein Gott, danke.«

Im Boot saßen zwei Männer, beide in dicke Arbeitskleidung gehüllt. Einer ruderte zum Nordufer, während der, der Jack hieß, Caroline half, sich aufzusetzen, und ihr die nassen Haare aus dem Gesicht strich. »Ihr wolltet Euch von unserer schönen neuen Brücke stürzen, was?«

Caroline ließ den Kopf in die Hände sinken und nickte.

»Wie kommt ein hübsches junges Mädchen denn auf so eine Idee?«

Müde schüttelte sie den Kopf.

»Selbstmord ist keine Antwort auf ein Leben in Sünde«, sagte er.

Sie blickte auf.

»Ihr seid nicht die Einzige, die sich in die Themse geworfen hat, weil sie das Leben nicht mehr ertragen konnte.« Bevor sie seine Vermutung korrigieren konnte, sagte er: »Ihr wisst, dass wir Euch einliefern müssen, oder?«

»Mich einliefern?«

»Ich und Hugh, wir sind bei der Flusspolizei. Als wir gesehen haben, dass ein Strohhut von der Brücke herunterflog, sind wir in diese Richtung gerudert und haben Euch schreien gehört, als Ihr gesprungen seid. Es gibt ein Gesetz gegen Selbstmord, wisst Ihr. Wenn man dabei erwischt wird, wird man bestraft.«

»Ich … ich wollte es eigentlich nicht.« Caroline konnte sich nicht erinnern, geschrien zu haben, aber ihre Kehle fühlte sich rau an. »Das heißt, ursprünglich wollte ich es schon, aber ich habe meine Meinung geändert.«

»Das tun die Leute meistens, wenn sie erst mal aufs Wasser aufschlagen«, sagte Jack. »Wo wohnt Ihr?«

»Ich habe kein Zuhause mehr. Ich habe nichts.«

»Na gut, dann bringen wir Euch zur Wache in der Newcastle Street, und morgen früh werdet Ihr dem Magistrat vorgeführt.«

Sie legten im Nordosten der Brücke an, und die beiden Wachmänner führten die nasse, zitternde Caroline die Treppe hinauf zur Wellington Street. Jack packte sie an einem Arm und Hugh am anderen, als ob sie glaubten, sie hätte noch genug Energie wegzulaufen. Sie gingen mit ihr den Strand entlang, an Somerset House vorbei, links in die Newcastle Street. Aus ihren nassen, wirren Haaren troff das Wasser, und ihre durchnässten Röcke schleiften schwer über den Boden.

An einem Gebäude vor ihnen lehnte ein großer Mann. Er setzte eine Taschenflasche an den Mund, seinen Hut hatte er unter den Arm geklemmt. Von irgendwoher ertönte das atemlose Lachen einer Frau.

»He, Ihr da!«, rief Jack. »Ihr dürft nicht einfach so auf der Straße trinken; es ist mir gleich, wie spät es schon ist.«

Lässig und ohne Eile stieß sich der Mann von der Hauswand ab und trat in den Schein einer Laterne. Er war vielleicht dreißig, mit leicht zerzausten dunklen Haaren und gut gekleidet, wenn man einmal davon absah, dass sein Hemdkragen offen stand und seine Krawatte nicht gebunden war.

»Lord Rexton. Ich bitte um Verzeihung, Euer Lordschaft«, sagte Jack und zog den Kopf ein. »Ich habe Euch nicht gleich erkannt.«

»Ich warte nur auf meinen Freund«, sagte Rexton mit tiefer Stimme. Seine Aussprache war schon nicht mehr ganz deutlich.

Die unsichtbare Frau lachte erneut und sagte: »Jetzt seht Euch mal diesen schönen, aufrechten Schwanz an. Steck ihn mir in die Möse. Tief hinein.«

»Heb deinen Arsch, Molly«, ertönte eine Männerstimme. »Braves Mädchen.« Er grunzte vor Anstrengung. »Ah, ja.«

Caroline und die beiden Wachmänner blickten in eine schmale Gasse, die die Newcastle mit der nächsten Straße verband. In der Mitte waren, kaum sichtbar, ein Mann und eine Frau zu erkennen. Eine schlampige Rothaarige stützte sich mit gespreizten Beinen mit einer Hand an einer Hauswand ab, während sie mit der anderen ihren hellgrünen Rock hochhielt. Ihr Mieder stand offen, und zwei gewaltige Brüste baumelten heraus. Der Mann trug zwar keinen Hut, war aber ansonsten genauso elegant gekleidet wie Rexton. Er hielt ihr fleischiges Hinterteil gepackt und stieß so heftig in sie hinein, dass ihre Brüste wackelten.

Caroline wandte den Blick ab, wobei sie merkte, dass Lord Rexton sie von Kopf bis Fuß musterte. Ihre wirren Haare und ihr schäbiges, durchnässtes Kleid quittierte er mit leisem Amüsement. »Ach, ihr habt wohl eine kleine Flussratte gefangen, Jungs, was?« Er nahm einen tiefen Schluck aus seiner Silberflasche. »Was hat sie gemacht? War sie betrunken und ist ins Wasser gefallen?«

»Hat versucht, sich zu ersäufen«, antwortete Jack.

Der Lord blickte Caroline in die Augen, und sein höhnisches Grinsen erlosch.

»Fester«, verlangte Molly. »Fick mich tief. Drück meine Titten.«

»Das ist schon die Vierundsechzigste, die dieses Jahr von der Brücke gesprungen ist«, sagte Jack, »aber die Erste, die wir lebend herausgefischt haben.«

»Was habt ihr mit ihr vor?«, fragte Seine Lordschaft.

»Sie verbringt die Nacht im Käfig«, erwiderte Jack, »und

morgen früh kommt sie vor den Magistrat. Da sie sich umbringen wollte, sperrt er sie sicher ins Irrenhaus.«

»*Was?*« Caroline begann erneut zu zittern. Sie hatte angenommen, dass ihr dummer Selbstmordversuch ihr eine kurze Strafe im Arbeitshaus einbringen würde – zwar eine unangenehme Aussicht, aber damit konnte sie leben. Ein Irrenhaus war jedoch etwas anderes. Der Mann in der Gasse stöhnte immer lauter.

»Jawohl, Sir, so ist es richtig«, lobte ihn die Hure, als seine Stöße immer schneller wurden. »Tief und fest! Komm, lass mich spüren, wie du abspritzt. Na komm! Los!«

»Die meisten armen Irren werden ins Bethnal Green Asylum geschickt oder nach White's, wenn in Bethnal kein Platz mehr frei ist.«

»Nein«, sagte Caroline, die über beide Irrenhäuser Geschichten gehört hatte, die sie zutiefst entsetzten und ängstigten. »Nein, bitte. Lasst mich gehen«, flehte sie und versuchte, sich loszureißen. »Es … es tut mir leid, dass ich von dieser Brücke gesprungen bin. Ich tue es auch nie wieder, ich schwöre es.«

»Wir werden Euch erst gar nicht die Möglichkeit dazu geben«, sagte Jack. »Komm, Hugh. Wir sollten sie in den Käfig bringen, bevor sie anfängt, zu kratzen und zu beißen. Ich habe immer noch Narben von der Hure, die wir letzte Woche aufgegriffen haben.«

»Ich wollte es doch gar nicht tun«, sagte Caroline verzweifelt und wehrte sich gegen den festen Griff der beiden Männer. »Ich kann doch nicht zum Irrenhaus verurteilt werden. Jemand muss mir doch die Chance geben zu beweisen, dass ich nicht verrückt bin. Es muss doch einen Anwalt geben, der Leuten in dieser Situation hilft. Wollt ihr nicht bitte …«

»Wartet!«, befahl Lord Rexton und trat auf sie zu. Er hatte seinen Flachmann in die Tasche gesteckt und seinen Hut wieder aufgesetzt. Er stellte sich vor Caroline, hob ihr Kinn und strich ihr die Haare aus dem Gesicht. Er klang ein wenig nüchterner, als er sagte: »Eine Flussratte, die des Königs Englisch spricht, ist selten. Wie heißt Ihr?«

Mit schwacher Stimme entgegnete Caroline: »Caroline Keating, Mylord.«

»Seid Ihr verwandt mit Reginald Keating, Baron of Welbury?«

»Er ist mein Onkel, der Bruder meines Vaters.«

»Und Euer Vater ist …?«

»Obediah Keating, Pfarrer der Gemeinde Welbury. Aber …«

»Ja?«

»Er hat mich enterbt.«

»Habt Ihr einen Ehemann?«

»Nein, Mylord.«

Er musterte ihr Gesicht, dann ließ er ihr Kinn los und sagte: »Nach den gegenwärtigen englischen Gesetzen, Miss Keating, gilt jeder, der einen Selbstmordversuch begeht, als non compos mentis – als geisteskrank. Ihr könnt tatsächlich in ein Irrenhaus gesperrt werden, weil Ihr von dieser Brücke gesprungen seid, und der Magistrat kann Euch dort ohne weitere rechtliche Maßnahmen hinschicken.«

»Seid Ihr ganz sicher?«

»Ob Ihr es glaubt oder nicht, ich bin Anwalt – der Ausbildung nach, wenn auch nicht aus Neigung.« Er zog eine Lederbörse aus seiner Jacke und sagte zu den Wachmännern: »Gentlemen, ich nehme an, Miss Keating hat ihre Lektion gelernt und wird in Zukunft kein Bad im Fluss mehr nehmen.«

»Wir können sie nicht einfach gehen lassen«, erwiderte Jack.

»Zu Eurem Glück bin ich bereit, sie zu übernehmen.« Er nahm zwei glänzende halbe Sovereigns aus der Börse und reichte sie den Wachmännern. »Für Eure Mühe.«

Sie blickten einander kurz an, dann ließen sie in schweigender Übereinkunft gleichzeitig Carolines Arme los.

»Miss Keating«, sagte Rexton, »wenn Ihr mit mir kommen wollt. Wenn ich mich richtig entsinne, gibt es Mietdroschken am Strand vor Somerset House.«

»Mylord«, erwiderte Caroline. »Ich … ich kann nicht mit Euch gehen. Ich kenne Euch ja noch nicht einmal.«

»David Childe, Viscount Rexton, zu Euren Diensten.« Er zog seinen Hut und verbeugte sich leicht spöttisch.

»Wohin wollt Ihr mich denn bringen?«, fragte sie. Es konnte durchaus möglich sein, dass er sie an einen arabischen Scheich verkaufte, schließlich hatte sie ihm selbst versichert, dass sie ganz allein dastand und niemand sie vermissen würde.

»Wir fahren zu mir nach Hause«, sagte er.

»Zu Euch nach *Hause*? Ich … ich kann nicht …«

»Entweder Ihr kommt mit, oder Ihr geht ins Irrenhaus, Miss Keating. Die Wahl steht Euch frei.«

3

Grosvenor Square«, sagte Rexton zu dem Kutscher, als er Caroline in den Hackney geholfen hatte, der vor Somerset House wartete. »Ihr zittert wie Espenlaub, Miss Keating.«

»Mir ist kalt«, sagte sie und schlang die Arme um sich. »Meine Kleider sind völlig durchnässt.«

»Es hat also nichts mit mir zu tun?« Er setzte sich ihr gegenüber und legte den Hut neben sich, während die schäbige alte Droschke losrumpelte.

»Das scheint Euch zu enttäuschen, Mylord.«

»Ich bin nur skeptisch«, erwiderte er, überrascht und amüsiert zugleich über ihre kecke Antwort. Er schlüpfte aus seiner Jacke, unter der er eine elfenbeinfarbene Weste über einem Hemd mit bauschigen Ärmeln trug. »Beugt Euch vor.«

Als sie zögerte, zog er sie zu sich und legte ihr die Jacke um die Schultern.

Sie war riesig und roch nach sauberer feuchter Wolle und Tabak. In der Ferne grollte Donner.

»Danke«, sagte sie.

»Ich versuche nur, Euch vor einer Erkältung zu bewahren, Miss Keating. Ich möchte nicht, dass Ihr krank werdet, bevor wir Gelegenheit hatten, uns näher kennenzulernen.« Er legte eines seiner langen Beine auf den Platz neben ihr und musterte sie mit unverschämter Direktheit.

Ein Blitz erhellte sein Gesicht, aber seine Augen lagen tief im Schatten.

Caroline zog die Jacke fester um sich und blickte nach draußen. Die ersten Regentropfen klatschten ans Fenster der Droschke.

»Nur heute Abend«, sagte sie, ohne ihn anzusehen. »Ihr habt mich vor Bethnal Green bewahrt, und ich weiß nicht, wo ich sonst hinsoll. Ich bin keine Hure, obwohl ich verzweifelt genug wäre. Eine Nacht, nicht mehr.«

Er lächelte spöttisch. »Wenn Ihr eine Liebesnacht erwartet, muss ich Euch leider enttäuschen, Miss Keating. Da ich heute Abend so viel Brandy getrunken habe, werde ich dazu wohl nicht mehr in der Lage sein. Ich werde Euch meiner Haushälterin, Mrs. Allwright, anvertrauen. Sie wird für ein warmes Bad, trockene Kleidung und ein Schlafzimmer sorgen, das sich von innen verriegeln lässt. Morgen früh steht es Euch frei, Eurer Wege zu gehen und mich nie wiederzusehen, wenn Ihr das wollt.«

»Warum sollte ich es nicht wollen?«

Ängstlich wich sie zurück, als Rexton sich vorbeugte und die Hand unter die Jacke gleiten ließ. Er zog seine silberne Taschenflasche heraus und nahm den Deckel ab. Dann lehnte er sich zurück und nahm einen Schluck.

Er sagte: »Erwartet Ihr ein Kind, Miss Keating? Habt Ihr deshalb versucht, Selbstmord zu begehen?«

»Nein, Mylord.«

»Warum dann?«

»Ich glaube wirklich nicht, dass Euch das etwas ...«

»Da ich von Euch nicht verlange, mit mir zu ficken, Miss Keating, meine ich doch, dass Ihr mir wenigstens etwas Unterhaltung gönnen solltet.«

Caroline starrte ihn fassungslos an. Sie hatte sich zwar in St. Giles an die grobe Sprache gewöhnt, aber sie hätte nie gedacht, solche Ausdrücke einmal aus dem Mund eines Aristokraten zu hören. Zu spät wurde ihr klar, dass ihr schockierter Gesichtsausdruck Lord Rexton freuen musste. Offensichtlich hatte er das Wort absichtlich gebraucht.

»Ist es, weil Ihr enterbt worden seid?«, fragte er.

Sie wandte den Kopf ab und biss die Zähne zusammen. »Nein.«

»Dann hat es zweifellos etwas mit dem Vergehen zu tun, das Euren Pfarrer-Vater dazu getrieben hat, Euch zu verstoßen. Ihr habt Euren Ruf ruiniert, nehme ich an.«

»Ja.«

»Verführt und verlassen?«

»Nein, es war nicht … wir haben uns geliebt. Wir waren verheiratet, aber nur heimlich.«

»Euer Vater hat die Verbindung nicht gebilligt?«

»Aubrey war katholisch.«

»War?«

»Er war Captain in der Royal Horse Guards. Sie wurden nach Waterloo geschickt, und dort ist er gefallen.«

Rextons spöttischer Gesichtsausdruck verschwand. Er blickte weg und trank noch einen Schluck Brandy. »Das ist heute zwei Jahre her. Ich muss sagen, eine düstere Art, das Jubiläum zu begehen.«

Sie ignorierte seine Bemerkung.

»Und Papa würde Euch nicht wieder in den Schoß der Familie aufnehmen?«, fragte er.

»Als ich mit Aubrey nach London gegangen bin, hat er mir klargemacht, dass ich für ihn gestorben sei. Meinen Onkel und meine Tante hat er auch gegen mich eingenommen.«

»Und Eure Mutter war damit einverstanden?«

»Sie ist kurz nach meiner Geburt an Kindbettfieber gestorben.«

»Und habt Ihr sonst keine Familie?«

»Ich habe zwei ältere Brüder, aber sie sind beide zur East India Company gegangen, als sie alt genug dazu waren. Sie sind irgendwo auf der anderen Seite der Welt. Ich habe sie seit Jahren nicht gesehen, und ich bezweifle, dass sie zu Lebzeiten jemals wieder nach London zurückkehren werden. Dann müssten sie ja meinem Vater begegnen.«

»Ihr lebt also seit damals allein in London? Wie habt Ihr Euch denn erhalten?«

»Ab und zu habe ich einen kleinen Auftrag bekommen – Stickereien und so etwas. Aber es ist kein festes Einkommen. Ich war nie besonders begabt in Handarbeiten. Deshalb werde ich immer als Letzte gefragt, und es wird äußerst schlecht bezahlt. Ich wollte immer gerne Mädchen unterrichten, deshalb habe ich zuerst versucht, Arbeit als Gouvernante oder Hauslehrerin zu bekommen, aber niemand wollte mich haben. Die Leute haben mir die Tür vor der Nase zugeschlagen. Es war peinlich – und auch verwirrend. Später habe ich herausgefunden, dass mein Vater allen Leuten, die er in London kannte, erzählt hat, ich würde ein Leben in Sünde führen. Sie haben wahrscheinlich geglaubt, ich … ich würde meine Gunst verkaufen.«

»Habt Ihr das nie in Erwägung gezogen?«

»Soll das ein Scherz sein, Lord Rexton?«

»Nicht auf der Straße, meine ich, aber vielleicht ein Platz in einem der besseren Häuser? Oder vielleicht ein Gentleman-Freund?«

»Niemals. Lieber würde ich sterben.«

»Ja, nun, mir scheint, diese Option habt Ihr bereits ausgeschöpft, wenn auch mit begrenztem Erfolg«, schnarrte Rexton.

»Es war die letzte Option, die ich zur Verfügung hatte«, erwiderte sie. »Sie hätte alle meine Probleme auf ewig gelöst, aber selbst damit bin ich gescheitert. Und jetzt weiß ich nicht mehr so recht, was ich noch tun soll, weil ich jedes Mittel schon ausprobiert habe.«

»Nun.« Der Viscount lächelte. »Nicht jedes.«

Am nächsten Morgen stand Caroline vor Mrs. Milledges Herberge und versuchte, Mut zu fassen, um hineinzugehen und ihr altes Bett wieder zu verlangen. Beim Eintreten in das baufällige Gebäude würde sie über Reenie Fowls hinwegtreten müssen, die zusammengesunken auf der Vordertreppe lag, eine leere Gin-Flasche neben sich. Ihr Rock, der voller Schlamm war vom Gewitter in der vergangenen Nacht, war über ihre gespreizten Schenkel hochgerutscht. Caroline fragte sich, wie viele Männer wohl in der Nacht ihre Lust an ihr befriedigt hatten, ohne dass sie es gemerkt hatte.

»Eine Sex-Sklavin?«, hatte Caroline gerufen, als Rexton ihr den schrecklichen Vorschlag unterbreitet hatte. »Seid Ihr wahnsinnig? Oder haltet Ihr mich für verrückt?«

»Nein«, hatte er erwidert, »eigentlich erscheint Ihr mir erfrischend gesund und logisch und ganz schön gewitzt für die entehrte Tochter eines Pfarrers, die man gerade aus der Themse gefischt hat. Ihr seid natürlich viel zu sehr den Konventionen verhaftet, um auf mein Angebot mit etwas anderem als rechtschaffenem Zorn zu reagieren. Andererseits aber seid Ihr viel zu clever, um im hintersten Winkel Eures hübschen Köpfchens nicht doch zu begreifen, dass dies Eure Chance auf ein anständiges Leben sein kann.«

»Anständig? Es wundert mich, dass Ihr dieses Wort überhaupt kennt.«

»Es wäre ja schließlich nur eine Woche – sieben Tage, die Euer Leben verändern könnten – sieben Tage, die Euer Leben zweifellos verändern werden.«

»Das ist … das ist widerlich«, hatte sie gestammelt. »Und so demütigend.«

»Noch schlimmer als die Alternative?«, hatte er gefragt.

Die Alternative – die Hälfte eines flohverseuchten Bettes – konnte sie sich jetzt wenigstens leisten. Als sie an diesem Morgen in einem Gästezimmer von Lord Rextons majestätischem

Stadthaus am Grosvenor Square aufgewacht war, hatte sie ein neues grünes Seidenkleid, Haube, Handschuhe und Schuhe vorgefunden, sowie ein Retikül, in dem sich eine doppelte Guinee und eine Besuchskarte für Sir Charles Upcott von Burnham, Childe and Upcott, mit einer Adresse an der Regent Street, befanden. »Geht zu Sir Charles wegen des Themas, über das wir in der Nacht gesprochen haben«, hatte Rexton auf die Rückseite der Karte gekritzelt. Caroline fand es ziemlich anmaßend, wenn sie bedachte, dass sie seinen Vorschlag rundheraus abgelehnt hatte.

Caroline hatte Mrs. Allwright um ihr altes Kleid gebeten, aber die Haushälterin hatte erwidert, es sei auf Geheiß Seiner Lordschaft, der noch schliefe, verbrannt worden. Auch das Geld wollte sie nicht zurücknehmen. Sie sagte zu Caroline, ihr Arbeitgeber würde ihr die Hölle heißmachen, wenn sie sie ohne Geld wegschickte.

Es war ein angenehmer Schock gewesen, in dem großen Federbett mit den nach Lavendel duftenden Laken und einer seidenen Steppdecke aufzuwachen. Schon sehr lange hatte Caroline kein Bett mehr für sich alleine gehabt, und in so einer luxuriösen Umgebung hatte sie noch nie in ihrem Leben geschlafen. Wie eine Königin hatte sie mit Speck, Scones und Eiern im Glas gefrühstückt. Zum ersten Mal seit zwei Jahren hatte sie sich richtig satt gegessen.

»Carrie? Bist du das?«

Als sie sich umdrehte, sah sie Bram Hugget auf sich zukommen. Er trug seinen Besen über der Schulter, an seinen Stiefeln klebten Schlamm und Pferdeäpfel.

»Na, sieh dir das an! Wie aufgeputzt du bist! Ich habe gehört, dass du Mrs. Milledge gesagt hast, du würdest nicht wiederkommen. Und jetzt bist du wieder da. Hat dein neuer Liebster dich schon nach einer Nacht wieder vor die Tür gesetzt?«

»Ich habe keinen Liebsten. Das weißt du doch.«

»Es gibt nur zwei Methoden für ein mittelloses Mädchen wie dich, an solche Sachen heranzukommen.« Er strich mit der Hand über das Spitzen-Fichu um ihre Schultern. »Auf dem Rücken oder auf den Knien.« Er packte mit seiner schmutzstarrenden Hand nach ihrer Brust und drückte sie.

Sie stieß ihn weg. »Nimm deine schmutzigen Hände von mir.«

»Ach, jetzt bist du dir wohl zu gut für mich, was?« Er schob sie an die Hauswand und drückte ihr den Besenstiel an den Hals, damit sie sich nicht mehr bewegen konnte. Dann griff er ihr grob zwischen die Beine. »Gestern Abend warst du dir nicht zu schade«, zischte er höhnisch. Caroline wehrte sich und schlug nach ihm.

Ein paar junge Kerle kamen vorbei, blickten zu ihnen herüber, grinsten und gingen weiter.

»Ich hätte meinen Halfpenny behalten sollen«, sagte er und presste seine Erektion an sie. »Ich hätte dich auf alle viere stoßen und dich ficken sollen, du kleines Luder.«

Sie schlug mit den Fäusten um sich, aber Bram ignorierte die Schläge, bis ihn einer auf dem Nasenrücken traf. »Verdammte kleine Hexe!« Er presste den Besen fester an ihre Kehle. »Flittchen! Hure! So magst du es doch, oder?« Er hob ihre Röcke und sagte: »Ich wette, du bist tropfnass. Wollen wir doch mal zwei Finger hineinstecken und nachsehen.«

Finger, dachte Caroline, als seine große, schmutzige Hand über ihren Oberschenkel glitt. *»Zwei Finger, einen in jedes Auge«*, hatte Aubrey ihr beigebracht. *»So fest du kannst. Wenn jemand versucht, dich zu vergewaltigen, bleibt keine Zeit für Empfindlichkeiten.«*

Sie hob die Hand und stieß Bram Hugget mit aller Kraft zwei Finger direkt in die Augen. Er brüllte auf und taumelte zurück, wobei er den Besen fallen ließ. »Verdammte Scheiße!« Er presste die Hände an die Augen.

Caroline raffte die Röcke und floh zur Charing Cross Road, während er hinter ihr wütete und tobte.

»Verdammtes Luder! Du hast mich geblendet, du blöde Nutte. Ich bringe dich um, wenn ich dich jemals wiedersehe.«

Dann kann ich nur hoffen, dass du tatsächlich blind bist, dachte Caroline. Sie winkte einer Droschke, die die Straße entlangrumpelte. Als der Kutscher herauskletterte, um ihr den Schlag zu öffnen, lehnte sie schwer atmend an einem Laternenpfahl.

»Wohin, Miss?«, fragte der Mann und half ihr in den Hackney.

»Regent Street«, erwiderte sie völlig außer Atem.

4

»Noch zwei Minuten bis zur Inspektion, Mädels. Stellt euch in einer Reihe auf.« Mr. Llewellyn zeigte mit seiner Peitschenspitze auf die Mädchen. »Violet zuerst, dann Angelique, dann Laurel, dann … o Mann.« Er zog das *Kompendium* aus seiner Tasche und blätterte es durch, um die Sklavinnen in die richtige Reihenfolge zu bekommen. »Nach Laurel kommt Narcissa, dann Jessamine, Jonquil, Elle, Aster, Iris, Columbine, Poppy, Holly, Tulip, Rose, Lili und Saffron. Leckt euch über die Lippen und kneift noch mal in eure Nippel.«

Caroline rang nach Luft, als sie ihren Platz einnahm. *Was tue ich bloß? Was in Gottes Namen tue ich hier bloß?*

»Jede Sklavin muss den Ring am Ende ihrer Leine an der Sklavin vor ihr festmachen. Dabei ist darauf zu achten, dass die Handgelenke sich über der Leine befinden«, fuhr der kleine Kerl fort. »Du natürlich nicht, Violet, deine Leine nehme ich, um die Prozession in den Saal anzuführen. Wenn die Inspektion vorbei ist, gehen wir am anderen Ende des Saals hinaus und warten im Hof, während jede von euch einzeln auf den Versteigerungsblock tritt.«

»Oh, Gott«, murmelte Caroline und befestigte mit zitternden Händen ihre Leine an Tulips Halsband. »Das ist Wahnsinn. Ich kann das nicht.«

Eine kühle Hand strich beruhigend von hinten über Carolines Schulter. »Hab keine Angst«, flüsterte Lili. »Es ist nicht so schlimm. Vielleicht findest du sogar Gefallen daran.«

Gefallen daran finden? Caroline warf Lili einen Blick über die Schulter zu. »Gefällt es dir denn?«

»Natürlich. Warum sollte ich es sonst tun?«

»Wegen des Geldes.«

»Ich brauche kein Geld. Was ich brauche, ist … Stimulation.«

Caroline war überrascht. Sie hatte Lili nicht so eingeschätzt.

»Du brauchst ja nicht zu bleiben, wenn du nicht willst«, fuhr Lili fort. »Du kannst auf der Stelle nach Hause gehen. Wo bist du denn zu Hause? In London?«

»Ja. Nein. Ich … ich habe kein Zuhause, keine Familie. Deshalb bin ich auch hier. Ich bin in einer verzweifelten Lage. Du hast keine Ahnung, wie verzweifelt.« Hilflos schüttelte sie den Kopf. »Ich kann nicht gehen. Ich muss hierbleiben, aber es ist … ich kann mir nicht vorstellen, wie ich es überstehen soll. Ich bin nicht so eine Frau, die … die so etwas tun kann. Ich bin eine Pfarrerstochter.«

»Legt eure Hände hinter den Kopf«, befahl Mr. Llewellyn. »Eure Handschellen werden von der Sklavin hinter euch am Halsband befestigt. Angelique, du machst es bei Violet, Laurel, du bei Angelique und so weiter. Saffron, ich mache es bei dir, weil du die Letzte in der Reihe bist.«

»Dann sei einfach jemand anderer«, flüsterte Lili. »Sei nicht Caroline. Sei Rose. Rose hätte keine Angst. Sie würde das Ganze als großartiges Abenteuer sehen. Und in einer Woche ist alles vorbei, und du hast das Geld.«

»Aster! Iris!« Llewellyn tippte den beiden Mädchen mit der Spitze seiner Peitsche auf die Schulter. »Hört auf, so albern zu kichern. Demut und Unterwürfigkeit! Ihr seid doch Sklaven, um Himmels willen!«

Von der anderen Seite des Vorhangs ertönte die Stimme von Mr. Hamilton Archer, dem englischen *administrateur* von Théophile Morel, dem geheimnisvollen Seigneur des Ombres, dem Grotte Cachée gehörte. Caroline mochte Archer, der die

Sklavinnen bei ihrer Ankunft auf dem Schloss herzlich und respektvoll begrüßt hatte. Mr. Archer hielt eine kurze Begrüßungsansprache, dann stellte er Mr. Oliver Riddell von Riddells Auktionshaus vor, der mit dürren Worten verkündete, die Sklavinnen würden in Kürze den Saal betreten.

»Kinn hoch, Augen geradeaus«, befahl Llewellyn und ergriff Violets Leine. »Geht gerade, Brust heraus. Mit anmutigen Schritten und immer eine Leinenlänge Abstand von der Sklavin vor euch.«

»Ohne weitere Vorrede«, verkündete Mr. Riddell, »präsentiere ich Euch … die Inspektion der Sklavinnen.«

Llewellyn schob den Vorhang mit seiner Peitsche beiseite und trat hindurch, wobei er Violets Leine hielt, als führe er ein Pony am Zügel. Sie richtete sich auf und folgte ihm. Angelique flüsterte ein leises Stoßgebet, dann trat auch sie in den Saal hinaus, gefolgt von Laurel, Narcissa, Jessamine …

Von ihrem Platz ganz hinten in der Reihe konnte Caroline nur wenig vom Saal sehen, aber sie hörte den Applaus, mit dem jede Sklavin begrüßt wurde. Die Parade wohlgeborener junger Frauen in durchsichtigen Gewändern, aneinandergefesselt wie Tiere, war wohl ein ziemliches Schauspiel. Dadurch, dass die Hände hinter dem Kopf lagen, wurden die Brüste hochgereckt, und durch den dünnen Stoff waren die Nippel und die dunklen Schatten zwischen ihren Beinen deutlich zu erkennen.

»Sei Rose«, flüsterte Lili, als Caroline mit klopfendem Herzen Tulip in den riesigen Saal mit der hohen Decke folgte. An der Wand rechts waren hohe Fenster, die offen standen, um die warme Nachtluft hereinzulassen. An der linken Wand öffneten sich zwei Türen zum Schlosshof, der prächtige Haupteingang und eine Dienstbotentür neben dem mit Samt verhängten Podest am hinteren Ende des Saals, das später als Auktionsblock dienen würde.

Die elegant gekleideten Männer standen alle auf, nur Rexton blieb auf seinem Samtsofa sitzen. Eine nach der anderen betrachtete er die Sklavinnen, als sie ihre Plätze an der Fensterwand einnahmen, dirigiert von Llewellyns Peitsche.

Caroline blickte starr geradeaus, aber sie sah doch, dass der Viscount mit gerunzelter Stirn die Reihe der Sklavinnen ein weiteres Mal musterte. Sein Blick glitt an Caroline vorbei, kehrte dann jedoch zu ihr zurück. Er studierte sie einen Moment lang, wobei er offensichtlich über ihr verändertes Aussehen nachdachte. Sein Blick fiel auf ihre Brüste, aber dann wandte er sich ab und hob seinen Cognacschwenker an den Mund.

Als der Applaus verebbte, begannen sich die potenziellen Bieter untereinander zu beraten. Sie zeigten auf diese oder jene Sklavin, während sie in ihren Kompendien blätterten. Die meisten schienen britischen, amerikanischen oder nordeuropäischen Ursprungs zu sein, aber es gab auch ein paar feurige Südländer und einen Mulatten. Und sogar ein Chinese war anwesend, groß für seine Rasse und exotisch attraktiv in seinem europäischen Anzug.

»Gentlemen, wenn ich um Eure Aufmerksamkeit bitten dürfte ...« Mr. Riddell, der an seinem Podium stand, klopfte ein paarmal mit seinem Auktionshammer. »Ich bemühe mich, mich so kurz wie möglich zu halten, aber ich muss vor Beginn der Inspektion sicherstellen, dass die wesentlichen Erfordernisse des Sklavenbesitzes gewährleistet sind. Sollte irgendein Aspekt Euch missfallen, so ist jetzt der Zeitpunkt, vom weiteren Verlauf zurückzutreten.

Bitte beachtet, wenn Ihr heute Abend eine Sklavin erwerbt, dass sie die ganze Woche über Tag und Nacht Halsband und Fesseln tragen muss. Sollte es aus gesundheitlichen Gründen notwendig sein, sie daraus zu befreien, so wendet Euch an Mr. Llewellyn oder Dr. Coates, die beide im Besitz eines Schlüssels sind, um die Fesseln der betreffenden Sklavin aufzuschließen.

Eure Sklavin ist mit einer geeigneten Garderobe ausgestattet, die nach Abschluss der Auktion auf Euer Zimmer gebracht wird, ebenso wie eine Kiste mit weiteren Utensilien, die sich als nützlich erweisen könnten. Wie Ihr sie ausstattet, liegt jedoch völlig an Euch. Sie mag Kleidung tragen, die Ihr selbst mitgebracht habt, oder auch überhaupt keine Kleider, wenn Ihr das wünscht. Sie muss in dem Zimmer schlafen, das Ihr zugewiesen bekommen habt, es sei denn, Ihr würdet sie vor der Tür anbinden oder im Stall halten.«

Im Stall? Caroline blickte die anderen Sklavinnen an, um zu sehen, wie sie darauf reagierten, aber sofort versetzte ihr Mr. Llewellyn einen kleinen Schlag mit der Peitsche auf die Wange. »Augen geradeaus, Rose.«

»Ihr könnt Eure Sklavin nur dann alleine im Zimmer lassen, wenn sie sicher festgebunden ist«, fuhr Mr. Riddell fort. »Wenn sie Euch begleitet, muss sie ständig unter Kontrolle stehen. Das heißt, Ihr führt sie entweder an der Leine oder bindet sie irgendwo fest. Ihr müsst sie mit dem Namen anreden, der ihr gegeben worden ist, und sie darf Euch nur mit ›Herr‹ anreden. Ich darf Euch daran erinnern, dass den Gentlemen, die gegen diese Regel öfter verstoßen, die Sklavin weggenommen und an einen der anderen Gentlemen versteigert wird.

Da die Zahl der anwesenden Gentlemen die Zahl der Damen, die zur Versteigerung stehen, übersteigt, werden einige von Euch leider keine Sklavin ersteigern können, Ihr seid jedoch für die Sklavenwoche als Gäste hier auf Grotte Cachée willkommen. Denkt daran, dass ein ungebundener Gentleman keine Sklavin anfassen darf, es sei denn, ihr Herr gewährt Euch ihre Dienste. Sollte er einem solchen Privileg zustimmen, wird er die Art und Weise vorschreiben, in der Ihr sie benutzen könnt. Unter gar keinen Umständen dürft Ihr Euch ohne Erlaubnis einer Sklavin nähern. Das Gleiche gilt für Herren, die die Sklavin eines anderen Herrn benutzen wollen. Eine Ausnahme von dieser Regel gilt nur, wenn der fragliche Sklave dies hier trägt.«

Er hielt eine schwere Goldkette hoch, an der ein herzförmiges Schloss aus schwarzer Emaille hing, das goldfarben verziert war. »Das ist die Herrenkette, bekannt auch als schwarzes Herz, das jedem Herrn zusammen mit seinem Schlüssel ausgehändigt wird, wenn er seinen Slaven in Besitz nimmt. Das Herz kann man herunternehmen und an das Halsband der Sklavin anschließen, wenn Ihr sie zeitweise zur öffentlichen Verfügung anbieten wollt. In diesem Fall müsst Ihr sie an einem Platz anbinden, der für alle zugänglich ist, und dort muss sie auch nach Gebrauch bleiben, damit andere sich ebenfalls an ihr vergnügen können. Eure Sklavin muss dieses Herz auch bei Spielen oder anderen Amüsements tragen, bei denen sie intimen Berührungen anderer Gentleman ausgesetzt ist.«

Ach du lieber Himmel, dachte Caroline. *In was für eine Lage habe ich mich da gebracht?*

»Und nun steht es Euch frei, die Sklavinnen ausführlich zu inspizieren«, sagte Riddell und fügte hinzu: »Ihr dürft sie untersuchen, wie es Euch angemessen erscheint, aber Ihr dürft weder das Inspektionsgewand heben noch sie auf schmerzhafte Art und Weise berühren. Eine Sklavin darf erst entkleidet werden, nachdem sie gekauft worden ist, und dann auch nur von ihrem Herrn oder dem Gentleman, dem ihr Herr diese Gunst gewährt hat.«

Caroline hatte das Gefühl, ihr Herz würde gleich aus dem Körper springen, als ein zerklüftet aussehender Mann mit einer Augenklappe – zweifellos Lord Cutbridge, Held der Schlacht von Vitoria – auf sie zutrat und grüßend den Kopf neigte. So gutes Benehmen hatte Caroline unter den Umständen nicht erwartet. Er ergriff ihr Kinn und drehte ihren Kopf hin und her.

»Ihr habt das Gesicht einer Göttin«, sagte er.

»Danke, Sir.«

»Ein Gentleman wird mit Sir angeredet, wenn ihr Erlaubnis habt, mit ihm zu sprechen, nie mit seinem richtigen Namen und Titel«, hatte Mr. Llewellyn sie angewiesen. »Nur der Gentleman, der euch kauft, wird natürlich mit ›Herr‹ angeredet.«

Cutbridge wies auf das *Kompendium* in seiner Hand und sagte: »Ist es wahr, dass Ihr beim Liebesakt Lust empfindet?«

»Äh … ja, Sir.«

Als ob er ihre Behauptung überprüfen wolle, fuhr er mit den Fingerspitzen über dem Gewand am Rand ihres Geschlechts entlang. Caroline stockte der Atem.

»Mir liegt nichts daran, mein Bett mit einer Dame zu teilen, die den Akt lediglich erträgt oder Lust vortäuscht, aber dabei nur ans Geld denkt.« Er streichelte sie leicht, und Carolines Haut begann zu prickeln. »Dann kann man ja gleich mit einem Möbelstück schlafen. Und viele Frauen auf dieser Welt sind so, viel zu viele. Ich habe da meine Erfahrungen. Wenn ich in einer Frau bin, möchte ich spüren, wie sie sich windet und zittert, wenn ihre Lust wächst. Ich möchte spüren, wie sich ihr Geschlecht um meines zusammenzieht, wenn sie kommt.«

Caroline stieg die Röte in die Wangen, als sie spürte, wie sie feucht wurde. Sie wusste, dass er das durch den dünnen Chiffon fühlen konnte.

»Reizend«, sagte er und lächelte. Er schlug sein *Kompendium* auf der Seite auf, über der ROSE stand, und machte sich eine Notiz, die Caroline entziffern konnte: *Reagiert erstaunlich gut.*

Nach ihm trat ein würdevoller, silberhaariger Mann zu ihr, der Caroline so gründlich betastete, als wäre sie eine Zuchtstute, die er kaufen wollte. Er öffnete ihr sogar den Mund und betrachtete ihre Zähne und ihr Zahnfleisch.

Dann schloss er die Finger um ihre Brüste und drückte sie, als wolle er ihre Nachgiebigkeit überprüfen. »Ihr habt nie ein Kind gehabt?«

»Nein, Sir.«

»Und Ihr habt nur das eine Mal Verkehr gehabt?«

»J-ja, Sir.«

Er schrieb auf ihre Seite: *Fast eine Jungfrau, müsste eng sein.*

Als er weiterging, schloss sie die Augen und holte tief Luft. Rechts von ihr ertönte ein beinahe unhörbares Flüstern: »Sei Rose.«

Verstohlen wandte Caroline den Blick nach rechts. Lili zwinkerte ihr zu. Hinter ihr stand ein gelehrt aussehender Mann mit Brille und knetete nachdenklich ihr Hinterteil.

Immer mehr Männer kamen und gingen. Sie musterten Caroline, fassten sie an und fragten sie die entsetzlichsten Dinge. Ihr einziger Trost lag in der Tatsache, dass sie nicht allein war. Jede Sklavin in der Reihe musste die gleiche demütigende Behandlung über sich ergehen lassen, manche mit offensichtlichem Unbehagen und andere, wie Lili, anscheinend gleichmütig.

Trotz ihrer Verlegenheit und ihrer Angst konnte Caroline es nicht verhindern, dass sich ihr Blut regte, als fremde Hände ihren Körper betasteten. Es lag ein seltsamer Trost darin, gefesselt zu sein, sodass sie sich gegen die lüsternen Angriffe nicht wehren konnte. Es war, als ob das schwere Halsband und die Handschellen dazu beitrugen, dass sie die Empfindungen genießen konnte, die die fremden Hände in ihr auslösten. Zuerst erschreckte es sie, dass sie Lust empfand, aber dann wurde ihr klar, dass sie die Woche, die vor ihr lag, wesentlich leichter überstehen würde, wenn sie ihre Vorbehalte ablegte und die Rolle spielte, die sie freiwillig angenommen hatte.

Sei Rose …

Rose würde sich keine Gedanken machen. Sie würde voller Abenteuerlust auf die Erfahrung zugehen, so wie Lili.

Immer mehr Männer musterten sie. Sie hoben ihre Brüste, zupften an ihren Nippeln, ließen ihre Hände zwischen ihre

Hinterbacken und ihre Schamlippen gleiten … und dann gingen sie weiter und taten das Gleiche bei der nächsten Sklavin. Einer der wenigen, die sie nicht begrapschten, war ein attraktiver Mann mit hellen Haaren, in einem maßgeschneiderten Jackett und langen Hosen, was für abends eine unorthodoxe Wahl war. Sie hatte ihn schon in Magazinen abgebildet gesehen. Es war der im Exil lebende Beau Brummel. Flüchtig glitt sein Blick über sie, er machte ihr ein Kompliment über ihre Augen, und dann trat er zur nächsten Sklavin.

Caroline war überrascht, dass gelegentlich eine Sklavin und ein Gentleman sich näher kannten. Der Chinese trat auf Tulip links von ihr zu. Er sagte leise etwas zu ihr in ihrer Muttersprache, und sie antwortete ihm in der gleichen Sprache. Ein Lächeln huschte über ihre normalerweise wachsamen Züge. Zärtlich streichelte er ihr über die Wange, dann setzte er sich wieder und zündete sich eine Zigarre an.

Nicht lange danach, als »der Stiefelknecht« gerade vor Caroline kniete, ihre Slipper streichelte und dabei murmelte: »Reizend, reizend«, trat ein gut aussehender junger Mann zu Lili und begrüßte sie vertraulich. Er hatte ein jungenhaftes Lächeln und dunkle Locken, die sich im Nacken ringelten. Wie Mr. Brummel trug auch er statt der Kniehosen lange Hosen. Noch bevor Lili ihn beim Namen nannte, wusste Caroline, dass es sich um Inigo handeln musste, von dem die erfahreneren Sklavinnen erzählt hatten.

Lili nickte zu einem der Fenster und sagte: »Wir haben Gesellschaft.«

Caroline folgte Inigos Blick. Dort saß eine Katze, die ihr nie aufgefallen wäre, da ihr Fell so grau war wie die steinerne Fensterbank, auf der sie hockte. Inigo zwinkerte ihr zu, und sie zwinkerte zurück – oder es sah zumindest so aus.

»Hat dir schon einmal jemand die Möse geleckt?«

Der Stiefelknecht war weitergegangen, und jetzt stand ein

großer, bulliger Mann vor ihr, der eher wirkte wie ein Preisboxer, trotz seiner eleganten Kleidung. In einer Hand hielt er das *Kompendium*, aufgeschlagen auf ihrer Seite, die andere schloss sich um den Elfenbein-Knauf seines Spazierstocks.

Es war der Marquess of Dunhurst.

Der Peitscher.

Er sagte: »Ich habe dir eine Frage gestellt, Rose.«

»Nein … noch nie, Sir«, stieß sie hervor. Ihr Mund war auf einmal ganz trocken.

»Hast du mit den Jungs Fummeln gespielt?«

»N-nein, Sir.«

»Und wenn ich glauben soll, was hier steht«, sagte er und zeigte auf das Büchlein in seiner Hand, »dann sind sowohl dein Mund als auch dein Arsch in tadellosem Zustand.«

»J-ja, Sir.«

»Das Jungfernhäutchen allerdings nicht mehr.« Er senkte den Blick auf das *Kompendium* und las vor: »Defloriert vor zwei Jahren, aber seitdem kein Verkehr mehr.« Er blickte auf. »Kein einziger Stich in zwei Jahren?«

»Nein, Sir.«

Er las weiter: »›Charmant, unschuldig und ungeübt in den Liebeskünsten. Rose wuchs als jüngstes Kind eines Pfarrers auf dem Land auf.‹«

»Ja, Sir.«

»Ich habe dir keine Frage gestellt, Rose.« Dunhursts Augen waren hart wie kleine schwarze Knöpfe. »Hat man dir nicht beigebracht, deinen hübschen kleinen Mund zu halten, bis dir Erlaubnis zum Sprechen erteilt wird?«

Caroline versagte die Stimme. Sie schluckte und erwiderte: »Ja, Sir.«

Er machte sich eine Notiz: *Nimmt keine Lehre an.*

»Ungeachtet der öffentlichen Meinung«, sagte er, »ist es meine Erfahrung, dass die meisten Töchter des Klerus von beschränkter Tugend und minderem Charakter sind. Als junger Mann fiel ich einer Pfarrerstochter zum Opfer, die treulos und liederlich war wie jede Hure in Covent Garden. Es war eine schmerzliche, aber äußerst erhellende Lektion.« Er steckte das Büchlein in seine Jackentasche und fragte: »Besorgst du es dir selbst?«

»Ich … Entschuldigung, Sir, ich weiß nicht, was Ihr damit meint.«

»Befingerst du den kleinen Ackermann, schiebst du dir Dildos rein …« Er griff nach ihren Nippeln durch das Gewand und rollte und kniff sie mit starken Fingern. »Spielst du damit, um deine Lust zu entzünden?«

»Ich … ich … nein.«

Er funkelte sie böse an.

»Nein, *Sir.*« Caroline hatte sich tatsächlich ein paarmal, nachdem Aubrey mit dem Regiment in die Schlacht gezogen war, selbst berührt, weil sie versucht hatte, die kostbare Intimität ihrer einzigen gemeinsamen Nacht wieder heraufzubeschwören – aber danach schämte sie sich immer entsetzlich.

»Seltsam.« Dunhurst griff erneut zum *Kompendium* und las vor: »›Rose empfindet große Lust am Spiel der Venus und kommt leicht zum Höhepunkt.‹ Und doch bist du erst ein Mal gefickt worden. Ich habe bisher noch nie erlebt, dass ein Mädchen Lust bei der Entjungferung empfunden hat. Und du behauptest, du hättest es dir nie selbst besorgt? Woher willst du denn dann wissen, ob du überhaupt einen Orgasmus bekommen kannst?«

Caroline starrte ihn an. Vergeblich rang sie um eine Antwort.

Mit eisiger Stimme sagte er: »Du bist eine Lügnerin, Rose. Jemand sollte dich mit harter Hand erziehen.« Er kniff sie so fest in ihren linken Nippel, dass sie vor Schmerz aufschrie.

»Das reicht, Dunhurst.« Viscount Rexton, der wie aus dem

Nichts auf einmal neben ihm stand, schob den Peitscher zur Seite und stellte sich selbst vor Caroline.

»Nur ein kleiner Appetithappen, alter Knabe«, sagte der Marquess. »Mir ist schon klar, dass ich die gesamte Mahlzeit erst genießen kann, wenn ich sie gekauft und bezahlt habe.«

Caroline war ihr Entsetzen wohl deutlich anzusehen, denn Lili wandte sich mit kokettem Lächeln an Dunhurst und sagte: »Ihr solltet *mich* kaufen, Lord Dunhurst. Ich könnte eine strenge Peitschenhand brauchen. Auf mein Wort, es fällt mir teuflisch schwer, brav zu sein.«

Dunhurst musterte sie mit glitzernden Augen von oben bis unten. Caroline dachte schon, er würde sie bestrafen, weil sie ihn ungefragt und dazu auch noch mit seinem Namen angesprochen hatte. »Lili, nicht wahr? Ich werde darüber nachdenken.«

»Geht weiter«, sagte Rexton zu Dunhurst. »Hier seid Ihr mit der Inspektion fertig.«

Rexton folgte Dunhurst auf den Fersen, ohne das Wort an Caroline gerichtet oder sie angesehen zu haben.

Caroline flüsterte Lili zu: »Das hättest du nicht tun brauchen. Wenn er am Ende nun dich ersteigert?«

Die schöne Perserin lächelte geheimnisvoll. »Ich habe meine eigenen Methoden, mit ungezogenen Jungen fertig zu werden.«

»Kneif dir in die Wangen, Rose«, flüsterte Mr. Llewellyn, der mit Caroline, Lili und Saffron im mondbeschienenen Hof vor der Dienstbotentür darauf wartete, dass der Auktionsblock frei wurde. »Sie sind mit Tulip beinahe fertig. Du bist die Nächste.«

Caroline hob ihre zitternden Hände, die zwar immer noch mit Handschellen gefesselt, aber nicht mehr am Halsband befestigt waren, und wischte sich die Stirn ab. Trotz der kühlen Nachtluft schwitzte sie.

Die Tür stand einen Spaltbreit offen, und Mr. Riddells Stimme war klar und deutlich zu vernehmen. »Ich habe siebzehntausendfünfhundert Guineen von Sir Peter Byrde. Wer sagt achtzehntausend? Höre ich achtzehntausend für diese exotische Schönheit aus dem geheimnisvollen Osten? Sie kennt Stellungen, die ihren westlichen Schwestern fremd sind, und sie ist äußerst geschmeidig. Achtzehn?« Nach einer kurzen Pause sagte er: »Achtzehntausend werden von Monsieur Inigo geboten. Bekommen wir achtzehntausendfünfhundert? Achtzehntausendfünfhundert von Lord Madderly. Höre ich neunzehntausend? Monsieur Inigo bietet neunzehntausend. Wer bietet neunzehntausendfünfhundert?«

Es gab eine weitere, längere Pause. »Es ist wenig genug für diese bezaubernde Orientalin.« Es war allerdings mehr, als für jede andere Sklavin an dem Abend geboten worden war, abgesehen von Elle, die an Lord Cutbridge für siebenundzwanzigtausendfünfhundert Guineen versteigert worden war, ein neuer Rekord in der Sklavenwoche. »Neunzehntausend. Höre ich neunzehntausendfünfhundert?«

Einige Sekunden vergingen. »Das ist Eure letzte Gelegenheit, Gentlemen … dann.« Mr. Riddell schlug mit seinem Hammer krachend aufs Podium. »Verkauft für neunzehntausend Guineen an Monsieur Inigo. Monsieur, Ihr müsst nur bei Lord Rexton die nötigen Dokumente unterschreiben, und die bezaubernde Tulip gehört Euch.«

»Mach dich bereit«, flüsterte Mr. Llewellyn Caroline zu.

»Sei Rose, sei Rose, sei Rose«, hauchte Caroline.

Lili küsste sie auf die Wange. »Rose ist wunderschön, und sie weiß es. Sie liebt es, auf dem Block zu stehen. Du wirst schon sehen.«

»Unser nächstes Angebot«, verkündete Mr. Riddell, »ist ein exquisites, liebenswertes Geschöpf, das höchsten Ansprüchen genügt. Gentlemen, hier ist … Rose.«

Mr. Llewellyn öffnete die Tür weit und scheuchte Caroline in den Saal hinaus. Applaus brandete auf, als sie auf den Block stieg und ihren Platz neben Mr. Riddells Podium einnahm.

Sie stand mit dem Gesicht zum Publikum, das jetzt nicht mehr nur aus den zwei Dutzend Gentlemen bestand, sondern auch aus den dreizehn Sklavinnen, die bisher versteigert worden waren. Manche der Sklavinnen standen, wie Elle. Andere hockten auf den Hacken, eine Position, die Mr. Llewellyn ihnen beigebracht hatte. Sie mussten sie einnehmen, wenn ihr Herr »Sitz« sagte. Die anderen Kommandos waren »Knie«, »Auf Hände und Knie«, »Warte«, was bedeutete, dass man sich mit den Händen auf den Schenkeln vornüberbeugen musste, und »Knie nieder«, wobei man sich hinknien und mit einer Wange den Boden berühren musste, eine Position, die Caroline schrecklich peinlich war. Schließlich gab es noch Kommandos, sich hinzulegen, »Auf den Bauch« und »Auf den Rücken«, beides mit gespreizten Beinen.

Carolines Hände zitterten, und Hitze stieg ihr ins Gesicht. Sie hatte sich vorher entblößt gefühlt, aber jetzt, wo sie alleine und beinahe nackt auf dem Block stand und so viele Augen auf sie gerichtet waren, verstärkte sich das Gefühl noch. Sie hielt den Blick starr auf die leere Musiker-Galerie am anderen Ende des Saals gerichtet, aber aus den Augenwinkeln konnte sie das meiste in dem riesigen Saal doch sehen. An der äußeren Wand stand ein hoher Konsoltisch, an dem Inigo, mit Tulip neben sich, stand und Papiere unterzeichnete, die Lord Rexton ihm reichte.

»Wenn Ihr Eure Kompendien zurate ziehen wollt, Gentlemen«, sagte Mr. Riddell, »werdet Ihr sehen, dass unsere reizende Rose erst einmal gepflückt worden ist. Deshalb wird sie Gentlemen gefallen, die Unschuld bevorzugen, ohne jedoch die Mühe der Entjungferung auf sich nehmen zu wollen. Sie ist bezaubernd naiv, aber sehr lernwillig und von angenehmem

Temperament. Und ich brauche wohl kaum zu betonen, dass ihre Schönheit unvergleichlich ist. Wir eröffnen die Auktion für diese Novizin bei zweitausend Guineen. Danke, Sir«, fügte er hinzu, als der Stiefelknecht seine Hand hob. »Zweitausend von Sir Thomas Quirk.«

Bitte, der Stiefelknecht soll mich kaufen, betete Caroline im Stillen. *Bitte …*

»Höre ich zweitausendfünfhundert?«, fragte Mr. Riddell. »Zweitausendfünfhundert werden geboten vom Conte Montesano. Wer sagt dreitausend? Ich habe dreitausend vom Marquess of Dunhurst.«

Nein, nein, nein, nicht er. Bitte, Gott, jeder andere, aber nicht er.

»Höre ich dreitausendfünfhundert …?«

Die Auktion, an der sich fast ein Dutzend Männer beteiligten, schritt rasch voran. Carolines Herz raste, als der Preis zehntausend Guineen, dann fünfzehntausend, überstieg. Das Feld der potenziellen Käufer wurde nur langsam kleiner. Vielleicht lag es ja daran, dass nach ihr nur noch Lili und Saffron kamen. Wenn jemand unbedingt eine Sklavin ersteigern wollte, musste er sich beeilen.

Einige Männer – leider auch der Stiefelknecht – boten nicht mehr mit, als die Grenze von zwanzigtausend Guineen überschritten wurde, da sie sich anscheinend nicht mehr leisten konnten. Gemurmel erfüllte den Saal, als die Summe Elles Kaufpreis von siebenundzwanzigtausendfünfhundert erreichte, und als der italienische Graf namens Montesano achtundzwanzigtausend bot, wurden anerkennende Rufe laut. »Gut gemacht, alter Knabe!« »Sie ist jeden Penny wert!«

Achtundzwanzigtausend Guineen, dachte Caroline benommen. Nach den zehn Prozent, die sie an das Auktionshaus und die Kanzlei abgeben musste, würden ihr noch fünfundzwanzigtausendzweihundert bleiben, eine unglaubliche Summe, mehr als genug für ein Cottage und eine Schule – oder vielleicht konnte sie auch ein eigenes Haus ganz nach ihren Vorstellungen bauen, mit Klassenzimmern und einem Schlafsaal.

Carolines Aufregung schwand jedoch, als Dunhurst den Italiener um fünfhundert Guineen überbot. Er warf Caroline einen kalten, höhnischen Blick zu, als er seinen Stock hob.

»Höre ich neunundzwanzigtausend?«, fragte der Auktionator. »Ich habe neunundzwanzigtausend vom *Conte*. Neunundzwanzigtausendfünfhundert? Neunundzwanzig fünf von Lord Dunhurst. Wer bietet dreißigtausend?«

Der Graf zögerte. Er blickte zu Caroline, als wolle er sich vergewissern, dass sie ihren Preis wert war. Sie schenkte ihm ein liebenswürdiges, verführerisches Lächeln.

Bitte, o bitte …

Er hob die Hand unter dem Jubel der anderen.

Caroline stieß erleichtert die Luft aus. *Bitte, biet weiter. Bitte, kauf mich. Ich kann nicht zu Dunhurst gehen.*

Die Auktion ging zwischen den beiden Männern immer weiter, bis sie schließlich bei neununddreißigtausendfünfhundert Guineen angekommen waren.

»Wollt Ihr das Angebot des Marquess überbieten?«, fragte Riddell den Conte Montesano.

Montesano betrachtete Caroline bedauernd.

»Wollt Ihr vierzigtausend bieten, Sir?«, fragte Riddell.

Caroline blickte ihn flehend an, aber der Graf wandte sich mit einem resignierten Kopfschütteln ab.

Dunhurst lächelte Caroline aus toten Augen an.

5

Caroline hatte das Gefühl, alles Blut würde aus ihrem Gesicht weichen. Ihre Lippen wurden taub.

Die Sklavinnen warfen sich ernste Blicke zu. Ein Gentleman, der nahe am Block stand, sagte leise zu seinem Nebenmann: »Sieh mal, sie ist leichenblass geworden.«

»Das würdest *du* auch, wenn du an den Peitscher verkauft würdest.«

»Ich habe neununddreißigtausendfünfhundert Guineen«, verkündete Mr. Riddell. »Höre ich vierzig?«

Die Männer berieten sich leise und schüttelten die Köpfe. Es war kein Wunder; vierzigtausend Guineen waren eine astronomisch hohe Summe.

»Vierzigtausend für eine beinahe jungfräuliche Sklavin von unvergleichlicher Schönheit«, sagte Riddell. Er hielt inne, um seinen Blick über das Publikum schweifen zu lassen, dann hob er den Hammer.

Denk nach, befahl Caroline sich. Sollte sie versuchen, die Woche zu überstehen, oder sollte sie lieber gleich auf das Geld verzichten?

Ihr Anteil würde fünfunddreißigtausendfünfhundertfünfzig Guineen betragen. Du lieber Gott! Das konnte sie doch nicht ausschlagen! Aber konnte sie es zulassen, dass Dunhurst sie so brutal misshandelte, wie er es bei Dahlia getan hatte …? Nachdem Caroline ihrem Vater entkommen war, hatte sie sich doch geschworen, dass sie so etwas nie wieder erdulden würde.

»Sprecht jetzt, Gentlemen, sonst entgeht Euch diese seltene Gelegenheit«, mahnte Mr. Riddell.

»Nun denn.« Er hob den Hammer hoch über den Kopf. »Vierzigtausend.«

Erstaunte Ausrufe wurden laut, und alle Köpfe drehten sich zu Lord Rexton um, der mit gekreuzten Knöcheln am Konsoltisch lehnte, den Cognacschwenker erhoben, als wolle er den Zuschauern zuprosten.

Caroline starrte ihn an, aber er würdigte sie keines Blicks.

Mr. Riddell senkte langsam den Hammer. Stirnrunzelnd sagte er: »Mylord, wollt Ihr damit sagen, dass Ihr bieten …«

»Das kann er nicht«, warf Dunhurst ein. »Er ist in offiziellem Auftrag hier. Es wäre unüblich, wenn er eine Sklavin kaufen würde.«

»Unüblich vielleicht«, erwiderte Rexton, »aber nicht verboten. Nirgendwo steht geschrieben, dass der Rechtsberater keine Sklavin erwerben darf. Habe ich recht, Riddell?«

Der Auktionator überlegte einen Moment lang, dann erwiderte er widerstrebend: »Ich glaube, das ist korrekt, Mylord.«

Die anderen Gentlemen applaudierten; die Sklavinnen lächelten einander zu.

»Ich habe vierzigtausend Guineen von Lord Rexton«, sagte Mr. Riddell. »Höre ich …?«

»Das ist ungeheuerlich!«, rief Dunhurst aus. »Eine verdammte Farce!«

»Höre ich …?«

»Fünfzigtausend.« Dunhurst warf Rexton einen bösen Blick zu.

»Sechzig.« Rexton trank einen Schluck Brandy.

Dunhurst knirschte mit den Zähnen. »Siebzig.«

Mit einem müden Blick an die Decke, als ob ihn das alles enorm langweilen würde, sagte Rexton: »Hunderttausend Guineen.«

Dunhurst klappte der Unterkiefer herunter. Erregtes Stimmengewirr erfüllte den Saal, und ein paar Jubelrufe ertönten. »Bravo, Rexton!« »So ist es richtig!«

Lord Dunhurst wurde purpurrot im Gesicht. Er stach mit seinem Spazierstock in die Luft und rief aus: »Hundertzehntausend Guineen.«

Der Viscount lächelte ihn nachsichtig an. »Ja, nun, leider, alter Knabe, steht es Euch nicht frei, so hoch zu bieten.«

»Den Teufel werde ich tun!«

»Laut der Bewertung Eurer finanziellen Umstände, die mein Partner Sir Charles Upcott durchgeführt hat, dürft Ihr höchstens hunderttausend Guineen bieten«, sagte Rexton.

»Leider … leider ist das tatsächlich der Fall, Mylord«, warf Mr. Riddell ein.

Dunhurst deutete erregt mit dem Finger auf Rexton. »In *seinen* Finanzen hat Sir Charles nicht herumgeschnüffelt. Wer sagt denn, dass *er* überhaupt so viel bieten kann?«

Riddell erwiderte: »Ich würde sagen, jedermann hier kennt den Wert von Rextons Besitz.«

Ein Raunen der Zustimmung ging durch den Saal. Mr. Riddell musste seine Stimme erheben, damit man ihn überhaupt noch verstehen konnte. »Einhunderttausend Guineen sind geboten von Lord Rexton. Möchte jemand höher gehen?« Einen Moment lang herrschte Schweigen, dann murmelte Riddell so leise, dass nur Caroline es hören konnte: »Nein, wahrscheinlich nicht.« Sein Hammer knallte auf das Podium wie ein Gewehrschuss. »Verkauft für die außergewöhnliche Summe von einhunderttausend Guineen an David Childe, Viscount Rexton.«

Jubel schallte durch den Saal. »Gut gemacht, alter Knabe!«

»Eure Sklavin, Mylord«, sagte Mr. Riddell und zog Caroline an ihrer Leine zu den Stufen am Rand des Podests.

Rexton leerte sein Glas, richtete sich auf und trat zu ihr. Als er die Leine ignorierte und Caroline die Hand reichte, um ihr die Stufen herunterzuhelfen, sagte Riddell leise: »An der Leine, Mylord. Es ist Vorschrift.«

Mit einem Seufzer ergriff Rexton die Leine und führte Caroline an seinen Konsoltisch. Dort unterzeichnete er diverse Dokumente vor Zeugen, unter anderem auch einen Schuldschein über die Summe von neunzigtausend Guineen für »Miss Caroline Keating aus London, England«.

Neunzigtausend Guineen. Es schien nicht real zu sein. Nichts hier kam ihr real vor.

Mr. Riddell tupfte sein Gesicht mit seinem Taschentuch ab, dann wandte er sich zur Tür in den Hof und rief: »Dürfen wir bitte die reizende Lili sehen?«

Lord Rexton drückte eine schwere Eichentür im zweiten Stock des Westflügels des Schlosses auf und führte Caroline in ein prächtiges, von Kerzen erleuchtetes Schlafzimmer, das im Stil einer römischen Villa eingerichtet war. Die Wände waren aus Marmor mit goldenen Kerzenhaltern und Basreliefs aus vergoldeter Bronze, die Lyren, Lorbeerkränze und geflügelte Pferde darstellten. Die Möbel waren aus goldverziertem Ebenholz, Vorhänge und Bettwäsche aus scharlachrotem, goldbesticktem Damast. An der hinteren Wand stand ein opulentes Bett, dessen vier Pfosten die Form einer hohen, goldenen Vase hatten. Türen mit Glasscheiben standen offen. Sie führten auf einen Balkon, auf dem sich eine Korbliege befand.

Auf einer Bank am Fußende des Bettes lag der zerschlissene alte Lederbeutel, den Caroline aus London mitgebracht hatte. Inmitten all dieser Pracht wirkte er grotesk fehl am Platz. Daneben prangte ein rechteckiger schwarzer Lederkoffer. Ein Schrankkoffer, auf dessen Namensschild *Rose* stand, befand sich neben einer Kleidermangel mit kunstvollen Schnitzarbeiten. Daneben war eine große, lederbezogene Truhe mit eisernem Vorhängeschloss.

»Dieses Zimmer heißt *la Chambre Romaine*«, sagte Rexton und hockte sich vor die Truhe, um seine Schreibschachtel daneben auf den Aubusson-Teppich zu stellen. »Für meinen Geschmack ein bisschen zu überladen, aber richtet Euch so gut ein, wie Ihr könnt.«

»Danke, My…« Mylord? Sollte sie ihn noch so anreden?

»Außerhalb dieses Zimmers sagt Ihr wohl besser ›Herr‹ zu mir«, sagte er und schob einen Schlüssel in das Vorhängeschloss. »Oliver Riddell konnte mich noch nie leiden. Er würde Euch mir sofort wieder wegnehmen und Euch an jemand anderen versteigern – es sei denn, natürlich, das wäre Euch lieber.«

Er verstaute die Schreibkiste in der Truhe, nahm eine viereckige grüne Flasche heraus, auf der GORDON'S SPECIAL DRY LONDON GIN stand, und entkorkte sie. »Ich brauche etwas frische Luft«, sagte er und erhob sich. »Ihr braucht nicht aufzubleiben, um auf mich zu warten.«

»Mylord«, sagte Caroline, als er auf die Tür zutrat.

Er drehte sich um und sah sie zum ersten Mal an diesem Abend an.

Sie hob die Hände, die immer noch gefesselt waren. »Könnt Ihr … könnt Ihr …«

Er löste die Handschellen. Dann ging er.

Caroline starrte auf die Tür. Er hatte sie nicht verschlossen, aber sie würde sich hüten, alleine im Schloss herumzulaufen. Schließlich standen neunzigtausend Guineen auf dem Spiel.

Die wütende Stimme eines Mannes drang gedämpft durch die offenen Glastüren. Caroline verstand nicht, was er sagte, deshalb schlüpfte sie aus ihren Schuhen und huschte auf bloßen Füßen auf den Balkon hinaus.

Die Blätter an den Bäumen regten sich in der leichten Brise, und durch die Äste schien ein drei viertel voller Mond.

»Ich sagte, *zieh dich aus*, du unverschämte Fotze!«

Die Stimme, die durch das offene Fenster des angrenzenden Zimmers drang, war die des Marquess of Dunhurst, der Lili ersteigert hatte, nachdem Lord Rexton ihm Caroline weggeschnappt hatte. Caroline war entsetzt gewesen, aber Lili hatte ihr lächelnd zugezwinkert, als der Peitscher sie mitgenommen hatte.

Lili sprach so leise, dass Caroline sie kaum verstehen konnte. »Nacktheit kann so banal sein, findet Ihr nicht auch?«

Caroline trat an den Rand des Balkons, bis sie teilweise in den schwach beleuchteten Raum blicken konnte. Eine Gestalt ging am Fenster vorbei – Dunhurst, ohne Hemd und mit einem perforierten Holzpaddel, das er in den Bund seiner Breeches geschoben hatte. Er zog etwas aus der Tasche, verschwand aber dann aus ihrem Blickfeld. Kurz darauf hörte Caroline, wie er die Tür abschloss.

Dann tauchte er wieder auf und trat an die schwarze Lederkiste, die genauso aussah wie die in Rextons Zimmer. Sein nackter Rücken war fleischig und muskulös.

»Genau das Richtige.« Er zog einen Stab aus glänzendem Stahl heraus, etwa so lang und so dick wie Carolines Unterarm, abgerundet an einem Ende und mit einem Griff am anderen. Dann blickte er zu Lili und fragte: »Bist du schon mal in den Arsch gefickt worden?«

»Ja, sicher, Mylord.« Es erstaunte Caroline, wie entspannt sie wirkte.

»Ich bin dein Herr«, brüllte Dunhurst, *»und so wirst du mich auch anreden!«*

»Ja, Herr.« Beinahe klang es so, als ob Lili sich das Lachen verkneifen müsse.

»Ja, natürlich hast du dich schon mal in den Arsch ficken lassen, du schamlose Hure. Ich wette, du hast es geliebt. Hast dich vornübergebeugt und dir einen dicken, harten Steifen in den Hintern schieben lassen.«

»Ja, genau.«

Caroline schüttelte verwirrt den Kopf. Sie konnte sich nicht vorstellen, bei einem solchen Akt Lust zu empfinden.

»Ja, nun, das hier wird dir nicht gefallen. Ich werde ihn dir hineinrammen, bis du schreist und blutest.« Er stieß mit dem großen, stählernen Phallus in die Luft. »Das wird dich lehren, mir so schnippisch zu antworten.«

»Ja, bestimmt.«

»Zieh dich aus, und knie nieder«, befahl er und zeigte auf die Bettkante. »Und reck deinen hübschen runden Hintern hoch!«

Was kann ich bloß tun?, dachte Caroline. Ihr schlug das Herz bis zum Hals. *Wie kann ich ihr helfen?* Selbst wenn sie in das Zimmer hineinkäme, so hätte sie doch keine Waffe, um sich gegen Dunhurst zur Wehr zu setzen.

»*Tu es!*«, schrie er und zerrte das Paddel aus dem Hosenbund. »Sonst wird es dir über die Maßen leidtun!«

»Ihr braucht das nicht, Mylord«, sagte Lili und trat zu ihm. »Aber *ich* kann es gut gebrauchen.«

»Was zum Teufel soll das …«

»*Sittu.*« Sie berührte seine Stirn.

Er schloss die Augen, seine Arme sanken schlaff herunter. Das Paddel und der Phallus fielen zu Boden.

Was war das?, wunderte sich Caroline. Er sah so aus, als sei er plötzlich im Stehen eingeschlafen.

Lili strich über seine Stirn und murmelte etwas in einer Sprache, die Caroline noch nie gehört hatte.

Dunhurst öffnete die Augen und blinzelte verwirrt.

»Knöpf die Hose auf«, befahl Lili. »Und zieh deine Unterhose aus.«

Er gehorchte ihr, ohne zu zögern. Caroline hatte schon von Hypnotiseuren gelesen, die mit bestimmten Worten und Gesten einen tranceähnlichen Zustand herbeiführen konnten. Anscheinend beherrschte Lili diese Kunst.

»Schieb sie bis auf deine Knöchel herunter«, sagte Lili, »und verschränk die Hände hinter dem Nacken.«

Er gehorchte. Sein männliches Teil hing schlaff herunter. Das hätte Caroline nicht erwartet. Sie hatte geglaubt, dass Männer wie Dunhurst sexuell erregt wurden, wenn sie anderen Schmerzen und Demütigungen zufügten.

Lili betrachtete das schlaffe kleine Glied interessiert. »Natürlich, das hätte ich mir denken können. Du kannst die Fahne nicht mehr hochziehen, was?«

Verlegen zuckte Dunhurst mit den breiten Schultern.

Lili schlug ihm mit dem Handrücken ins Gesicht.

Caroline keuchte auf.

»Antworte deiner Herrin, wenn sie dir eine Frage stellt. Bist du impotent?«

»J-ja, Herrin.«

»Andere Männer leiden an dieser Krankheit, ohne dabei gleich zu brutalen Bestien wie du zu werden.« Sie ergriff den Phallus und das Paddel und trat um ihn herum, wobei sie ihn von Kopf bis Fuß musterte. Als er sich nach ihr umdrehte, schlug sie ihm mit dem Paddel fest auf den Hintern. Er jaulte auf. »Augen nach vorn, du Hund!«

»Ja, Herrin.« Als er den Kopf drehte, fiel sein Blick auf Caroline, und er hielt inne.

»Nach vorn!« Lili versetzte ihm einen weiteren Schlag.

Er gehorchte. Einen Moment lang sorgte sich Caroline, dass er sie gesehen haben könnte, aber in seinem hypnotisierten Zustand würde er sich wahrscheinlich nicht an das erinnern können, was hier geschah.

Lili lächelte verschmitzt und sagte: »Warte!«

Er zögerte.

Sie schlug ihn erneut. »Du hast mich verstanden.«

Er beugte sich vor und legte die Hände auf die Knie.

Sie legte das Paddel beiseite, nahm eine kleine grüne Dose

aus der Lederkiste, die anscheinend Creme enthielt. »Bist *du* jemals in den Arsch gefickt worden?«, fragte sie und verteilte einen Klecks Creme über dem Phallus.

»Ja, Herrin.«

»Ja? Wer war es? Ein älterer Schulkamerad?«

»Ja, Herrin.«

»Aber seitdem nicht mehr?«

»Nein, Herrin.«

»Nun, dann würde ich sagen, du bist überfällig.« Sie spreizte seine Arschbacken mit einer Hand und brachte den Stahlschaft in Position.

Dunhurst zuckte zusammen und verzog ängstlich das Gesicht.

»Verkrampf dich nicht«, sagte sie. »Dann tut es nur umso mehr weh.« Sie schob den Phallus ein Stück hinein. Er heulte auf. »Siehst du?«

»J-j-ja, Herrin.«

»Ich habe ihn zumindest für dich eingefettet«, sagte sie und drehte ihn hin und her. »Das hättest du für mich nicht getan, oder?«

Dunhurst stöhnte gequält. Sein Gesicht war schmerzverzerrt.

»Habe ich recht?« Lili ergriff das Paddel und schlug ihm fest auf das gerötete Hinterteil. »Antworte mir, Hund!«

Stöhnend sagte er: »J-ja, Herrin.«

Sie versetzte ihm immer weiter Schläge auf den Hintern, während sie den Phallus mit schnellen, festen Stößen tiefer hineintrieb. »Du brauchst das«, sagte sie zu ihm. »Du solltest mir danken, dass ich das für dich tue.«

»D-danke, Herrin.«

»Wenn ich ihn ganz eingeführt habe«, fuhr sie fort, »werde ich ihn festbinden, damit er in dir drinbleibt, und dann musst du mich lecken, bis ich ein Dutzend Mal gekommen bin. Wenn du deine Sache gut machst, werde ich den Silberschaft entfernen. Wenn nicht, bleibt er drin, bis du weinst und mich anflehst, ihn herauszunehmen. Hast du mich verstanden?«

»Ja, Herrin.«

»Ficke ich dich hart genug, oder brauchst du es härter?«

»H-härter, Herrin.« Er stöhnte, als sie den Schaft kraftvoll hineinstieß.

»Musst du noch mit dem Paddel geschlagen werden?«, fragte sie.

»Ja, bitte, Herrin. Schlag fest, damit es wehtut.«

Caroline trat wieder ins Zimmer und schloss die Doppeltüren. Sie zog die Vorhänge zu, aber sein rhythmisches Grunzen und seine servilen Äußerungen waren doch noch zu hören.

Um sich abzulenken, wandte sie sich der schwarzen Lederkiste zu.

Misstrauisch betrachtete sie sie, aber wenn sie aufrichtig war, so war sie auch neugierig, was wohl darin sein mochte. Auf dem Deckel war eine Orchidee mit einer Kette eingeätzt, wie auf dem Umschlag von *Kompendium der Blumen.* Sie entriegelte die Kiste und hob den Deckel an.

Das Innere war mit goldfarbenem Satin ausgeschlagen, mit Ausbuchtungen, um die einzelnen Gegenstände aufzunehmen. Eine runde Nische war leer. In den anderen lag eine verwirrende Vielzahl von Dingen. Zahlreiche Phalli, wobei der Stahlschaft der größte war. Drei weitere – aus Fischbein, aus Holz und aus Schildpatt – ähnelten erigierten Penissen in jedem Detail. Zwei andere, einer aus Bronze und einer aus Silber, waren viel kleiner, mit breiter Basis. Und dann gab es ein sehr seltsames Ding aus schwarzem Gummi mit zwei verschiedenen Phalli, einer ein bisschen dicker als der andere. Es gab einen kleinen Gummiball, eine Handvoll Vorhängeschlösser, ein kleines poliertes Steinei, eine Kette aus Onyxperlen mit einem kleinen

Griff am Ende, zwei Stahlkugeln, die ein bisschen größer als Murmeln waren, einige merkwürdige Clips und Ringe, schwarze Seidenkrawatten, die Cremedose und eine Flasche, auf der OLIVENÖL stand.

Diese Gegenstände lagen auf einem Tablett, das man herausnehmen konnte. Als Caroline es anhob, fand sie darunter drei Fächer. In einem lagen Ketten, in einem anderen Lederriemen mit Schnallen, und das dritte enthielt einen schwarzen Samtbeutel mit kleinen goldenen Klemmen um die Öffnung. Bei näherer Inspektion entdeckte sie zwei unterschiedlich große Schlitze, die mit Goldfaden eingefasst waren und aussahen wie überdimensionale Knopflöcher. Caroline drehte und wendete den Beutel ratlos hin und her, bis sie ihn schließlich mit der Öffnung nach unten hielt. Da entdeckte sie, dass die Löcher zum Atmen gedacht waren, das größere für den Mund, das kleinere für die Nase.

Denk nicht darüber nach, befahl sich Caroline. Sie legte die Haube zurück in ihr Fach, setzte das Tablett wieder auf die Kiste und schloss den Deckel. *Wasch dich, geh ins Bett und …*

Und warte auf Lord Rextons Rückkehr.

Im Zimmer gab es keine Waschschüssel, aber in der Ecke war eine Tür, und vielleicht befand sich ja dahinter eine Art Badezimmer. Caroline öffnete die Tür und stand in einem eleganten, klassisch angehauchten Raum mit einer runden, in den Marmorboden eingelassenen Badewanne und Satinpolstern in kleinen Alkoven. Die Wände waren bemalt mit Szenen von Männern und Frauen, die alle möglichen obszönen Akte vollzogen, sodass es so aussah, als stamme dieser pompöse *Salle de bain* direkt aus Pompeji. Ein Waschbecken in einem vergoldeten Kabinett stand an einer Wand neben einem abgetrennten kleinen Raum, in dem es ein Wasserklosett gab, den modernsten Luxus, den Caroline hier in Grotte Cachée zum ersten Mal in ihrem Leben sah. In ihrem neuen Haus würde sie in jeder Etage ein Wasserklosett einbauen lassen und hübsche Waschbecken und Badewannen, die aus Dachzisternen mit Wasser gespeist wurden, wie es hier der Fall war. Warum sollte sie sich diesen Luxus nicht gönnen? Nach der Woche hier hätte sie ihn sich verdient.

Sie wusch sich das Gesicht und bürstete ihre Haare, dann öffnete sie den hohen Schrankkoffer, um nachzusehen, ob es auch Nachtwäsche für sie gab. Es gab Hüte, Hauben, Handschuhe, Slipper, Halbstiefelchen, Fächer, Sonnenschirme, eine Schublade voll mit Modeschmuck und einige indezent ausgeschnittene Kleider. Es fehlte das Seidenkleid, das sie bei Lord Rexton bekommen und das sie bei ihrer Ankunft hier getragen hatte. Dafür gab es zahlreiche durchsichtige Negligés, einen Seidenumhang, Reitkleidung und eine große Auswahl an Unterwäsche, meistens aus durchsichtiger Seide und Spitze. Allerdings gab es auch ein überraschend züchtiges Baumwollhemd, das sie jetzt wählte – obwohl es noch abzuwarten galt, ob es Lord Rexton gefallen würde.

»Jeden Morgen nach eurem Bad, jeden Abend vor dem Abendessen und jede Nacht vor dem Schlafengehen«, hatte Mr. Llewellyn sie angewiesen, »wird euer Herr euch befehlen, was ihr anzieht – oder auszieht –, und ihr werdet ihm aufs Wort gehorchen.«

Als Caroline sich das Inspektionsgewand über den Kopf zog, störte sie die Leine, die vorn an ihrem Halsband herunterhing. Die Vorstellung, damit ins Bett zu gehen, gefiel ihr nicht – aber konnte sie es wagen, sie abzumachen? Die Antwort hing wahrscheinlich davon ab, was Rexton mit ihr vorhatte. Seine Anweisung, ihn außerhalb des Zimmers mit »Herr« anzureden, was bedeutete, dass sie es in diesem Raum nicht brauchte, war schließlich keine Garantie dafür, dass er sie nicht als Sklavin benutzen wollte. Vielleicht fand er es ja einfach nur albern, von jemandem, den er bereits kannte, so genannt zu werden; er kam ihr sowieso recht zynisch vor. Er hatte jedoch hunderttausend Guineen dafür ausgegeben, sie in der kommenden Woche sexuell und in jeder anderen Form zu dominieren. Würde ein Mann, vor allem ein verwöhnter Freigeist wie Viscount Rexton, so viel Geld aufs Spiel setzen, ohne sein Recht wahrzunehmen?

Schließlich ließ Caroline die Leine am Halsband, zog das Hemd über und blies die Kerzen aus. Sie ging ins Bett, wobei sie sich ganz an den Rand legte, damit Rexton genug Platz blieb. Die Laken waren kühl und rochen nach grünem Gras und klarem blauem Himmel. Sie schloss die Augen und versuchte sich vorzustellen, sie läge auf einer Wiese und weiße Leinenbettwäsche flattere im Wind. Aber ihre sorgenvollen Gedanken ließen sich nicht vertreiben, und der Schlaf wollte sich lange Zeit nicht einstellen.

Caroline erwachte, als die Tür in den Angeln quietschte.

Zuerst konnte sie sich nicht erinnern, wo sie war … aber dann fiel es ihr wieder ein. Sie lag auf der Seite und versuchte, nicht zu laut zu atmen, während sie die große Gestalt von Viscount Rexton im Mondlicht beobachtete. Seine Bewegungen waren langsam und überlegt, aber ein wenig unbeholfen.

Mit unsicheren Schritten trat er auf den Balkon und entkleidete sich mit dem Rücken zu ihr, wobei er sich an die steinerne Balustrade lehnte. Seine Kleider ließ er einfach zu Boden fallen. Nackt erinnerte seine Silhouette sie an einen Stich von Michelangelos *David*, den sie einmal gesehen hatte – breitschultrig, mit schmalen Hüften und langen Beinen.

Er drehte sich um.

Caroline schloss die Augen, aber vorher erhaschte sie noch einen Blick auf seine Geschlechtsteile. Eine Diele unter dem Teppich knackte, als er ans Bett trat. Einen Moment lang stand er still da. Caroline, die so tat, als ob sie schliefe, kam es vor wie eine Ewigkeit.

Sie spürte eine Bewegung an ihrem Halsband und roch seinen Gin-Atem, als er sich daran zu schaffen machte. Es kostete sie all ihre Selbstbeherrschung, gleichmäßig und langsam weiterzuatmen, als er die Leine vom Halsband löste und sie wegnahm.

Als Caroline spürte, wie er sich vom Bett entfernte, blickte sie ihm verstohlen nach. Sie erstarrte, als er die Lederkiste öffnete und den Inhalt betrachtete. Er nahm den Silberschaft heraus, musterte ihn mit einem erstaunten Gesichtsausdruck, den sie sogar im Halbdunkel erkennen konnte, und legte ihn wieder hinein. Dann drehte er die Leine um die Hand und legte sie in die Kiste – wahrscheinlich in die runde Vertiefung, die leer gewesen war. Er schloss die Kiste und stellte sie auf den Boden, ebenso wie Carolines Beutel. Dann hob er den Deckel der Banktruhe und zog eine gefaltete Decke heraus, mit der er auf den Balkon ging. Anscheinend stieß er sich dabei den Zeh an, denn er fluchte leise.

Vom Bett aus konnte Caroline die obere Hälfte des Korbsessels sehen. Rexton arrangierte die Kissen, die darauf lagen, neu, wickelte sich in die Decke ein und legte sich hin. Es dauerte eine Weile, bis er seinen langen Körper auf der zu kurzen Liege einigermaßen bequem untergebracht hatte, aber schließlich lag er auf der Seite, das Gesicht abgewandt von ihr. Es war sicher äußerst unbequem für ihn, dachte Caroline, aber sie konnte sich nicht überwinden, ihn zu sich ins Bett zu bitten.

Sie schloss die Augen und versuchte, wieder einzuschlafen, aber ihre Gedanken kreisten nur um all die Freizügigkeiten, die sie am folgenden Tag, am ersten offiziellen der Sklavenwoche, erleben würde. Einige der Veteraninnen hatten von einem wahren Feuerwerk an Obszönitäten berichtet, mit unaussprechlich wollüstigen Akten, die in aller Öffentlichkeit durchgeführt wurden, aber Caroline vermutete, dass sie sich nur auf Kosten einer Novizin lustig machen wollten.

Sie *hoffte* es jedenfalls.

Aber das war nicht der Fall, wie sie am nächsten Morgen feststellen musste.

6

Sir Albert Nickerson, der links von Caroline an dem langen Tisch im eichengetäfelten Esszimmer saß, riss ein Stück von seiner Brioche ab und bestrich es mit Butter und Auvergnat-Fruchtpaste. Er schnalzte mit der Zunge und wandte sich der nackten Holly zu, die neben ihm auf dem Teppich hockte, die Hände hinter dem Rücken gefesselt.

Sie blickte auf und öffnete ihren Mund, damit Sir Albert sie füttern konnte.

»Nimm alles«, forderte er sie auf und lächelte, als die erfahrene Sklavin mit sinnlichem Vergnügen Butter und Fruchtpaste von seinen Fingern schleckte.

Er zog sie auf seinen Schoß, sodass sie ihn anschaute. Rasch knöpfte er seine Hose auf, was Caroline veranlasste, starr auf ihren Teller zu blicken. Aber aus den Augenwinkeln sah sie trotzdem, wie er einen Klecks Butter nahm und ihn auf seinem steifen Glied verrieb.

»Lass dir Zeit«, erklärte er, als sie sich auf seinen gefetteten Schaft setzte. »Ja, so ist es richtig. Genau so.« Er stieß einen tiefen Seufzer aus.

Mit Ausnahme von Lord Rexton, der düster schweigend vor sich hin brütete, beobachteten die Gentlemen am Tisch die Szene mit offenem Interesse. Zwei oder drei der ungebundenen, sklavenlosen Gentlemen – die man daran erkannte, dass sie kein schwarzes Herz um den Hals trugen – streichelten sich verstohlen unter dem Tisch.

Monsieur Pomerleau, der gegenüber von Caroline saß, sprach leise mit der dunkelhaarigen Poppy, die neben ihm stand. Sie trug ein rosa kariertes Flanellkleid, das unschuldig ausgesehen hätte, wenn es nicht am Busen zwei spitzengesäumte Löcher gehabt hätte, aus denen ihre cremeweißen Brüste mit scharlachroten Nippeln herausragten. Sie ließ sich auf alle viere nieder und kroch unter den Tisch, während ihr Herr sich im Stuhl zurücklehnte, den Blick erregt auf Sir Albert und Holly gerichtet.

Von den Sklavinnen im Esszimmer war Caroline die Einzige, der es erlaubt war, sich am üppigen Buffet zu bedienen und am Tisch zu sitzen. Drei mussten am Boden hocken und wurden wie Hunde gefüttert, zwei andere standen da und bekamen anscheinend gar nichts zu essen. Sie waren entweder völlig nackt oder nach den Wünschen ihres Herrn bekleidet – außer Caroline. Nachdem sie am Morgen gebadet und ihren Schwamm frisch getränkt hatte, hatte sie Lord Rexton gefragt, was sie anziehen sollte, aber er hatte nur entgegnet, das sei ihm gleichgültig und sie solle ihn nicht mit solchen lästigen Fragen behelligen.

Daraufhin hatte Caroline ein Kleid aus dünnem weißem Batist gewählt, das sie über mehreren Schichten von Unterröcken trug, damit es nicht durchsichtig war. Es war zwar lächerlich, weil sie ja am Abend zuvor de facto nackt vor allen gestanden hatte, aber sie fühlte sich so doch ein wenig wohler. Allerdings stand ihre Kleidung in absurdem Kontrast zu ihren goldenen Fesseln und der Leine, die Rexton wieder an ihrem Halsband befestigt hatte, bevor sie zum Frühstück gegangen waren.

Rextons Frühstück bestand aus einer Tasse Kaffee mit einem Schuss Brandy – als Gegenmittel für seinen Kater. Er hatte bis nach zehn Uhr draußen auf dem Balkon geschlafen und war völlig zerschlagen und mürrisch aufgewacht. Als er sich jedoch gewaschen, rasiert und angezogen hatte, war Caroline überrascht, wie gut er aussah. Statt der Kniehosen trug er, wie die meisten jüngeren Männer, lange Hosen. Aber er war neben Mr. Brummel, der das Esszimmer gerade verließ, als Caroline und Rexton es betraten, der Einzige, der statt des Cutaways eine der neuen, modernen Jacken trug, die vorn ganz zugeknöpft werden konnten.

»Dunhurst! Ihr seht ja schrecklich aus!«, begrüßte Lord Gatleigh den Marquess, der mit verquollenen Augen an den Tisch trat. Er setzte sich an das andere Ende, einen Teller mit Eiern und Speck in einer Hand, seinen Spazierstock in der anderen. Er stellte den Teller auf den Tisch, zog sich einen Stuhl heraus und ließ sich vorsichtig darauf nieder.

»Lange Nacht, was?«, erkundigte sich Sir Edmund Bryde, der silberhaarige Gentleman, der Caroline so gründlich gemustert, aber keine Sklavin gekauft hatte.

»Ganz richtig!«, grunzte der Marquess, schnitt ein Stück Speck ab und spießte es auf seine Gabel.

Caroline fragte sich, ob er sich überhaupt an etwas erinnern konnte, da er doch unter Hypnose gestanden hatte.

»Lass uns spüren, wie du kommst«, drängte Sir Albert, während Holly sich auf ihm wand. »Sag uns, wenn du so weit bist.«

»Ja, Herr.«

Caroline warf ihnen einen verstohlenen Blick zu. Es erstaunte sie, dass Holly sich vor all diesen lüsternen Fremden so gehen lassen konnte. Es schien sogar echt zu sein. Ihre Bewegungen wurden immer schneller, und ihr Gesicht und ihre Brüste waren dunkel errötet.

»Bist du nahe dran?«, fragte ihr Gebieter, der ebenso atemlos war wie sie.

»Ja, Herr«, keuchte sie.

Caroline wollte sich nicht von dieser schamlosen Handlung erregen lassen, aber sie konnte nichts dagegen tun. Wie mochte es wohl sein, dachte sie, einen sexuellen Akt vor anderen durchzuführen? Für Caroline wäre es entsetzlich peinlich. Aber Rose würde die Erfahrung vielleicht genießen.

Lord Gatleigh stieß Dunhurst mit dem Ellbogen an. »Hast die wollüstige kleine Heidin deinen Pimmel spüren lassen, was?«

»In jedes Loch. Vielleicht habe ich ihr sogar ein paar neue gemacht.«

»War sie unterwürfig? Ist sie vor dir gekrochen?«

»Sie hat um Gnade gefleht, wollte aber gleichzeitig immer weiter gefickt werden.« Dunhurst schob sich eine Gabel voll Speck in den Mund und kaute grinsend – bis ein besonders dramatisches Stöhnen von Holly seine Aufmerksamkeit auf Carolines Platz lenkte. Er hielt inne und blickte sie aus seinen harten kleinen Augen nachdenklich an. Seine Wangen wurden hochrot.

Dann blickte er abrupt weg. Als er seine Teetasse an den Mund hob, verschüttete er den halben Inhalt auf das Tischtuch. »Herrgott noch mal!«

In diesem Moment wurde Caroline klar, dass er sich an alles erinnerte – auch daran, dass sie Zeugin seiner Erniedrigung geworden war. Er und nicht Lili hatte unterwürfig gefleht, und was noch schlimmer war, Caroline wusste auch, dass er Lili gar nicht penetrieren konnte, geschweige denn in »jedes Loch«.

Bei dem Gedanken an Dunhursts Impotenz fiel Caroline ein, dass Rexton die Nacht lieber auf dem Balkon verbracht hatte, als zu ihr ins Bett zu kommen. Auch damals, in der ersten Nacht bei ihm zu Hause, hatte er ihr widerstrebendes Angebot, mit ihm zu schlafen, weil er sie vor dem Irrenhaus bewahrt hatte, abgelehnt. Konnte es sein, dass Rexton auch impotent war? Sie hatte gehört, dass das geschehen konnte, wenn jemand zu viel Alkohol trank.

»Ich komme, Herr«, keuchte Holly. Sie zitterte am ganzen

Körper. Sir Albert bäumte sich auf und gab einen leisen, erstickten Laut von sich.

»Dunhurst, alter Knabe«, sagte Sir Edmund im Plauderton, als bekäme er diese lüsterne Szene gar nicht mit, »wo ist denn Euer schwarzes Herz? Wir sollen es doch immer tragen. Wenn diese kleine Tunte Llewellyn Euch sieht, trägt er es gleich an Riddell weiter, und Ihr bekommt einen Verweis.«

Der Marquess blickte finster auf seinen Teller. »Die kleine Fotze war keinen Schilling wert, geschweige denn das, was ich für sie hätte zahlen müssen. Ehe ich mir so etwas wie sie noch einmal antue, bleibe ich lieber allein.«

Oh, zum Teufel, dachte Rexton. Wie war er bloß auf die Idee gekommen, er könne seinen Kater in Ruhe auskurieren?

Er setzte seine Kaffeetasse ab und beugte sich vor, sodass er Dunhurst direkt ansah. »Was hast du mit ihr gemacht?«

Dunhurst verzog höhnisch die Mundwinkel. »Eure Sorge ist rührend, Rexton, aber an sie verschwendet.«

»Und wo ist sie?«

»Woher zum Teufel soll ich das wissen? Als ich heute Morgen aufgewacht bin, war sie weg. Sie hat eine Notiz hinterlassen, sie wolle nicht mehr meine Sklavin sein.«

»*Una donna astuta*«, murmelte der frauenlose Conte Montesano, der rechts neben Rexton saß. »Sehr klug, nicht wahr?«, fügte er hinzu.

»*È molto astuta*«, pflichtete Rexton ihm bei.

»Ich glaube, ich habe sie heute Morgen auf dem Weg zum Badehaus gesehen«, warf Lord Madderly ein, der ebenfalls keine Sklavin hatte. »Sie war mit Cutbridge und dessen Sklavin, dieser prachtvollen Blonden, zusammen.«

Dunhurst zeigte mit seinem Messer auf Rexton und sagte: »Ich erwarte von Euch, dass Ihr meinen Schuldschein zerreißt. Ich schulde ihr jetzt keinen Penny mehr. *Und* ich erwarte, dass

Ihr das Weib wegschickt. Sie soll wieder in die Türkei oder nach Ägypten, oder wo sie sonst herkommt, verschwinden. Sie muss weg.«

»Da bin ich mir nicht so sicher«, sagte Rexton.

»*Was?*«

»Ich bin mir nicht sicher, ob sie die Vertragsbedingungen verletzt hat.«

»Doch, natürlich. Sie ... sie ...« Der Marquess blickte in die Runde. »Sie ...«

»Wenn ich Euch Glauben schenken darf«, sagte Rexton, »hat sie Euch erlaubt, sie ›Eurem Willen zu unterwerfen‹, was bedeutet, dass sie ihren Teil des Vertrags erfüllt hat. Aber anscheinend hat sie sich freiwillig dazu entschieden, ihn aufzulösen und auf das Geld zu verzichten, nur um von Euch wegzukommen.«

Einige der Gentlemen kicherten, und selbst Dunhursts alte Kumpel, Gatleigh und Sir Edmund, mussten sich das Lachen verkneifen.

Dunhurst warf Rexton einen bösen Blick zu. »Ob freiwillig oder nicht, das kommt doch auf dasselbe heraus.«

Rexton schüttelte den Kopf. »Nicht laut Vertrag. Da sie ihn beendet hat, werde ich Euren Schuldschein tatsächlich zerreißen, Dunhurst, aber ich habe keine Handhabe, sie wegzuschicken, wenn sie hierbleiben will.«

»Hierbleiben?«, rief Dunhurst. »Als was denn? Sie wäre doch dann keine Sklavin mehr.«

»Versteigert sie doch erneut!«, schlug Sir Edmund vor.

»Nur wenn sie es wünscht«, sagte Rexton. »Ansonsten muss ich ihr gestatten, hierzubleiben als ... na ja, als freie Frau sozusagen.«

»So etwas gibt es nicht«, sagte Dunhurst.

»Doch, jetzt schon«, widersprach Rexton. »Wenn die Dame es wünscht.«

»Hurensohn!«, knurrte Dunhurst und ballte die Hände zu Fäusten. Er warf Rexton einen finsteren Blick zu. »Ihr habt etwas gegen mich seit letztem Sommer, als diese verdammte Dahlia meinen guten Namen in den Dreck gezogen hat. Ihr habt gegen den Herrn Partei für die Sklavin ergriffen. O ja, ich weiß Bescheid. Ihr wart derjenige, der veranlasst hat, dass mein Zimmer nach diesem Stock durchsucht worden ist, den sie sich eingebildet hat, als ob ich ein gewöhnlicher …«

»Diese Unterhaltung ermüdet mich«, sagte Rexton. Er schob seinen Stuhl zurück und stand auf.

»Ich weiß, dass Ihr sie mit sechzehntausend Guineen nach Hause habt gehen lassen, die sie nicht verdient hatte«, tobte Dunhurst.

»Komm, Rose«, sagte Rexton.

»Ach, das wollt Ihr wohl nicht hören, was?« Dunhurst sprang auf. »Ihr wollt nicht daran erinnert werden, was für ein Gimpel Ihr wart. Habt diesem verlogenen Miststück sechzehntausend Guineen in den Rachen geworfen.«

Rexton ergriff Caroline am Arm und trat mit ihr an den Ausgang zum Rosengarten an der Westseite des Schlosses.

»Und ich weiß auch, dass Ihr versucht habt, mich von der Sklavenwoche auszuschließen«, wütete der Marquess. »Aber Sir Charles und Oliver Riddell wussten, was ich für eine Sklavin bezahlen kann, und sie wollten ihren Anteil daran. Ihr nicht, Rexton, was? Ihr braucht ja mein Geld nicht, Ihr habt selber genug – jedenfalls so viel, dass Ihr hunderttausend Guineen für so eine«, er zeigte mit seinem Stock auf Caroline, »zahlen könnt, nur damit ich sie nicht bekomme. Warum hättet Ihr das sonst tun sollen? Sie ist ja schließlich nichts Besonderes, nur eine gierige kleine Schlampe wie all die anderen …«

Er tobte immer weiter. Rexton zog Caroline einen gepflasterten Weg entlang, der von schmiedeeisernen Bänken gesäumt war. Auf einer saß Beau Brummel mit seiner Sklavin, der jungenhaften Jessamine. Jessamine, die nur ein Männerhemd trug, kniete mit dem Gesicht zur Lehne auf der Bank, Hände und Füße an die schmiedeeisernen Verzierungen gekettet. Sie zuckte bei jedem Stoß des elegant gekleideten Brummel zusammen. Er stand hinter ihr, hielt mit einer Hand ihre kurzen Haare gepackt und hatte mit der anderen das Hemd hochgeschoben, um ihre Vereinigung beobachten zu können.

Sie kopulierten auf griechische Art, stellte Rexton fest. Auch Caroline war es nicht entgangen, denn sie wurde blass und blickte weg, als sie an dem Paar vorbeikamen.

Sie versuchte, ihren Arm aus seinem Griff zu winden, als er sie zum Badehaus führte.

»Mylord«, flehte sie. »Ihr tut mir weh.«

Er blieb stehen und ließ sie los. Als er seine Fingerabdrücke auf ihrem Arm sah, verzog er das Gesicht. Er nahm seinen Flachmann heraus und trank einen Schluck.

»Ist … ist das wahr?«, fragte Caroline und rieb ihren Arm. »Dass Ihr Dahlia sechzehntausend …«

»Ihr dürft nur sprechen, wenn Ihr etwas gefragt werdet.« Er verschloss die Flasche wieder und steckte sie in die Tasche.

»Aber …« Sie blickte sich um. »Hier ist doch niemand, und ich dachte, die … die Regeln seien Euch gleichgültig.«

»Bis auf die eine, dass Ihr Euren Mund halten sollt.«

Caroline blickte Rexton mit ihren großen, unergründlichen Augen an.

»Ja, Herr«, sagte sie dann – nicht spöttisch oder unterwürfig, sondern mit einer boshaften Nuance, die er unwillkürlich bewundern musste.

»Unverschämtes Ding!« Er packte ihre Leine und zog sie mit sich.

Er wollte sie nicht bewundern. Er wollte eigentlich gar nichts mit ihr zu tun haben, aber jetzt hatte er sie die gesamte Woche über am Hals. Dunhurst hatte recht. Er war ein Trottel.

Zuerst Dahlia, und jetzt diese hier. Diese bedrängten Jungfrauen, das war seine Achillesferse. Sein Drang, den Retter zu spielen, war die einzige verletzliche Stelle in dem undurchdringlichen Panzer, den er sich in den letzten zwei Jahren zugelegt hatte. Er machte ihn schwach und dumm, und er musste endlich versuchen, ihn zu überwinden.

»O mein Gott!«, sagte sie, als sie hinter einer Wegbiegung das Badehaus erblickte. »Es ist ganz großartig! Wurde es tatsächlich von den Römern erbaut?«

Er seufzte und erwiderte: »Ihr habt nicht die Absicht, den Mund zu halten, oder?«

»Oh, Entschuldigung – ich habe es vergessen.«

»Nun, wenn Ihr es in Gegenwart der falschen Person vergesst, werdet Ihr am Ende noch an jemanden wie Dunhurst versteigert. Und dann kann ich Euch nicht mehr helfen.«

Als sie näher an das Badehaus herankamen, sah Rexton Gilles Bertrand und seine nackte Sklavin, die große, rundlich hübsche Jonquil, die an einem Baum standen und sich umarmten. Jedenfalls glaubte er das, bis er noch näher kam und feststellte, dass Jonquil mit dem Gesicht zum Baum stand und Bertrand hinter ihr sie langsam stieß. Schon wieder ein Geschlechtsakt im Freien – es musste an der guten Luft liegen.

Caroline blickte betont weg, wie sie es schon bei Brummel und Jessamine getan hatte, und er hätte sie für prüde gehalten, wenn sie an den lüsternen Vorgängen am Frühstückstisch nicht so schlecht verborgenes Interesse gezeigt hätte.

»Na, steht Ihr schon unter Schock?«, fragte er und führte sie an der Leine zum Eingang des Badehauses. »Die Woche hat doch gerade erst begonnen.«

»Ich … ich bin nicht schockiert.« Sie wirkte gekränkt.

Rexton schnaubte zweifelnd.

»Nein, wirklich nicht. Ich bin vielleicht nicht so … erfahren wie manche, aber ich bin doch weltgewandter, als Ihr glauben mögt.«

»Sir Charles hat mir erzählt, dass Ihr beinahe in Ohnmacht gefallen seid, als er Euch seine kleine Sammlung von schmutzigen Bildern gezeigt hat.«

Sie errötete und sagte: »Ja, nun, seit damals habe ich mich daran gewöhnt, dass es … in diesen Angelegenheiten verschiedene Geschmäcker und Vorlieben gibt. Aber manche Dinge …« Ohne hinzublicken, wies sie mit dem Kinn in die Richtung von Bertrand und Jonquil. »Es ist einfach nicht normal.«

»An sexueller Lust ist nichts Unnatürliches«, sagte Rexton. »Außer man treibt es mit Tieren.«

»Ein Mann mag ja vielleicht Gefallen an einem solchen Akt finden, aber eine Dame? Ich denke nicht.«

»Ihr denkt zu viel. Habt Ihr nie Eure Vorurteile über Bord geworfen und Euch einfach einer neuen Erfahrung hingegeben …?«

»Wenn es mir falsch vorkommt, nicht«, antwortete sie. »Uns stehen ja nicht ohne Grund die Kräfte der moralischen Beurteilung zur Verfügung.«

»So spricht eine Pfarrerstochter«, murmelte er.

Carolines Nasenflügel zuckten, als sie das Badehaus betraten. »Was ist das für ein süßlicher Geruch?«

»Raucht man in St. Giles kein Opium?«

»Das ist *Opium*?« Sie riss die Augen auf, als sie in den Baderaum trat und sah, was dort vor sich ging.

Auf dem Marmorboden um das Becken lagen Seidenkissen, auf denen sich etwa ein Dutzend Körper räkelten, alle nackt oder so gut wie entkleidet – mit Ausnahme des völlig bekleideten Li Menshang, der mit einem Lacktablett neben dem Eingang zur Höhle saß und eine Spindel, an der eine braune, blubbernde Paste hing, über einer Spirituslampe drehte. Das gekochte Opium drückte er in die Höhlung einer Bambuspfeife, wobei er darauf achten musste, dass es nicht zu kalt wurde und erstarrte. Es war ein komplizierter Vorgang, den auch Rexton erst nach einiger Zeit beherrscht hatte.

Als er fertig war, zog er die Spindel mit einer raschen Drehbewegung heraus und reichte die Pfeife Inigo, der neben ihm lag, Lis Geliebte, Tulip, in den Armen. Inigo war von der Taille aufwärts nackt, und seine Hose war nicht zugeknöpft. Als er leicht die Hüften drehte, sah Rexton, dass sein Schwanz in ihr steckte.

Inigo ergriff die Pfeife und überraschte Rexton, als er Li auf Chinesisch dankte. »*Fei chang gan xie.*«

»*Bie ke qi.*« Li lehnte sich an die Felswand und zog sanft an der Leine seiner eigenen Sklavin, Violet, die bis jetzt an seinen Füßen gelegen und sich träge mit einem Elfenbein-Dildo masturbiert hatte. Ihr Gesichtsausdruck zeigte die gleiche sinnliche Verzückung wie die Miene ihres Herrn, Inigos und Tulips. Die Pfeife ging wahrscheinlich schon eine ganze Weile herum.

»Auf französische Art, bitte«, sagte Li auf Englisch mit schwerem Akzent zu Violet und knöpfte seine Hose auf.

Inigo hatte sich im Jahr zuvor mit Rexton angefreundet. Jetzt nickte er ihm zu. Rexton erwiderte den Gruß, dankbar dafür, dass Inigo durch die Pfeife am Sprechen gehindert wurde. Er konnte sich einfach nicht daran gewöhnen, mit den anderen Männern zu plaudern, während sie sich mit ihren Frauen vergnügten.

»Kann Opium einen Rausch verursachen, wenn man bloß die Luft einatmet, wo es geraucht wird?«, fragte Caroline leise, damit die anderen sie nicht hörten.

»Spürt Ihr es auch?« Rexton fühlte sich benommen, seit er das Badehaus betreten hatte. Aber am Tag zuvor war es ihm schon genauso gegangen, als er noch vor dem Morgengrauen alleine hier gebadet hatte, und da hatte niemand Opium geraucht. Das Gefühl war stärker geworden, als er in die Höhle hineingegangen war, deshalb hatte er nach hundert Metern wieder umgedreht und war zurückgegangen.

Caroline blickte auf die Statuen von Satyr und Nymphe und sagte: »Es kommt mir vor wie in einem fantastischen Traum.«

Rexton nickte. Er schaute dem Rauch von Inigos Pfeife nach, der zum Becken trieb und von dort durch das offene Dach verschwand.

Einige Personen hielten sich im Wasser auf. Dazu gehörten auch Lili, Elle und Rextons alter Bekannter, der Held von Vitoria, Jack Compton, Baron of Cutbridge. Seine Lordschaft stand bis zur Taille im Wasser und beglückte Elle, die sich an den Rand zurückgelehnt und ihre langen Beine um seine Taille geschlungen hatte. Lili stand hinter Cutbridge und bewegte etwas unter Wasser, wahrscheinlich einen der kleinen Dildos aus der Lederkiste, die für den Anus gedacht waren. Zärtlich streichelte sie über Elles Bein, und Elle blickte sie mit einem intimen Lächeln an. Es war Rexton nie in den Sinn gekommen, dass die beiden Frauen lesbisch sein könnten.

Da man ihm gesagt hatte, die Wassertemperatur variiere dramatisch von Tag zu Tag, hockte er sich hin und ließ die Hand hineingleiten. In diesem Augenblick schoss die Erregung wie Mörserfeuer durch ihn hindurch. Sofort bekam er eine Erektion. Zum Glück hatte er heute ein langes Jackett angezogen, das ihn vorn bedeckte. Er hätte es gehasst, wenn er mit einem sichtbaren Ständer hätte herumlaufen müssen, wie es einige dieser geilen Typen in ihren engen Kniehosen taten. Allerdings schien sich niemand etwas dabei zu denken.

Er warf Caroline einen Blick zu. Sie blickte entgeistert von einem entblößten Körper zum nächsten …

»Einen Penny für Eure Gedanken, Miss Kea…« Er blickte sich um. »Rose. Oder ich sollte wahrscheinlich sagen, hunderttausend Guineen.«

Caroline straffte die Schultern und sagte bemüht nonchalant: »Ich habe gerade gedacht, wie beschäftigt hier alle sind, obwohl es doch noch früh am Tag ist.«

Er schmunzelte, schüttelte den Kopf, und sie wandte sich mit einem verlegenen Lächeln ab. Wie war es ihm bei ihrem ersten Treffen vor vierzehn Tagen nur entgangen, wie unglaublich schön sie war? Ja, sicher, sie war völlig durcheinander und ängstlich gewesen, durchnässt und mit wirren Haaren, aber er hätte sich doch am nächsten Tag an ihre großen Augen, ihr zartes Näschen, ihre üppigen Lippen erinnern müssen. Wahrscheinlich war er wieder viel zu betrunken gewesen. Lieber wäre es ihm auf jeden Fall, sie hätte sich nicht die Haare mit Henna gefärbt und sich so stark geschminkt. Denn dass ihre Haare im natürlichen Zustand blond gewesen waren, so blond wie Natalias, daran erinnerte er sich.

Der Gedanke an Natalia riss ihn aus seiner Träumerei.

Caroline blickte ihn ernst an. »Nun, es konnte ja auch unmöglich ewig dauern.«

»Was?«

»Ihr habt gelächelt. Ich habe Euch nie lächeln sehen. Ihr saht aus wie …«

»Wie ein grinsender Idiot?«

»Was? Nein. Nein, natürlich nicht.«

Er *fühlte* sich aber wie ein Idiot. Er hatte sie bestimmt wie ein Schuljunge angestarrt. Er war einfach ein Narr. Nichts hatte sich in den vergangenen zwei Jahren geändert; *er* hatte sich nicht geändert.

Lass sie nicht an dich heran, sagte er sich. Sie ist ein Niemand, eine Flussratte, nur eine von den Huren aus St. Giles, die für den höchsten Bieter die Beine breitmachen. Er sollte besser nicht vergessen, wer sie war, und nicht zulassen, dass sie ihm zu nahe kam.

Er zerrte an ihrer Leine und sagte: »Los, lasst uns hinausgehen. Und von jetzt an haltet Ihr Euren verdammten Mund.«

In der nächsten Nacht schlief Rexton wieder auf dem Balkon, nachdem er eine Stunde lang allein mit seiner Flasche Gin dort gesessen hatte. Und wieder einmal lag Caroline die halbe Nacht lang wach. Ihr ging zu viel durch den Kopf, als dass sie hätte einschlafen können.

»*Von jetzt an haltet Ihr Euren verdammten Mund.*« Das hatte er gesagt, nachdem er sie kurz vorher noch so angelächelt hatte, dass ihr ganz schwindlig geworden war.

Mitten in der Nacht hörte sie ein leises Geräusch von draußen. Sie lag ganz still auf dem Rücken und atmete kaum, um sich darauf zu konzentrieren. Es klang so, als würden Finger schnell über eine Wolldecke reiben.

Langsam und vorsichtig drehte Caroline sich mit dem Gesicht zur Balkontür. Die Nacht war klar, und ihre Augen hatten sich an die Dunkelheit gewöhnt, sodass sie Rexton auf der Liege gut erkennen konnte. Er lag halb sitzend da, weil er zu lang war, um sich ausstrecken zu können. Sie konnte ihn bis zu den Oberschenkeln sehen, um die er die Decke geknüllt hatte. Ansonsten war er nackt. Er hatte die Augen geschlossen, aber sein rechter Arm bewegte sich schnell hin und her, als wenn er sich den Bauch kratzen würde – und er hatte die Hand zur Faust geschlossen. Caroline brauchte nicht lange, um sich vorzustellen, was er darin hielt.

Eigentlich hätte sie die Augen schließen und ihm seine Privatsphäre lassen müssen, aber ihre Aufmerksamkeit war geweckt, und so lag sie ganz still da und beobachtete ihn. Er rieb immer schneller und fester; die Muskeln an seinem Unterarm traten hervor, und seine Hüften hoben sich.

In der linken Hand hielt er etwas Weißes – ein Taschentuch. Er drückte es auf die Spitze seines Glieds, wobei er mit der rechten Hand weiterpumpte. Dann bäumte er sich auf, sein ganzer Körper erschauerte, er stöhnte leise und tief und sank dann zurück in die Kissen. Einen Moment lang lag er schwer atmend da und blickte zum Himmel. Und dann drehte er sich um und blickte zu Caroline.

Sie schloss die Augen und zwang sich dazu, langsam und gleichmäßig zu atmen.

Eine Zeit lang hörte sie keinen Laut, dann seufzte er. Es raschelte leise, und er zog den Korken aus der Flasche.

Lord Rexton hatte wohl seine Gründe, nicht mit ihr zu schlafen, dachte Caroline, aber Impotenz war offensichtlich nicht im Spiel.

7

Am nächsten Morgen kam Caroline nach einem langen, heißen Bad in ihrem pompejanischen *Salle de bain* ins Schlafzimmer. Rexton stand in Hemdsärmeln vor dem Spiegel und band sich seine lange weiße Krawatte. Die fast leere Flasche Gin stand auf der Kommode neben ihm.

David Childe, Lord Rexton, war ein besonders komplizierter Mann – gebildet, aber ausschweifend, skrupellos, aber großzügig, und er sah fast unanständig gut aus. Sie wünschte, er würde sie nicht so faszinieren. Und sie wünschte sich, sie hätte nicht so lange in dem dampfenden, nach Rosen duftenden Badewasser gelegen und in Gedanken sein Bild vor sich gesehen, wie er sich in der vergangenen Nacht selbst Lust verschafft hatte. Nie hätte sie sich vorstellen können, dass sie so etwas erregend finden könnte, aber die bloße Erinnerung daran hatte ihre Leidenschaft aufs Höchste geweckt. Und wenn sie nicht vergessen hätte, die Badezimmertür zu verriegeln, dann hätte sie ihre Lust ebenfalls selbst befriedigt. Aber die Aussicht, dass er jederzeit hereinspazieren könnte, war zu peinlich gewesen.

Er betrachtete sie im Spiegel, und seine Augen leuchteten auf, als er ihre feuchten Haare, ihr frisch gewaschenes Gesicht, das vergoldete Halsband und die Umrisse ihrer Brüste sah, die unter dem Seidengewand nur zu deutlich sichtbar waren. Einen flüchtigen Moment lang sah sie in seinem Blick Hitze aufglimmen, aber sofort wurden seine Augen wieder kalt und undurchsichtig. Schon am Tag zuvor war er die meiste Zeit so gewesen, abgesehen von dem kurzen Augenblick im Badehaus.

»Soll ich meine Kleidung selbst wählen, Mylord?«, fragte sie.

»Habe ich Euch das nicht gesagt? Verdammt!« Er zerrte an dem Knoten, den er gerade geschlungen hatte, löste ihn und warf die Krawatte zu Boden. »Mist!«

Seit gestern Nachmittag fluchte er ständig in ihrer Gegenwart, als ob er sie auf einmal nicht mehr als Dame, sondern als Schlampe ansähe.

Caroline hob die Krawatte auf und faltete sie, während Rexton, der sich die Hände an die Schläfen presste, erregt im Zimmer auf und ab marschierte.

»Habt Ihr Kopfschmerzen, Mylord?«

»Nein. Und ich kann mich nicht erinnern, Euch die Erlaubnis zum Sprechen gegeben zu haben.«

Seit gestern durfte sie noch nicht einmal eine Frage an ihn richten, wenn sie allein waren.

Er sank in einen roten Ledersessel und rieb sich mit den Händen übers Gesicht. Vielleicht würde sich seine Laune ja bessern, wenn sie ihm sagte, was ihr schon seit dem Aufwachen heute früh durch den Kopf ging.

»Mylord, wenn ich vielleicht …«

»Haltet den Mund!« Er erhob sich und trat auf sie zu. Wütend drängte er sie gegen einen der Bettpfosten und brüllte sie an: »Könnt Ihr nicht ein einziges Mal den Mund halten?«

Sag es. Sag es einfach. Es wird ihm helfen. »Ich wollte Euch nur danken«, sagte sie mit zitternder Stimme und zerknüllte die Krawatte zwischen den Fingern.

Er blickte sie an, als ob sie geisteskrank wäre. »Wofür?«

»Ich weiß, dass Ihr mich aus Freundlichkeit gekauft habt, damit Lord Dunhurst mich nicht bekommt.«

»Ist Euch nie in den Sinn gekommen, dass er vielleicht recht gehabt hat, als er mich beschuldigt hat, Euch gekauft zu haben, um ihn zu ärgern?«

Sie schüttelte den Kopf, der seltsam wackelig auf ihrem Hals saß; ihre Hände zitterten. »Ihr habt es für mich getan. Die Leute sollen denken, dass Ihr kalt und unfreundlich seid, aber Ihr könnt Eure wahre Natur nicht verbergen. Ihr habt ein gutes Herz, ein mitfühlendes Herz.«

»Ich habe nur dieses Herz«, sagte er und hielt den herzförmigen Anhänger hoch, der an der Kette um seinen Hals hing. »Und mehr Herz will ich auch gar nicht. Wenn Ihr etwas anderes denkt, seid Ihr eine Närrin.«

»Dann bin ich eben eine Närrin. Aber ich weiß, was hier drin ist.« Sie drückte ihm die Hand auf die Brust. »Ich spüre es schlagen. Es ist der lebendigste Teil von Euch.«

»Könnt Ihr das auch fühlen?« Er zog ihre Hand nach unten und legte sie auf der Hose über sein Glied. »Das ist wesentlich realer und lebendiger als der Fleischklumpen in meiner Brust.«

Caroline versuchte, ihre Hand wegzuziehen, aber er hielt sie fest. Er drückte sie fester auf sein Glied, das wuchs und steifer wurde, während er sich mit ihrer Hand rieb. Sie wandte den Kopf ab und schloss die Augen. Sie wollte nicht an das denken, was sie tat, was er sie zu tun zwang – aber es erregte sie so sehr, dass es ihr den Atem raubte.

Rexton ergriff ihr Kinn und zog ihren Kopf zu sich. Sie öffnete die Augen. Seine Augen waren dicht vor ihr, so schwarz und hungrig, als hätten sie den Tag ausgelöscht und es wäre auf einmal finsterste Nacht.

Er sagte: »Ich bin nicht der, für den Ihr mich haltet. Und je eher Ihr das begreift, desto besser ist es für Euch.«

Er griff nach dem Gürtel, der ihr Gewand zusammenhielt.

Verwirrt versuchte sie instinktiv, ihn wegzuschieben, aber Rexton packte ihre Hände, zog sie über ihren Kopf und fesselte sie mit den Handschellen an den Bettpfosten.

Er löste den Gürtel und riss ihr das Gewand auseinander. Nackt und entblößt stand sie vor ihm. Mit einer Hand knetete er eine Brust, mit der anderen öffnete er seine Hose. Ihr Geschlecht pochte heftig, und sie empfand es, genau wie bei der Sklaveninspektion, als Erleichterung, gefesselt zu sein. Das hier würde mit oder ohne ihr Zutun geschehen; sie konnte nichts dagegen machen.

»Sagt mir, dass ich aufhören soll.« Er drängte sie an den Bettpfosten. Seine Erektion drückte sich wie ein stählerner Schaft gegen ihren Bauch.

O Gott, hör nicht auf, dachte sie. Am liebsten hätte sie sich an ihm gerieben. *Hör nicht auf. Hör nicht auf.*

»Ihr habt mich gekauft, Mylord«, sagte sie zitternd. »Ihr könnt mit mir tun, was Ihr wollt.«

»Was wollt *Ihr* denn?«

»Ich … ich habe keine Wünsche.«

Er ließ die Hand über ihren Bauch nach unten gleiten. Sie zog scharf die Luft ein, als er einen Finger zwischen ihre Schamlippen schob und an dem heißen Fleisch entlangrieb. Unwillkürlich zuckte sie mit den Hüften.

»Ich glaube, Ihr habt doch Wünsche«, murmelte er, während er sie streichelte. »Dunkle Wünsche, die Ihr Euch nicht einmal selbst eingesteht. Ihr spielt lieber die Sklavin, als es zuzugeben. Habe ich recht, Miss Keating?«

»Ich …« Darüber hatte sie noch gar nicht nachgedacht. Im Moment reagierte sie bloß.

»Antwortet mir!« Er hob sie hoch, sodass sein Glied zwischen ihre Beine drang. »Ihr wollt, dass ich Euch nehme, dass ich Euch wie eine Sklavin benutze. Ist es nicht so? *Antwortet mir!*«

Dass er ihr das antat – und sie ihn so nahe kommen ließ.

»Ich höre kein empörtes Leugnen, oder? Nun, wenn Ihr meine Sklavin seid, wäre ich Euer Gebieter, nicht wahr?«

»Bitte, Mylord. B-bitte, ich …«

Er drückte die breite, glatte Spitze seines Schwanzes leicht gegen ihre Öffnung. »Soll ich Euch ficken, Sklavin?«

Sie wollte es nicht nur, sie brauchte es. Das Verlangen danach verzehrte sie.

»*Sagt es*«, befahl er.

»Bitte, zwingt mich nicht dazu. Bitte nicht!«

»Das ist mir Antwort genug.« Fest stieß er in sie hinein, mit einem glatten Stoß. Sie schrie auf, als er sie in Besitz nahm.

Sie erwiderte seine tiefen Stöße, und ihre Hüften bogen sich ihm entgegen. Ein leises, wildes Grollen entrang sich seiner Brust.

»Seht mich nicht an«, keuchte er.

Sie wandte den Kopf ab. »Ja, Myl…«

»Sprecht nicht mit mir. Gebt keinen Laut von Euch.«

Sie biss sich auf die Lippen, um nicht vor Lust zu stöhnen … Das erzwungene Schweigen schien ihren Höhepunkt noch zu verstärken, und als die Klimax sie überwältigte, schrie sie laut auf.

Auch er stieß einen rauen Schrei aus, und seine Finger bohrten sich schmerzhaft in ihr Fleisch. Er pumpte seinen Samen in sie hinein, und schließlich sank er erschöpft gegen sie. Seine Haare klebten feucht an seiner Stirn, und sein Atem ging keuchend, als sei er zu schnell gerannt. Ein leises Stöhnen entrang sich ihm, und Caroline hatte das Gefühl, dass es traurig klang.

Schließlich richtete er sich auf und blickte sie an. Rasch wandte er den Blick wieder ab, aber das unverhüllte Elend, das darin lag, weckte Carolines Mitleid, obwohl er sie so behandelte.

Als er sich von ihr löste, kam es ihr so vor, als risse er ihr das Innerste heraus. Er knöpfte seine Hose zu, zog eine graue, zweireihige Weste über sein Hemd, wusch sich das Gesicht und kämmte sich die Haare. Erst dann öffnete er ihre Handschellen, sodass sie die Arme senken konnte.

Caroline zog ihr Tuch fest um sich und knotete den Gürtel wieder zu. Rexton band sich die Krawatte, was ihm dieses Mal auf Anhieb gelang, schlüpfte in sein Jackett und ging zur Tür. »Ich gehe frühstücken. Wenn ich wiederkomme, solltet Ihr angezogen sein.«

Er öffnete die Tür und stand einen Moment lang mit dem Rücken zu ihr da, die Hand auf dem Türknauf. »Zieht das Spitzenhemd an. Nichts darunter.«

Als er die Tür hinter sich zuschlug, kam es Caroline so vor wie ein Schlag in den Magen. Sie hörte, wie sich der Schlüssel im Schloss drehte.

8

Heute spielen wir Blindekuh«, verkündete Mr. Llewellyn beim Nachmittagstee im *Salon Bleu.* »Alle sind herzlich eingeladen, aber ich möchte darauf hinweisen, dass jede Sklavin, die teilnimmt, während des Zeitvertreibs von einem oder mehreren Gentlemen benutzt werden kann. Teilnehmende Sklavinnen müssen daher das schwarze Herz tragen, um ihre Verfügbarkeit anzuzeigen. Sie müssen auch unbekleidet sein, dürfen jedoch Strümpfe, Schuhe und Handschuhe anbehalten, wenn es Euch gefällt.«

Aus den Augenwinkeln sah Rexton, der es sich mit einer Zigarre und einem Glas Cognac auf einem blauen Sessel bequem gemacht hatte, wie Caroline, die mit den Händen hinter dem Nacken auf dem Boden saß, ihm einen verstohlenen Blick zuwarf. Er ignorierte sie. Sollte sie sich ruhig einen Augenblick lang ängstigen. Llewellyns nachmittägliche Spielchen arteten immer in Orgien aus, und es war Carolines größte Angst, dass sie anderen Männern zu Willen sein musste.

Zwei Tage zuvor – es war der Nachmittag ihres zweiten Tages als Herr und Sklavin – waren sie an einer Sklavin mit Kapuze vorbeigekommen, die mit dem schwarzen Herz um den Hals an einen Bogen im Garten angebunden war. Zwei Männer nahmen sie von hinten und von vorn, während ein dritter vor ihr kniete und sie mit harten, schnellen Stößen in den Mund fickte. Der Mann, der auf ihr lag, schlug ihr bei jedem Stoß auf den Hintern, der unter ihr knetete ihre Brüste wie

Teig. Vier andere Männer standen um sie herum und streichelten sich, während sie darauf warteten, dass sie an die Reihe kamen.

»Mylord!«, hatte Caroline ausgerufen, obwohl ihr strengstens verboten war zu sprechen. »Tut etwas! Zwingt sie aufzuhören!«

»Das kann ich nicht. Es sieht nicht so aus, als ob sie sie missbrauchen.«

»Das ist kein Missbrauch?« Sie zitterte am ganzen Leib.

»Sie hat dieser Behandlung zugestimmt, als sie den Sklavenvertrag unterschrieben hat – wie Ihr auch.«

»Ja, aber mir war nicht klar, dass es so … so …« Sie schüttelte den Kopf, weil ihr anscheinend die Worte fehlten. »Ich mag mir gar nicht vorstellen, was die arme Frau durchmacht.«

»Wenn ich mich nicht irre, ist sie im Himmel«, erwiderte Rexton. »Das ist Lady Beckinridge. Narcissa«, fügte er hinzu, als er Carolines verwirrten Blick sah. Ihren Alabasterkörper würde er überall wiedererkennen. »Ich weiß zufällig, dass sie es gern grob hat – sehr grob. Es würde mich nicht überraschen, wenn sie ausdrücklich darum gebeten hätte.«

»Das kann ich mir nicht vorstellen.«

»Oh, seht doch«, hatte Rexton nur geantwortet. »Ich glaube, sie kommt gerade.«

Abgesehen vom Verkehr mit mehreren Männern gleichzeitig fürchtete Caroline sich am meisten vor Analverkehr. Ansonsten schien es keine sexuellen Aktivitäten zu geben, die ihr wirklich zuwider waren. Im Verlauf der letzten drei Tage hatte er so ziemlich alle Akte mit ihr durchprobiert, die die meisten Männer nur in ihren dunkelsten Fantasien erleben.

Er hatte freizügigen Gebrauch vom Inhalt der schwarzen Lederkiste gemacht sowie alle Befehle angewendet, denen zu gehorchen sie gelernt hatte. Am Abend des Tages, als er sie am Bettpfosten gefickt hatte, hatte er ihr nach dem Abendessen befohlen, sich auszuziehen und eine Decke über das Bett zu legen. »Ich will schließlich nicht den schönen Überwurf ruinieren.« Er gab seine Befehle in ruhigem Tonfall, und sie gehorchte widerspruchslos, obwohl sie sich nur widerwillig entkleidete. Ihre Scham war allerdings absurd. Sie hatte einen wundervollen Körper, mit schmaler Taille und vollen, hoch angesetzten Brüsten. »Legt Euch hin«, befahl er und zeigte aufs Bett.

Als sie mit gespreizten Beinen auf dem Rücken lag, nahm er vier Ketten und vier Vorhängeschlösser aus der Lederkiste und fesselte sie an Händen und Füßen an die Bettpfosten. Auf einem Silbertablett ordnete er ein paar sorgfältig ausgewählte Gegenstände an – den Schildpatt-Dildo, einen Schwanzring aus Elfenbein, Nippelklemmen und Olivenöl. Das Tablett stellte er zwischen ihren gespreizten Beinen ab, dann zog er sich aus und wusch sich. Er ließ sich Zeit dabei, während sie zitternd dalag. Das Zittern machte ihm nichts aus, aber da sie ihm dauernd mit nervösen Blicken folgte, verband er ihr die Augen mit einer schwarzen Seidenkrawatte, bevor er die Flasche Öl entkorkte. Jetzt zitterte sie erst recht – bis sie entdeckte, dass alles, was ihm Lust bereitete, auch ihr guttat.

Sie schliefen mittlerweile beide im großen Bett, aber bis sie eingeschlafen war, saß er auf dem Balkon und betrank sich, bis auch er Schlaf fand. Wenn er dann mitten in der Nacht aufwachte, immer mit aufgepflanztem Bajonett, trotz seiner Trunkenheit, drehte er sie auf den Rücken oder häufiger noch auf den Bauch und nahm sie – in der vergangenen Nacht hatte er sich jedoch einfach nur auf sie gesetzt und ihr seinen Schwanz in den Mund geschoben.

Sie hielt ihn in einem Zustand ständiger Erregung. Er nahm sie drei-,vier-,fünfmal am Tag, im Badehaus, im Wald und in verschiedenen Räumen des Schlosses. Nur in Gegenwart anderer hatte er noch nie mit ihr geschlafen. Zweimal hatte er ihr befohlen, sich hinzuknien und ihn durch die Öffnung der schwarzen Samthaube mit dem Mund zu befriedigen. Oft fesselte er sie mit Lederbändern oder Ketten, und fast immer verband er ihr die Augen, außer, wenn er sie von hinten nahm.

Bei keiner Gelegenheit hatte Caroline sich ihm verweigert. Als sie sich erst einmal mit der Rolle als Sklavin abgefunden hatte – und er mit seiner Rolle als Gebieter –, hatte sie anscheinend auch ihre Skrupel und Hemmungen hinter sich gelassen. Sie reagierte auf seine sexuellen Forderungen mit einem Enthusiasmus, den Rexton erregend fand – der ihn allerdings auch nervös machte. Beinahe kam es ihm so vor, als könne sie sein Verlangen im Voraus spüren, fühlen, was er fühlte, und genauso sein, wie er sie haben wollte. Er hätte ihr Verhalten für blinden Gehorsam gehalten, aber dafür war sie zu klug, auch wenn sie sich wie die perfekte Sklavin benahm.

Ihre Beziehung wurde immer intimer und komplexer, und das war das Problem. Eine Beziehung wollte Rexton auf keinen Fall, und schon gar nicht mit einer Frau, um die all seine Gedanken kreisten.

Er hatte das Gefühl, die Kontrolle zu verlieren, und das gefiel ihm nicht. In den letzten beiden Tagen hatte er sie unter den lächerlichsten Vorwänden misshandelt, in der Hoffnung, die Vertrautheit zwischen ihnen zu zerstören.

Gestern Abend hatte er ihr befohlen »Warte« und war nach unten zum Abendessen gegangen. Als er zurückkam und sie nicht mehr in der vornübergebeugten Haltung vorfand, hatte er sie übers Knie gelegt und ihr ihren hübschen kleinen Hintern versohlt, bis sie beide kurz vor dem Orgasmus standen. Sie flehte ihn an, sie zu ficken, aber um ihre Strafe zu verlängern, hatte er sich geweigert. Stattdessen hatte er ihr befohlen, sich hinzuknien, und ihr die Handgelenke an die Knöchel gekettet. Dann hatte er masturbiert und auf ihren Rücken abgespritzt. So hatte er sie liegen lassen, während er zu den anderen

Männern zurückgekehrt war, um mit ihnen bis nach Mitternacht Whist zu spielen.

»Unser Blindekuh-Spiel ist ein wenig anders als der Zeitvertreib, den wir alle aus der Kindheit kennen«, sagte Mr. Llewellyn, während einige Lakaien alle Möbel im großen Raum an die Wand rückten. »In unserer Version ist der Spieler mit den verbundenen Augen immer einer der Gentlemen. Die Sklavinnen sind seine Beute, und sie haben die ausdrückliche Erlaubnis, ihm zu entwischen. Jeder Gentleman wird versuchen, eine andere Sklavin als seine eigene zu fangen, und diese muss er dann mit Mitteln seiner Wahl identifizieren.«

Rexton warf Caroline einen Blick zu und betastete lässig sein schwarzes Herz. Sie hielt ihren Blick auf Mr. Llewellyn gerichtet, da Rexton ihr beigebracht hatte, ihn nie direkt anzusehen. Aber er wusste, dass sie sein Verhalten bemerkte. Sie fragte sich bestimmt, ob er ihr gleich befehlen würde, sich in der Öffentlichkeit zu entkleiden und von den anderen Männern anfassen zu lassen.

Er hatte sie noch nie gezwungen, sich nackt vor anderen zu zeigen, obwohl seiner Meinung nach die Kleidung, die er für sie aussuchte, viel provokativer war als einfache Nacktheit. An diesem Nachmittag trug sie obenherum nichts als zahlreiche Ketten aus falschen Perlen und Diamanten, die ihre Brüste mehr oder weniger verdeckten. Von der Taille abwärts trug sie eine durchsichtige schwarze Hose aus Netzstoff, die geschnitten war wie eine Unterhose. Im Schritt war sie geschlitzt, allerdings nicht offen, sondern mit kleinen schwarzen Jett-Kugelknöpfen besetzt.

»Die Sklavinnen dürfen zu keiner Zeit während dieses Spiels sprechen«, fuhr Mr. Llewellyn fort, »auch nicht, wenn ihnen direkte Fragen gestellt werden. Wie ich bereits sagte, darf eine Sklavin sich aller ihr zur Verfügung stehenden Mittel bedienen, um zu entwischen, aber wenn der Gentleman mit den verbundenen Augen sie erst einmal berührt hat, muss sie sich sofort ergeben und jedem seiner Befehle gehorchen. Er hat zehn Minuten Zeit, um seine Beute mit Namen zu identifizieren – zehn Minuten und nicht mehr. Um das Spiel ein wenig interessanter zu machen, wird der Name jedes Gentlemans, der innerhalb der geforderten zehn Minuten den Namen der Sklavin errät, in einen Hut gegeben. Nach dem Abendessen werde ich einen dieser Namen wählen, und dieser glückliche Gentleman wird die gesamte Schar der teilnehmenden Sklavinnen zwei Stunden lang nach dem Abendessen als seinen privaten Harem zur Verfügung haben.«

Erregtes Murmeln war zu vernehmen, als die Männer untereinander Wetten abschlossen, wer wohl der glückliche Sultan sein würde.

Llewellyn hielt seine Taschenuhr hoch und sagte: »Ich werde die Zeit nehmen. Das Spiel ist vorbei, wenn jeder Gentleman einmal an der Reihe war. Und jetzt bitte ich die teilnehmenden Sklavinnen, sich aller Kleidung zu entledigen und mitten in den Raum zu treten.«

»Rose«, sagte Rexton. Wenn sie allein waren, nannte er sie immer noch »Miss Keating«, und sie redete ihn mit seinem Titel an. Das war ihm lieber, als sich hinter einer falschen Identität zu verstecken.

Sie blickte auf, wandte aber den Blick sofort wieder ab. »Ja, Herr«, antwortete sie mit leicht zitternder Stimme.

»Komm.« Er stellte sein Glas ab und klopfte auf sein Knie. Erleichtert sprang sie auf und setzte sich auf seinen Schoß. Er zog sie an die Brust, und sie schmiegte sich an ihn, den Kopf auf seiner Schulter. Die einzige Sklavin, die außer ihr ebenfalls nicht teilnahm, war Elle, die auf einer Seidencouch neben Jack Compton, Lord Cutbridge, saß. Lili lag, mit dem Kopf in seinem Schoß, auf der anderen Seite. Lili hatte sich gegen eine nochmalige Versteigerung entschieden und stattdessen eine

Ménage à trois mit Cutbridge und Elle gebildet, um die die anderen Männer ihn alle beneideten.

Der Mann, der das Pikass zog, war zum Jubel aller alleinstehenden Gentlemen Sir Edmund Bryde. Sein Freund, Dunhurst, sprach ihm Mut zu, als man ihm die Augen verband.

Dunhurst durfte an keinem Spiel mehr teilnehmen und auch keine Wetten abschließen. Er hatte beim Sklavenrennen vor zwei Tagen tausend Pfund auf die große, kräftige Saffron gesetzt, aber da Thomas Quirk sie gezwungen hatte, in viel zu großen Männerstiefeln zu laufen, war sie nur Vierte geworden. Dunhurst hatte schon seinen albernen Spazierstock gehoben, um damit auf das arme Mädchen einzuprügeln, aber sie war zu schnell für ihn und wich ihm aus. Trotzdem regte sich Quirk maßlos über Dunhursts Benehmen auf und bat Rexton, Dunhurst von allen weiteren Aktivitäten auszuschließen. Rexton hatte ihm den Wunsch nur allzu gerne gewährt.

Bryde schwankte auf die Mitte des Raums zu, die Arme vor sich gestreckt, während die Sklavinnen fast übereinanderpurzelten, um ihm zu entkommen. Ein paar Männer begannen, Hinweise zu rufen. »Etwa zwei Meter vor dir, Eddie.« »Mehr nach links.« »Direkt hinter dir!« Bryde drehte sich um und griff in Iris' kupferfarbene Mähne.

Sein Publikum jubelte und applaudierte, als er ihren Hintern tätschelte und ihre Brüste knetete. »Wer zum Teufel bist du?«, fragte er, aber sie durfte ihm natürlich nicht antworten. Sein Schwanz war mittlerweile so steif geworden, dass man befürchten musste, er würde den Stoff der Hose durchstoßen.

»Du bist ein schlankes Ding«, stellte er fest, »also könntest du Angelique sein. Wenn das stimmt, müsstest du ein nettes, festes, nasses Loch haben. Ich habe gehört, wie dein Herr dein Loblied gesungen hat. Wir werden mal sehen. Knie nieder – mit dem Rücken zu mir.«

Sie ließ sich auf den Boden nieder, mit der Wange auf dem

Teppich, die Hände hinter dem Kopf und den runden, kleinen Hintern hochgereckt. Sir Edmund hockte sich ebenfalls hin und tastete sie ab, bis er ihre Spalte fand, die er nachdenklich erkundete.

Rexton schob Caroline ein bisschen zur Seite, damit sie nicht so auf seine eigene Erektion drückte. Ihr Atem ging schneller, und schon zeichnete sich die Röte der Erregung auf ihrer Brust ab. Er legte eine Hand auf ihr Geschlecht, das sich durch den dünnen Stoff der Hose heiß und geschwollen anfühlte.

Sie erstarrte, als ob sie aufstehen wolle. Er legte ihr den Arm um die Taille, um sie daran zu hindern. Sie hatte sich daran gewöhnt, dass er sie so berührte, dass die anderen es nicht sehen konnten – aber im Moment achtete sowieso niemand auf sie. »Schscht.« Er streichelte sie langsam, als sei sie ein Haustier, das er beruhigen müsse. Der Kontrast zwischen den kühlen Jett-Perlen und ihrem warmen Fleisch war wundervoll.

»Du wirst ganz schön schnell nass, das muss ich ja sagen«, meinte Sir Edmund zu Iris. »Aber was die Größe angeht, nun ja, das kann man nur auf eine Art messen.«

Die anderen Männer applaudierten, als er seinen steifen Schwanz aus der Hose holte und in sie eindrang.

»Fünf Minuten, Sir«, sagte Mr. Llewellyn und schaute auf die Uhr.

»Na, was sagst du, Eddie?«, rief einer. »Ist es Angelique, bei der du Maß nimmst, oder eine von den anderen?«

»Schwer zu sagen«, antwortete Sir Edmund ein wenig außer Atem. Er packte ihre Hüften und stieß langsam in sie hinein. »Vielleicht erkenne ich sie ja an der Stimme, wenn sie kommt. Ist Angelique eher der laute Typ, Soames?«

»Das musst du schon selbst herausfinden«, erwiderte Soames. Anscheinend wollte er Sir Edmund in die Irre führen.

Sir Edmund beugte sich vor und griff Iris zwischen die Beine. Sie stöhnte auf und bog sich ihm entgegen.

Carolines Hose war bereits durchweicht, wo Rexton sie streichelte; sie bebte am ganzen Körper. Es lag an den kleinen Jett-Perlenknöpfen, die über ihre Klitoris rieben, dass sie so schnell so erregt war – daran und natürlich auch am Geschehen im Zimmer.

Als Iris zum Höhepunkt kam, hatte auch Caroline einen Orgasmus, aber während Iris sich zur Freude der Zuschauer aufbäumte und ziemlich theatralisch aufschrie, bemühte sich Caroline, keinen Laut von sich zu geben. Sie erschauerte, drückte ihren Kopf fest an seine Schulter und grub die Finger in die Sessellehne.

Sir Edmund zog sich stöhnend aus Iris zurück, rieb seinen Schwanz und spritzte auf sie ab. In die Sklavin eines anderen Mannes zu ejakulieren galt als unfein.

Als er seine Hose wieder zuknöpfte, sagte er: »Du bist gar nicht Angelique, was? Ich habe sie schon mal kommen hören, und sie redete dabei Französisch. Ich wette, du bist Iris.« Er zog seine Augenbinde ab und jauchzte vor Freude, als er sah, dass er richtig geraten hatte. »Legt meinen Namen in den Hut, Llewellyn. Wer ist der Nächste?«, fragte er und hielt die Augenbinde hoch.

Inigo kam als Nächster an die Reihe. Die Sklavinnen schubsten einander zur Seite, vor lauter Eifer, von ihm gefangen zu werden.

Rexton hielt die erschöpfte Caroline in den Armen. Und als er sich dabei ertappte, wie er geistesabwesend seine Wange an ihren Haaren rieb, verzog er das Gesicht. Du liebe Güte, sie war eine Sklavin, keine Geliebte.

Er schob sie von seinem Schoß und ergriff die Leine. »Lass uns gehen.«

Als sie in ihrem Zimmer waren, begann Rexton, sich Reitkleidung anzuziehen, und befahl auch Caroline, das Gleiche zu tun. Das Reitkleid, das ihr zur Verfügung gestellt worden war und das aus einem Spenzer aus hellblauem Seidentwill über einem Kleid mit weitem Rock aus dem gleichen Stoff bestand, hatte sie bisher noch nicht getragen. Sie hatte es zunächst für seltsam konservativ gehalten neben all den unanständig durchsichtigen Sachen, die im Kleiderschrank hingen – aber dann nahm sie die Jacke vom Bügel und sah zum ersten Mal das Kleid richtig.

Der Ausschnitt, der wie Kragen und Ärmel der Jacke mit dicken Goldzöpfen eingefasst war, war nicht nur tief; er ließ den Busen völlig frei, sodass er ganz zu sehen war. Caroline schlüpfte mit dem Rücken zu Rexton in das Kleid und zog schnell die Jacke darüber, die mit großen goldenen Knöpfen doppelreihig geknöpft war.

»Dreh dich um«, sagte er.

Sie gehorchte. Er sah äußerst attraktiv und sportlich aus, mit seiner ledernen Reithose, rehbrauner Weste und dunkelbrauner Reitjacke. Caroline war fast dankbar dafür, dass sie ihn nicht direkt ansehen durfte, denn sonst hätte er sofort die Bewunderung in ihrem Blick gesehen.

Aber was zwischen ihnen beiden passierte, hatte nichts mit Bewunderung oder Zuneigung zu tun. Sie war sein Besitz, mehr nicht, etwas, das er benutzen und am Ende der Woche wegwerfen konnte. Sie hätte nie geglaubt, dass dieses Arrangement ihr genauso gut gefallen würde, wie es ihm zu gefallen schien. Rexton hatte recht gehabt, als er ihr vorgeworfen hatte, sie würde das Sklavenspiel als Vorwand nehmen, weil sie zu feige war, ihr »dunkles Verlangen« zuzugeben. Als Sklavin jedoch konnte sie dieses Verlangen befriedigen, ohne es als ihr eigenes anerkennen zu müssen.

Er musterte sie von oben bis unten, dann zog er ein weißes Halstuch aus seiner Truhe und reichte es ihr. »So etwas tragen Damen für gewöhnlich beim Reiten. Und ich hoffe, es sind passende Stiefel und Handschuhe dort drin – und ein Biberhut.«

»Ja, es ist alles da.« Sie stand vor dem Spiegel und bemühte sich vergeblich, den Krawattenknoten zu binden. Schließlich trat er hinter sie und machte es.

»Ein Jagdknoten wird am besten sein«, sagte er und schlang das gestärkte weiße Leinen um ihren Hals über das Sklavenhalsband. Dann schob er ein Ende unter ihr Jackett und strich es glatt. Erstaunt hielt er inne, als seine Hand ihre linke Brust umfasste. Liebkosend glitten seine Finger über die nackte Haut, und ihre Nippel richteten sich sofort auf.

»Was für ein interessantes Kleidungsstück«, murmelte er. Ihre Blicke begegneten sich flüchtig im Spiegel, aber beide schauten rasch wieder weg. »Und wie ungezogen von Euch, Miss Keating, dass Ihr versucht habt, mir dieses spezielle Detail zu verbergen.« Vorwurfsvoll kniff er in ihren Nippel, und sie keuchte auf. »Das war nicht richtig von Euch. Das wisst Ihr, oder?«

»Ja, Mylord.«

»Alles, was Ihr tut oder sagt, tragt oder denkt, wird von mir beherrscht«, sagte er. »Offensichtlich habt Ihr das jedoch einen Moment lang vergessen. Ich glaube, Ihr müsst wieder daran erinnert werden, wer Euer Herr ist.«

Er ging mit einem Paar hoher Reitstiefel auf den Balkon hinaus und setzte sich auf die Liege, um sie anzuziehen. Caroline schnürte ihre Stiefelchen und fragte sich halb ängstlich, halb voller Vorfreude, was er wohl mit ihr vorhatte.

»Öffnet die schwarze Kiste«, befahl er ihr, »und holt den Gummi-Dildo und die Dose mit Cold Creme. Oh, und das Rin-no-tama, diese kleinen Stahlkugeln. Bringt sie hier heraus.«

9

Carolines Eingeweide krampften sich zusammen, als er den doppelten Gummi-Dildo erwähnte, aber sie gehorchte Rextons Befehl. Die Kugeln schienen hohl zu sein, mit etwas, das darin herumrollte und ein klimperndes Geräusch machte.

»Ich nehme das Rin-no-tama«, erklärte er und streckte die Hand aus. »Ihr öffnet die Cremedose und fettet den dünneren der beiden Phalli ein. Und nehmt reichlich. Je mehr Ihr nehmt, desto leichter wird es für Euch.«

Da sich Caroline an das erinnerte, was sie in der ersten Nacht bei Lili und Dunhurst gesehen hatte, gehorchte sie ohne Zögern und ergriff das Objekt.

Er nahm es ihr aus der Hand. »Legt Euch über meinen Schoß.«

Caroline tat, was er sagte, und reckte ihm ihren Hintern entgegen.

Als ob er ihre Gedanken lesen könnte, sagte er: »Ich werde Euch dieses Mal nicht den Hintern versohlen. Das scheint Euch zu gefallen, und ich möchte die Angelegenheit nicht zu lustvoll für Euch machen.«

Er schob ihr den Rock hoch und warf ihn ihr einfach über den Kopf, sodass sie nichts mehr sehen konnte. »Spreizt Eure Beine«, befahl er und zog den Schritt ihres Seidenhöschens so weit auseinander, dass ihr Hinterteil völlig entblößt war.

Sie spürte seine Fingerspitzen am Eingang zu ihrem Geschlecht, und dann glitt etwas Kühles, Glattes in sie hinein –

eine der Stahlkugeln. Die andere folgte. Schwer und warm lagen sie in ihr.

»Ihr behaltet sie drin, bis ich sie wieder entferne«, erklärte er. »Kneift die Backen zusammen, wenn es sein muss.«

Sie erstarrte, als er ihre Pobacken auseinanderzog. Sie wusste, was jetzt kam, aber bisher hatte er sie noch nie dort berührt, geschweige denn etwas hineingeschoben.

»Ja, ich weiß, Ihr wollt das nicht«, sagte er. »Aber genau darum geht es ja.«

Die Spitze des eingefetteten Phallus drückte sich an ihren Anus, während der größere Phallus in ihr Geschlecht hineinrutschte. Er versetzte dem Dildo einen Stoß, und Caroline zuckte zusammen, als beide Phalli in ihre Öffnungen eindrangen. Der kleinere war nicht dicker als der Daumen eines Mannes, aber er fühlte sich massiv und falsch an.

Rexton sagte: »Entspannt Euch, Miss Keating. Das Schlimmste ist vorüber.«

Langsam arbeitete er den Dildo weiter hinein, bis beide Phalli tief in ihr drin waren. Der größere in ihrer Vagina drückte gegen die Stahlkugeln und erzeugte einen Druck, der sie intensiv erregte. Rexton beschleunigte das Tempo nicht, mit quälender Langsamkeit bewegte er den Dildo hin und her, bis sie sich ihm keuchend entgegenstemmte.

Er zog das teuflische Instrument heraus. »Dieses Mal nicht«, sagte er. »Das war nur eine Demonstration – beziehungsweise der erste Teil davon. Ich werde genau das mit Euch tun, was ich tun möchte. Was Ihr wollt, interessiert mich nicht im Geringsten.« Er zog ihren Rock wieder herunter und hob sie von seinem Schoß. »Setzt den Hut auf, und zieht die Handschuhe an, Miss Keating. Wir machen einen Ausritt.«

Der erste Teil davon.

Caroline dachte über dieses Versprechen – oder die Drohung – nach, während sie mit Rexton einen Waldweg entlangritt. Sie saß vor ihm im Sattel, auf dem ruhigsten Wallach, den der Stall besaß.

Sie brauchte nicht lange nachzudenken. Sie waren erst kurz auf dem schattigen Weg unterwegs, als sie spürte, dass er hinter ihr seine Reithose aufknöpfte. Erregung stieg in ihr auf; jetzt würde sie endlich die heiße Lust befriedigen können, die sie im Griff hielt. Es lag an diesen Kugeln, die bei jedem Schritt, den das Pferd machte, vibrierten. Die Wirkung war außergewöhnlich, und sie stand schon die ganze Zeit kurz vor dem Orgasmus.

Rexton sagte: »Nehmt die Zügel, Miss Keating, aber zieht nicht daran. Sébastien schwört zwar, dass das Biest nur dem Pfad folgt, aber wir brauchen es ja nicht herauszufordern, oder?«

»Nein, Mylord.«

»Er mag Euch.«

Darauf wäre Caroline keine Antwort eingefallen, selbst wenn sie etwas hätte sagen dürfen.

»Während er das Pferd gesattelt hat, hat er mir zugeflüstert, ich sei ein glücklicher Mann, weil Ihr die schönste von allen Sklavinnen seid.«

Es überraschte Caroline, dass der schweigsame Sébastien so etwas gesagt haben sollte. Der junge Stallbursche, der kein Englisch konnte, hatte kaum ein Wort von sich gegeben, als sie und Rexton in den Stall gekommen waren. Er war kräftig gebaut, fast so groß wie Rexton und sah auf seine grobe, ruhige Art nicht schlecht aus. Wenn er, wie der Viscount, Reitkleidung und Ziegenlederhandschuhe getragen hätte, wäre er ohne Weiteres als Gentleman durchgegangen, aber an der Kleidung erkannte man eben einen Mann: Er trug eine grobe Jacke aus handgesponnener Wolle und fingerlose Arbeitshandschuhe aus Leder, die ein Gentleman nie anlegen würde.

»Stellt Euch in den Steigbügeln auf«, sagte Rexton.

Mit klopfendem Herzen gehorchte sie. Bevor sie das Zimmer verlassen hatten, hatte er etwas aus der schwarzen Kiste genommen, aber sie hatte nicht erkennen können, was es war.

Er hob ihr die Röcke und weitete den Schlitz in ihrer Unterhose. »Lasst Euch ganz langsam herunter«, sagte er, wobei er sie mit seiner starken Hand auf der Hüfte dirigierte.

Sie spürte, wie er seine Männlichkeit zwischen ihre Hinterbacken schob, bis der Kopf gegen die Öffnung stieß, die außer dem Gummi-Phallus – der beträchtlich schmaler war als das Ding zwischen Rextons Beinen – bisher noch nichts aufgenommen hatte. Instinktiv zuckte sie nach vorn.

»Lasst das!« Er zog sie wieder an sich und drang in sie ein. Sie schrie auf.

Zuerst dachte sie, er hätte sein Glied bis zur Wurzel hineingeschoben, aber dann merkte sie, dass kaum mehr als der Kopf in ihr war.

»Setzt Euch wieder, und nehmt die Füße aus den Steigbügeln«, wies er sie an. Er packte ihre Hüften mit beiden Händen, um ihr Halt zu geben. »Und entspannt Euch, wenn Ihr nicht wollt, dass es Euch wehtut.«

Er setzte seine Füße wieder in die Steigbügel und stützte sich darin ab, als er langsam in sie eindrang. Sie hatte das Gefühl, ein Holzknüppel würde in sie hineingeschoben, aber es tat eigentlich nicht so weh, wie sie befürchtet hatte, was wahrscheinlich daran lag, dass Rexton vorher den eingefetteten Dildo verwendet hatte.

Als er ganz in sie eingedrungen war, zog er sie an sich. Er nahm die Zügel wieder in eine Hand und legte einen Arm um ihre Taille. Und Caroline stellte fest, dass sie das Gefühl, ihn so tief in sich zu spüren, eigentlich genoss. Bei jedem Schritt, den das Pferd auf dem weichen Waldboden ging, bewegten sich auch die Stahlkugeln und klirrten leise.

»Oh!«, rief Caroline aus, als sie plötzlich merkte, dass sie kurz vor dem Höhepunkt stand. Sie kam heftig, bäumte sich auf und schrie. Ihre Zuckungen übertrugen sich auch auf ihn.

Er stöhnte. Die Muskeln an seinen Schenkeln wurden hart, und er grub die Finger fest in ihre Taille. Sie glaubte schon, er käme jetzt ebenfalls, aber anscheinend hielt er sich noch zurück.

Keuchend machten sie weiter, und dann bewirkten die kleinen Stahlkugeln auf wundersame Weise einen weiteren Orgasmus. Ihr ganzer Körper zog sich um ihn zusammen, und sosehr er sich auch bemühte, dieses Mal konnte er nicht widerstehen. Er brüllte auf, als sich sein Sperma in pulsierenden Wellen in sie entlud. Eine so heftige Klimax hatte er noch nie gehabt.

»Mein Gott«, flüsterte er und rang nach Luft. Es dauerte eine Zeit lang, bis sie beide wieder zu Atem gekommen waren. Als er seinen Schwanz aus ihr herauszog, kam sie sich auf einmal leer vor, zumal das Rin-no-tama in ihr sie ständig erregte.

Schweigend ritten sie weiter den Weg entlang, der sich endlos durch die Wälder schlängelte. Nach einer Weile lenkte Rexton den Wallach auf einen Pfad, der so überwuchert war, dass Caroline ihn gar nicht gesehen hatte.

»Wenn Ihr wollt, dürft Ihr sprechen, Miss Keating«, sagte er. Dieses Privileg gestattete er ihr nur selten.

»Ihr seid wirklich schlimm«, sagte Caroline.

Er lachte leise – dann jedoch seufzte er. Caroline brauchte sein Gesicht nicht zu sehen, um zu wissen, dass sich wieder ein Schatten darübergelegt hatte.

»Ich hoffe, die Erfahrung war nicht schmerzhaft«, sagte er.

Caroline zögerte ein wenig mit der Antwort, weil es ja zuerst schon ein bisschen wehgetan hatte.

»*Und?*«, fragte er. Er klang ein wenig besorgt.

Caroline lächelte.

»Habe ich etwas Amüsantes gesagt?«

»Nein, Mylord. Ihr durchbrecht nur so selten Eure Fassade kalter Gleichgültigkeit.«

»Das ist keine Fassade, Miss Keating. Ihr glaubt das nur, weil die meisten Menschen, Ihr eingeschlossen, von Gefühlen geblendet sind. Ihr wollt glauben, dass alle Menschen zutiefst gut und liebevoll sind. Aber das stimmt nicht, wie Ihr an mir sehen könnt.«

»Ihr sagt das nicht, weil Ihr nichts empfindet«, erwiderte sie, »sondern gerade weil Ihr etwas empfindet, und das ärgert Euch. Ich wünschte, ich wüsste, was Euch widerfahren ist, dass Ihr solche Angst habt, jemanden an Euch herankommen zu lassen. War es eine Frau?«

»Schweigt jetzt.«

Das muss Nemeton sein, dachte Caroline, als sie auf einer Lichtung, die von hohen, knorrigen Eichen umgeben war, vom Pferd stiegen. Es war bereits später Nachmittag, aber die Tage waren lang in dieser Jahreszeit, und der helle Sonnenschein warf scharfe Schatten über die Wiese.

»Wie weit wollt Ihr reiten?«, hatte der Stallbursche Rexton auf Französisch gefragt.

»Nur bis Nemeton«, hatte Rexton erwidert.

Sébastien hatte ihn überrascht angeblickt. »Ihr kennt diesen Ort?«

Rexton hatte gesagt: »Ich bin letztes Jahr zufällig darauf gestoßen, als ich durch den Wald geritten bin.«

Die Lichtung war zwar abgelegen, aber dem kurzen Gras nach zu urteilen, wurde sie vom Gärtner gepflegt. Ein rechteckiger Steintisch aus Lava stand mitten auf der Lichtung neben einer Feuerstelle, die aussah, als sei sie sehr lange nicht mehr benutzt worden. Die Tischplatte war alt und ausgewaschen. Kreise und Knoten waren hineingeritzt und rahmten die Wörter DIBU E DEBU ein.

»Es ist ein Altar«, sagte Rexton und band die Zügel des Pferds um einen Ast. »Die Kelten, die früher hier lebten, betrachteten Eichen als heilige Bäume. Dies hier war für sie ein heiliger Ort. Sie benutzten ihn unter anderem für orgiastische Rituale.«

Orgiastisch? Caroline hätte ihn gerne danach gefragt, aber sie durfte ja nicht sprechen. In der kurzen Zeit, seit sie ihn kannte, hatte Rexton ein beeindruckendes Wissen an den Tag gelegt, was darauf hindeutete, dass er – zumindest früher einmal – seine Studien ernst genommen hatte.

»Der Druide oder Hohepriester saß dort«, fuhr Rexton fort.

Caroline folgte ihm zur größten und knorrigsten Eiche, an deren Fuß ein Steinblock stand.

»Ihr werdet hier sitzen.« Er klopfte auf die Verbindung von zwei dicken Ästen, die im rechten Winkel zueinander parallel zum Boden wuchsen.

Bevor sie darüber nachdenken konnte, hob er sie hoch und setzte sie auf die Ausbuchtung, die sich vielleicht einen Meter über dem Boden befand.

»Was macht Ihr …« Erschrocken klappte sie den Mund wieder zu, als er ihr einen Blick zuwarf.

»Treibt es nicht so weit, dass ich Euch bestrafen muss, Miss Keating.« Er zog ihre Beine auseinander und schob ihre Röcke hoch. »Ich glaube, dieses kleine Zwischenspiel wird schon aufregend genug sein. Und nein, es ist keine Strafe. Es ist nur der zweite Teil der Demonstration, mit der ich im Schloss begonnen habe.«

Ah ja. Er hatte ja gesagt, als er diesen Gummi-Dildo aus ihr herausgezogen hatte, dass dies nur der erste Teil einer Demonstration gewesen war. Jetzt folgte also der zweite Teil.

Er hatte sie doch bereits von hinten genommen. Dass es ihr Lust bereitet hatte, änderte nichts an der Tatsache, dass es gegen ihren Willen geschehen war. Was hatte er denn noch für Unwürdigkeiten mit ihr vor?

Er zog seine Handschuhe aus, löste seine Krawatte und zerriss sie der Länge nach, sodass er einen langen, schmalen Streifen in der Hand hielt. Dann ging er um den Baum herum, legte ihr die Arme hinter dem Rücken um den massiven Baumstamm und band ihre Handschellen mit dem Stoffband zusammen. Er zog es ganz fest; sie konnte ihren Oberkörper kaum bewegen. Das zweite Band zerriss er noch einmal in zwei Teile, um damit ihre Oberschenkel an die Äste zu fesseln, auf denen ihre Beine lagen.

Er setzte seinen Hut ab und legte ihn auf den Felsblock. Dann holte er aus der Jackentasche einen kleinen Gummiball, den er aus der schwarzen Kiste genommen hatte.

»Öffnet den Mund, Miss Keating«, befahl er.

Sie starrte ihn an.

Ohne ihre Reaktion abzuwarten, öffnete er ihren Mund gewaltsam und schob den Ball hinein. Er füllte ihren Mund aus und drückte die Zunge nach hinten, sodass sie auf keinen Fall sprechen konnte, selbst wenn sie die Frechheit besessen hätte, es zu versuchen.

Er löste auch ihre Krawatte und zerriss sie. Eines der Bänder legte er um den unteren Teil ihres Kopfes, um den Ball zu fixieren. Mit dem anderen verband er ihr die Augen.

Sie spürte seine Hände an ihrem Spenzer. Er knöpfte ihn auf, dann schob er ihre Röcke und Unterröcke so weit hoch, wie es ging, und zog den Schlitz ihrer Unterhose auseinander. Sie spürte seine Finger umso intensiver an ihrem Geschlecht, weil sie nichts sehen konnte; die Erregung, die sie während des Rittes empfunden hatte, überwältigte sie erneut.

In wortlosem Flehen bäumte sie sich auf.

Er sagte: »Es tut mir leid, aber ich werde jetzt ins Schloss zurückkehren, um ein schönes langes Bad zu nehmen und mir den Staub ein wenig abzuwaschen. Aber vielleicht tut Euch ja einer der anderen Gentlemen den Gefallen.« Metall klickte, und Caroline erkannte entsetzt, dass ein Schloss geöffnet wurde.

Wild schüttelte sie den Kopf, als er das schwarze Herz an ihr Halsband hängte. Er achtete gar nicht darauf, sondern schob zwei Finger in sie hinein, um die Stahlkugeln herauszuholen. »Wir wollen doch nicht, dass Ihr es zu sehr genießt«, sagte er. Dann hörte sie, wie sich seine Schritte entfernten.

Sie lauschte und versuchte sich vorzustellen, wo er war und was er tat. Sie hörte Leder ächzen, als er sich in den Sattel schwang, dann schnalzte er leise mit der Zunge, und sie hörte, wie sich der Hufschlag entfernte.

Wie wild zerrte Caroline an ihren Fesseln und versuchte vergeblich zu schreien. *Er wird mich nicht so lange hier allein lassen*, dachte sie verzweifelt. *Er versucht nur, mir eine Lektion zu erteilen.*

Es war eine dramatische Lektion. Er hatte ihr nicht nur gezeigt, dass er absolute Macht über sie besaß, sondern auch, dass es ihm egal war, wenn andere Männer mit ihr intim wurden. Sie kam sich vor wie Reenie Fowls, die mit gespreizten Beinen auf der Treppe gelegen hatte, sodass jeder geile Bock sie missbrauchen konnte – nur in Reenies Fall hatte sie in ihrer Bewusstlosigkeit nichts von der Entwürdigung mitbekommen.

Tränen traten Caroline in die Augen, aber die Augenbinde saugte sie auf, bevor sie ihr über die Wangen rinnen konnten. Sie zitterte am ganzen Leib.

Als sie einen leisen Plumps hörte, erstarrte sie. *Bitte, lass es Rexton sein. Bitte …*

Irgendwo rechts von ihr miaute eine Katze. Anscheinend war diese graue Katze, die sie gelegentlich umherstreifen sah, auf einen Ast gesprungen.

Offensichtlich saß sie ganz dicht neben ihrem Kopf, denn sie spürte ihre Wärme, und ein leise raspelndes Geräusch sagte ihr, dass sie ihr Köpfchen an der rauen Rinde des Baums rieb. Sie begann zu schnurren, und Caroline fühlte sich durch ihre Anwesenheit seltsam beruhigt. *Wenigstens einer kümmert sich um mich*, dachte sie.

Nach einer Weile miaute die Katze wieder, als wolle sie sich verabschieden, und dann war sie weg.

Caroline fühlte sich auf einmal ruhiger und stärker. Sie brauchte keine Angst zu haben. Rexton würde bald zu ihr zurückkommen. Das musste er ja.

Aber er kam nicht. Die Zeit dehnte sich, und es kam ihr vor, als wäre sie schon eine Ewigkeit hier. Der hilfreichste Hinweis war das Licht, das durch ihre Augenbinde drang. Es wurde immer schwächer, während die Sonne langsam hinter den Bergen unterging. Die Luft wurde kühl, und die Vögel begannen ihr Abendkonzert.

Jetzt dämmerte es schon, und bisher hatte sie noch niemand belästigt. Aber das Nemeton lag natürlich auch tief verborgen im Wald, und anscheinend war der Ort vielen gar nicht bekannt.

Rexton wusste, dass hier niemand zufällig vorbeikommen würde, dachte sie. Er hatte ihr nur ein wenig Angst einjagen wollen.

Und dann hörte sie Hufgetrappel. Er kam zurück. Gott sei Dank, er kam zurück.

Er sprang vom Pferd, und kurz darauf hörte sie seine Schritte, die im Gras auf sie zukamen.

Ihre Kopfhaut prickelte. Warum ging er so langsam? Es kam ihr so vor, als ob er sie von Kopf bis Fuß betrachten würde, wie sie gefesselt, geknebelt und mit weit gespreizten Beinen auf den Ästen saß … als ob er sie zum ersten Mal sähe.

Die Vorahnung verstärkte sich, als er näher kam. Rexton hatte einen bestimmten Geruch, er roch warm und angenehm. Der Mann, der jetzt zwischen ihren Beinen stand, roch erdiger, schärfer. Sie musste an eine Scheune denken – oder an den Stall.

Er drückte ihre Brust, und sie spürte, dass er feste Lederhandschuhe trug. Fingerlose Handschuhe.

Gott, nein, dachte sie, als er seine Hose aufknöpfte. Das raue Leder der Handschuhe rieb über die Innenseiten ihrer Oberschenkel. *Das kann nicht sein. Bitte, das darf nicht sein.*

10

Caroline bäumte sich auf und warf den Kopf wild hin und her, als er in sie eindrang. Sie versuchte zu schreien, aber es kam natürlich kein Ton. Er packte ihre Schenkel, als er sie nahm. Seine Stöße waren zuerst langsam und wurden dann immer schärfer und tiefer.

Ein Schluchzen erschütterte ihre Brust, aber durch den Knebel drang kein Laut. Ihre Augenbinde saugte die Tränen auf; der Mann merkte zweifellos gar nicht, dass sie überhaupt weinte. Ihre Nase war verstopft, und sie bekam kaum noch Luft. Panik ergriff sie, und sie hatte auf einmal wieder das Gefühl zu ertrinken.

Der Stallbursche hielt inne, und dann spürte sie, wie seine Hände an ihrem Knebel zerrten und ihn nach unten schoben. Sie spuckte den Ball aus, keuchte und rang nach Luft.

Abrupt zog er sich von ihr zurück und knöpfte seine Hose wieder zu. Der kalte Stahl seines Messers glitt über ihren Oberschenkel, als er die Fessel an ihrem linken Bein durchschnitt. Mit dem anderen Bein verfuhr er ebenso, dann trat er um den Baum herum und löste die Fessel um ihr Handgelenk.

Caroline nahm die Augenbinde ab und sank zu Boden. Als er vor sie trat, schlug sie die Hände vors Gesicht und flehte mit tränenerstickter Stimme: »Geht weg. G-geht. *Laissez-moi tranquille. Je vous prie …*«

»Miss Keating.«

Sie blickte auf.

Lord Rexton hockte sich vor sie und hielt ihr ein Taschentuch hin.

Sie wich zurück, bis sie an den Baum stieß. Er trug die Jacke des Stallknechts und dessen fingerlose Arbeitshandschuhe. Ungläubig schüttelte sie den Kopf.

»Ich habe mir die Sachen von Sébastien ausgeliehen«, sagte er.

»Was? Aber …« Sie blickte auf das schwarze Herz an ihrem Halsband, stellte jedoch fest, dass es nur ein ganz gewöhnliches Vorhängeschloss war. »W-warum?« Sie rieb sich über die feuchten Wangen. »Warum tut Ihr so etwas? Nur um mir zu beweisen, dass Ihr mich jedem Alptraum aussetzen könnt, der Euch einfällt?«

Er seufzte schwer. Sie dachte, er würde etwas sagen, aber er bot ihr nur wieder das Taschentuch an. »Hier, nehmt …«

Sie schlug nach seiner Hand. »Bastard. *Ungeheuer!*«

Er erhob sich und blickte mit grimmigem Gesichtsausdruck auf sie herunter. »Seht Ihr?«, sagte er leise.

»Das verspricht, aufregend zu werden«, sagte Narcissa zu Caroline, als sie nebeneinander in einer Ecke des von Kerzen beleuchteten Esszimmers saßen, die Leinen um die Beine eines Tischs geschlungen, der sich unter den traditionellen Desserts der Auvergne bog. Sauerkirschen, Walnusskuchen, Brioche mit Früchten, Aprikosenpastete und süße Pfannkuchen mit Pfirsichen und Blaubeeren. Ein paar weitere Sklaven waren in anderen Ecken des riesigen Raums angebunden, während die übrigen mit ihren Herren am langen Esstisch saßen.

Auf dem Tisch stand zwischen Spielkarten und Flaschen die zierliche Jessamine und schnallte sich einen Lederharnisch mit zwei polierten Ebenholz-Phalli um. Einen hatte sie eingefettet und schob ihn sich hinein, der andere ragte vor ihr wie eine riesige schwarze Erektion auf.

»Wo hat sie das Ding her?«, fragte Caroline. »Ich habe es in der Lederkiste nicht gesehen.«

»Sie hat es selbst mitgebracht«, antwortete Narcissa. »Du weißt doch, dass sie zu den Jungs gehört, oder?«

»Sie soll es zuerst ihrer Freundin Laurel besorgen«, rief Mr. Charles Bricks, ein reicher Fabrikant von Dampfmaschinen, der Narcissa zu ihrem Entsetzen ersteigert hatte. Er war in ihren Augen ein Niemand, und entsprechend hochnäsig und von oben herab behandelte sie ihn. Deshalb war sein Verhalten ihr gegenüber von Tag zu Tag gröber geworden, und er hatte sie ständig bestraft. Das wiederum hatte sie so sehr erregt, dass sie eingewilligt hatte, auch nach ihrer Rückkehr nach London ihre Liaison fortzusetzen.

»Nicht Laurel«, sagte Dunhurst. »Sie soll ein Mädchen reiten, dem es noch nie eine andere Frau besorgt hat.«

»Alles zu seiner Zeit«, erwiderte Jessamines Herr, Beau Brummel. »Sie soll mit Laurel beginnen – vorausgesetzt, Don Ortiz stellt uns seine schöne Sklavin zur Verfügung.«

»Aber natürlich.« Der galante, elegante Don Ortiz erhob sich und half Laurel auf den Tisch mit der Damast-Tischdecke.

Die beiden Frauen umarmten und küssten sich mit der Ungezwungenheit des langjährigen Liebespaars, das sie offensichtlich waren.

»Du liebe Güte, doch nicht so!«, bellte Dunhurst Jessamine an. »Sie ist eine Sklavin. Behandle sie auch so!«

Einige der anderen Männer schlossen sich ihm an. Sie blickten zu Mr. Brummel, der die Achseln zuckte und zu Jessamine sagte: »Das ist die Gelegenheit für dich, den Gebieter zu spielen.«

Die beiden Sklavinnen verständigten sich mit einem kurzen Blick. Laurel nickte fast unmerklich. Jessamine löste sich von ihr und versetzte der anderen Frau zwei scharfe Schläge über die Brust. »Auf die Knie, du Luder!«

Alle Männer verfolgten gespannt das Geschehen, außer Lord Rexton, der am Tischende saß, Gin trank und eine Zigarre rauchte. Er hatte sich weder am abendlichen Whistspiel der Männer beteiligt noch an ihren lockeren Gesprächen. Jessamines kleine Darbietung schien ihn auch nicht zu interessieren. Er wollte wohl nur trinken, und dabei hatte er bereits mehr getrunken, als Caroline bisher erlebt hatte.

Narcissa, der aufgefallen war, dass Caroline zu ihm blickte, flüsterte: »David hat schon die halbe Flasche geleert, während wir hier sitzen, und es sieht nicht so aus, als wolle er aufhören.«

David. Caroline hatte noch nie mit seinem Vornamen an ihn gedacht. Aber natürlich würde die Frau, die seine Geliebte gewesen war, ihn so nennen.

»Du hast ungeheures Glück gehabt, dass er dich gekauft hat«, sagte Narcissa zu Caroline.

»Ja, findest du?«

»Ich habe das Bett mit ihm geteilt, meine Liebe. David ist unvergleichlich. Wenn er nur nicht so gefühlskalt wäre.«

Vor diesem Abend und der herzlosen Episode im Nemeton hätte Caroline ihren distanzierten, grüblerischen »Herrn« vielleicht verteidigt. Aber seitdem er sie in dem Glauben gelassen hatte, jemand anderer würde sie nehmen, sah sie David Childe, Lord Rexton, mit anderen Augen. Er war ein Monster, und Caroline wollte nur noch den nächsten, letzten Tag der Sklavenwoche überstehen und ihre neunzigtausend Guineen einstecken. Seltsam, wie wenig sie in dieser Woche an das Geld gedacht hatte. Jetzt allerdings dachte sie nur noch daran, weil es der einzige Grund war, warum sie überhaupt hierblieb und sich mit Leuten wie Rexton abgab.

Auf dem Ritt zurück ins Château hatten sie kein Wort miteinander gewechselt. Als sie in ihrem Zimmer waren, hatte er ihrer Zofe aufgetragen, ihr Wein und etwas zu essen zu bringen und ihr ein Bad einzulassen. Aber wie um ihr zu beweisen, dass dies nicht aus Freundlichkeit geschah, hatte er hinzugefügt: »Wir gehen heute Abend zu den anderen hinunter, und ich möchte nicht, dass meine Sklavin aussieht wie ein Straßenmädchen aus St. Giles.«

»Was soll ich anziehen, Mylord?«

»Schwarze Strümpfe und diese schwarzen Samtslipper.«

Sie hatte einen Moment lang gewartet, dass er weiterredete. Als er jedoch schwieg, hatte sie geantwortet: »Ja, Mylord.«

Caroline hatte die ganze Woche über gehofft, dass sie niemals komplett unbekleidet vor den anderen erscheinen müsste. Es war zwar üblich, dass die Sklavinnen nackt waren – und im Übrigen auch einige der Herren –, aber sie hatte die Vorstellung immer schrecklich gefunden. Rexton hatte das wohl gespürt, denn er hatte es nie von ihr verlangt. Aber jetzt hatte sich alles geändert. Er wollte anscheinend unbedingt demonstrieren, dass ihre Gefühle ihm gar nichts bedeuteten. Caroline hingegen hatte am Nemeton den Entschluss gefasst, sich nie wieder so der Verzweiflung hinzugeben. Zu ihrem eigenen Besten musste sie genauso kalt und gleichgültig sein wie Rexton.

Als er sie, nackt bis auf Schuhe und Strümpfe, ins Esszimmer führte, ging sie mit hoch erhobenem Kopf neben ihm. Die meisten Männer musterten sie mit unverhohlener Neugier. Sie hatte nichts anderes erwartet. Es gab ein paar bewundernde Kommentare – nichts Grobes, abgesehen von Sir Edmund Bryde. »Seht ihr?«, sagte er, als Rexton sie am Tischbein ankettete. »Ich wusste doch, dass sie blond ist.«

Die Bemerkung wurde mit Gelächter quittiert, in das alle außer Rexton einstimmten – und außer Dunhurst, der Caroline auf eine Art anstarrte, die sie erschauern ließ.

Rexton hatte finster das Gesicht verzogen, als Charles Bricks später Narcissa dicht neben Caroline angebunden hatte. Wahrscheinlich vermutete er, dass seine Sklavin und seine frühere Geliebte über ihn reden würden. Gespräche zwischen den Sklavinnen waren erlaubt, wenn sie auf ihre Herren warteten, solange sie in ihren vorgeschriebenen Positionen verharrten und leise redeten. Caroline hatte schon gedacht, dass er sie trennen würde, aber wahrscheinlich war er bereits viel zu betrunken gewesen, als dass es ihn gestört hätte.

»War David die ganze Woche über blau?«, fragte Narcissa.

»Wie, blau?«

»Hat er sich mit Gin volllaufen lassen? Er hat schon viel getrunken, als ich mit ihm zusammen war, aber so viel doch nicht.«

»So ist es richtig, du kleine Schlampe. Nimm ihn tief auf.« Jessamine stand breitbeinig auf dem Tisch, die Hand in Laurels Haaren, während die andere Frau an dem großen Ebenholz-Phallus saugte. Mit einer Hand streichelte Laurel sich selbst, mit der anderen manipulierte sie den Phallus auf eine Art, die Jessamine höchst erregend zu finden schien. Sie stieß immer schneller zu, und ihr Atem kam in keuchenden Stößen.

»Hast du dich deshalb von Lord Rexton getrennt?«, fragte Caroline. »Wegen des Trinkens?«

»O nein, meine Liebe, ich hätte ihn nie verlassen. Er mag ja ein Bastard sein, aber er konnte die ganze Nacht durchhalten. Ich war manchmal am nächsten Tag so erschöpft, dass ich nicht aus dem Bett kam. Nein, er hat es beendet. Ich habe den unverzeihlichen Fehler begangen, ihm zu gestehen, dass ich mich in ihn verliebt hätte. Er zog sich sofort an und ging, und wenn wir uns nicht ab und zu einmal bei einem Ball oder in der Oper über den Weg laufen würden, hätte ich ihn nie wiedergesehen. Hier sehen wir uns natürlich, aber er tut so, als wäre ich unsichtbar. Er hat die ganze Woche über noch kein Wort zu mir gesagt.«

Jessamine und Laurel kamen gleichzeitig, und das Publikum klatschte zufrieden Applaus. Laurel wurde vom Tisch gehoben und durch Aster ersetzt. Jessamine nahm sie mit dem umgeschnallten Phallus, während sie gleichzeitig ihren Hintern mit der Leine peitschte.

»Hast du Lord Rexton letztes Jahr hier während der Sklavenwoche kennengelernt?«, fragte Caroline.

»Ach, du liebe Güte, nein. Ich bin letztes Jahr nur hierhergekommen, weil ich wusste, dass er hier sein würde. Unsere Trennung war noch nicht lange vorbei, und ich wollte wissen, wie er reagieren würde, wenn er mich als Sex-Sklavin eines anderen Mannes sehen würde. Ich war eine Närrin. Er zeigte keine Spur von Eifersucht. Ich glaube, er bemerkte nicht einmal, dass ich überhaupt da war. Allerdings wurde mir klar, wie sehr ich die Sklavenwoche genossen habe, also war es keine komplette Zeitverschwendung.«

»Wie habt ihr euch denn kennengelernt?«, fragte Caroline.

»Oh, ich kenne David schon seit meiner Kindheit. Ich habe ihn über seine Cousine, Clarissa Lefever, kennengelernt. Nun, damals hieß sie noch Clarissa Bensley. Sie und ich waren Busenfreundinnen, sind es heute noch. Wir sind im gleichen Viertel in London aufgewachsen. Clarissas Mutter, Davids Tante, hat David bei sich aufgenommen, als seine Mutter gestorben ist. David hat als Sechsjähriger Scharlach gehabt. Seine Mutter hat die Dienstboten und die Familie weggeschickt, damit sie sich nicht ansteckten, aber sie ist dageblieben, um ihn zu pflegen. Er war eine ganze Woche lang alleine im Haus mit ihrer Leiche, weil Lord Rexton – der verstorbene Lord Rexton, Davids Vater – auf Nachricht von Lady Rexton gewartet hatte, ehe er mit den anderen wieder nach Greyton Hall, dem Familiensitz, zurückkam. Als er dann schließlich eintraf, verweste seine Frau schon in ihrem Bett, und David hatte sich im Stroh im Stall vergraben, starrte in die Luft und weigerte sich zu sprechen. Schreckliche Geschichte.«

Caroline verschlug es die Sprache. Sie blickte zu Lord Rexton, der erneut sein Glas mit Gin füllte. Er verschüttete ein paar Tropfen auf das Tischtuch, als er die Flasche mit unsicherer Hand abstellte.

»Schließlich war Seine Lordschaft es leid, dass David sich stumm stellte«, fuhr Narcissa fort. »So etwas kann einem aber auch auf die Nerven gehen. Und außerdem konnte er es David nicht vergessen, dass er für den Tod seiner Mutter verantwortlich war. Das sagte er ihm auch. Ihn im Haus zu haben war eine schmerzliche Erinnerung an …«

»Er hat einem sechsjährigen Kind gesagt, es habe seine Mutter getötet?«

»Na ja, in gewisser Weise war es ja auch so. Auf jeden Fall schickte sein Vater ihn nach London, zu den Bensleys, aber seinen älteren Bruder Alex behielt er bei sich zu Hause. In den ersten Wochen bei Clarissa und ihrer Familie gab er kein einziges Wort von sich. Ich sagte zu Clarissa, sie sollten den kleinen Idioten doch besser nach Bethnal Green schicken.«

»Das ist aber eine ziemlich … frühreife Äußerung für eine Sechsjährige«, sagte Caroline. Frühreif und unglaublich grausam.

»Ich habe gesagt, *David* war sechs. Wie alt ich war, habe ich nicht erwähnt. Ich habe auch nicht die Absicht.«

»Ah.«

»Ein paar Jahre später«, fuhr Narcissa fort, »schickte Davids Vater ihn nach Eton – Alex war bereits dort. David folgte Alex auch nach Oxford, und seine Lehrzeit als Anwalt verbrachte er bei Sir Charles Upcott. Laut Clarissa hatte er geglaubt, Jura sei ein altruistisches Fach, deshalb war er wohl ziemlich enttäuscht, als er feststellen musste, dass Burnham und Upcott kein Interesse daran hatten, sich mit dem Schmutz und Elend kleiner Schurken auseinanderzusetzen. Er kaufte eine Beteiligung an den königlichen Dragonern und überredete seinen

Bruder, das Gleiche zu tun. Clarissa sagte immer, David könnte nicht einmal Wasser lassen, ohne dass Alex ihm die Stange hielt.«

»Hat David dir damals schon den Hof gemacht, oder kam das erst später?«

»Den Hof gemacht?« Narcissa kicherte spöttisch. »Schätzchen, er hat mir nie den Hof gemacht, wir haben einfach gefickt – allerdings erst letztes Jahr. Augie – mein verstorbener Mann – lebte noch. Ich muss zugeben, dass ich vor ein paar Jahren schon einmal versucht habe, David zu einer diskreten kleinen Affäre zu überreden – er war zu einem strammen jungen Mann herangewachsen –, aber da war er schon mit dieser absurden kleinen Ungarin verlobt, in die er wahnsinnig verliebt war, deshalb konnte ich ihn nicht überreden.«

Jessamine stöhnte ekstatisch auf und rammte ihren Phallus fest in Aster hinein, als sie der Orgasmus überwältigte. Brummel erlaubte ihr, ihre nächste Partnerin selbst auszusuchen, und auf Jessamines Bitte hin kam Angelique an die Reihe. Der Ebenholz-Phallus wurde gegen einen Elfenbein-Phallus gewechselt, der aussah wie ein männliches Glied mit zwei Köpfen, einem an jedem Ende. Jessamine rieb den Schaft gründlich mit Öl ein. Sie wies Angelique an, sich auf den Rücken zu legen und die Beine breitzumachen. Dann schob sie der zierlichen Französin ein Ende des Phallus hinein und setzte sich selbst auf das andere Ende. Mit sinnlicher Hingabe rieben sich die beiden Frauen aneinander. Sie küssten und liebkosten sich, und vor allem Angelique legte beträchtlichen Eifer an den Tag. *»Oh, oui, baisez-moi! Baisez-moi!«*

Laurel, die neben Don Ortiz stand, blickte weg. Ihre Augen schimmerten feucht.

»Sieht so aus, als ob Jessamine morgen Ärger kriegen würde«, meinte Narcissa.

»Was du da vorhin gesagt hast, dass David verlobt war ...«,

begann Caroline. »Ist er … er ist doch nicht verheiratet, oder?« Die Möglichkeit war ihr nie in den Sinn gekommen.

»Ach, um Himmels willen, nein. Die Verlobung endete auf unschöne Art und Weise, aber vorher schmachtete David sie an wie ein Schuljunge. Sie war recht hübsch – blond mit großen, grauen Augen –, und sie verstand es, sich anzuziehen und sich zu präsentieren, aber sie war ein Niemand, nicht von Adel und dazu auch noch eine Ausländerin.«

»Wie haben sie sich kennengelernt?«, fragte Caroline.

»Sie war die Tochter seines Philosophieprofessors. Er starb eines Tages an einem Schlaganfall und ließ Natalia mittellos und ohne Dach über dem Kopf zurück. David bat Alex und seine Frau, sie aufzunehmen – sie wohnten mittlerweile bei Lord Rexton in Greyton Hall, wegen Alex' militärischer Verpflichtungen. David hatte Greyton Hall wegen seines Vaters immer gemieden, aber als jetzt Natalia dort wohnte, kam er öfter dorthin, und schließlich machte er ihr einen Heiratsantrag. Ein paar Monate später wurden er und Alex nach Waterloo geschickt, Alex wurde von einer Kugel in den Kopf getroffen, und David …«

»Alex ist in Waterloo gestorben?« Caroline setzte sich auf.

»Ja. Das ist für gewöhnlich so, wenn man von einer Kugel in den Kopf getroffen wird. David hat seine Leiche nach Hause gebracht. Ich war auf der Beerdigung. Er war unglaublich in sich gekehrt, auf diese unheimliche, beherrschte Art. Außer mit Natalia hat er an diesem Wochenende kaum ein Wort gesprochen. Clarissa hat gehört, wie er zu Natalia sagte, sie sei jetzt alles, was ihm noch bliebe, und dass er an Alex' Tod schuld sei, weil er ihn überredet hätte, sich bei den Dragonern einzukaufen. Und so war es natürlich auch.«

Caroline biss sich auf die Zunge, um Narcissa nicht zu sagen, was sie von ihr hielt. Sie hatte Angst, dass sie dann nicht mehr weitererzählte, und sie erfuhr von ihr viel mehr von Lord Rexton, als er selbst über sich preisgeben würde.

»David versuchte, Natalia zu überreden, ihn direkt anschließend zu heiraten«, fuhr Narcissa fort, »aber sie bestand darauf zu warten. Ich wusste, warum er es so eilig hatte. Trauer macht Männer geil – Frauen übrigens auch. Das habe ich immer wieder erlebt. Ein geliebter Mensch stirbt, und man will nur noch ficken. David wollte die süße, unschuldige Natalia nicht vor der Hochzeitsnacht anfassen, aber er hatte schließlich Bedürfnisse. Ich wiederholte mein Angebot, mich diskret mit ihm im Heu zu wälzen, aber er hatte Natalia Treue geschworen, als sie sich verlobt hatten. Also ging er wieder zu den Dragonern, und einen Monat später wurde er erneut nach Hause gerufen. Das Herz seines Vaters hatte versagt, während er es mit seiner jungen Geliebten getrieben hatte.« Mit verschwörerischem Lächeln fügte Narcissa hinzu: »Und stell dir Davids Überraschung vor, als er herausfand, dass die Mätresse niemand anderer als seine geliebte Natalia war.«

Caroline verschlug es die Sprache. Sie schloss die Augen.

»Sie flehte ihn unter Tränen um Verzeihung an«, sagte Narcissa, »aber David war völlig außer sich, weil sie ihn gerade mit seinem Vater betrogen hatte. Wütend und am Boden zerstört warf er sie aus dem Haus. Greyton Hall gehörte jetzt ihm, und er erbte auch den Titel, da ja Alex tot war. Und jetzt fängt das eigentliche Drama erst an.«

Es kam noch mehr?

»Etwa zwei Monate später kam Natalia wieder angekrochen und klopfte an die Tür von Alex' Haus in London, um ihn um Gnade zu bitten. Es stellte sich heraus, dass der alte Schwerenöter sie geschwängert hatte. Sie war ruiniert oder würde es sein, wenn man ihr erst einmal ansah, dass sie ein Kind trug. Sie bat David, sie zu unterstützen, bis das Kind kam. Danach wollte sie nach Ungarn zurückkehren. Das Kind, das ja schließlich mit ihm verwandt war, konnte er dann als Mündel aufziehen, bot sie ihm an. Aber er wollte davon nichts hören und erklärte ihr, sie habe sich selbst in Schwierigkeiten gebracht, jetzt müsse sie die Suppe auch auslöffeln. Es sei eine Frechheit, dass sie ausgerechnet ihn um Hilfe bäte, nachdem sie ihm das angetan hätte.«

»Er hat sie weggeschickt?«

»Ja. Am nächsten Morgen wurde er auf die Wache in der Newcastle Street gerufen. Sie hatten unterhalb der Southwark Bridge eine junge Frau aus der Themse gezogen. Sie hatte einen Brief mit seinem Namen auf der Brücke zurückgelassen, und sie hofften, er könne sie identifizieren.«

Caroline starrte Narcissa an. Sie dachte an die Nacht, als sie aus der Themse gezogen worden war. »Sie … sie hat sich ertränkt?«

»Nicht das erste Mal, dass das passiert ist. Jeden Tag stürzen sich ruinierte Mädchen von diesen Brücken.«

»Oh, mon dieu!«, rief Angelique, die Jessamine eng umschlungen hielt. *»Oh! Je jouis! Je jouis!«* Sie kam mit kleinen, spitzen Schreien, in die Jessamine einstimmte, als sie erneut zum Orgasmus kam. Sie setzte sich auf, drehte Angelique um und befahl ihr, sich auf alle viere zu hocken. Dann rieb sie sich am hochgereckten Hintern der anderen Frau.

Alle am Tisch starrten fasziniert auf die stöhnenden, sich windenden Leiber, nur Rexton blickte nicht auf. Er saß da wie ein alter Mann, der vergessen hatte, wo er war, und sich jemanden herbeiwünschte, der ihm den Weg nach Hause zeigen konnte.

»Natalia?«, sagte Rexton mit schwerer Zunge. Verdammter Gin!

Es war stockdunkel, und er war betrunken. Er hörte, wie ihr durchnässter Rock auf dem Boden schleifte, aber er sah nur die wirre, feuchte Masse ihrer blonden Haare – bis sie in das bernsteinfarbene Licht einer Straßenlaterne trat.

Er schrie auf und taumelte zurück, als er ihr aufgedunsenes, fleckiges Gesicht sah, die glasigen Augen und den aufgerissenen Mund. »Himmel! O Gott, Natalia!«

»Mylord!«, sagte sie.

»Nein. Gott. Nein.« Er zitterte. »Natalia …«

»Mylord, wacht auf.«

Sie schüttelte ihn, sie berührte seine Schulter und sagte: »Mylord. David. Ihr habt einen …«

Er stieß sie weg und setzte sich in der Dunkelheit auf, zitternd und schwitzend. »Du lieber Himmel. Oh, verdammt.«

Er war in einem Bett, hatte aber, abgesehen von seinen Schuhen und seiner Jacke, seine Kleider an. Wo zum Teufel war er?

»Mylord, ist alles in Ordnung?«

Eine Frau saß neben ihm, ein Schatten in der Dunkelheit. Sie streckte die Hand nach ihm aus.

Er wich zurück, fiel aus dem Bett und landete hart auf dem Teppich. Mühsam rappelte er sich auf. Trotz der Dunkelheit erkannte er nach und nach seine Umgebung – *la Chambre Romaine.* Sein Magen hob sich. Er stürzte ins Badezimmer und übergab sich in die Toilette.

Danach lehnte er sich keuchend an die Wand. Und dann übergab er sich noch einmal. Als er schließlich fertig war, spülte er sich den Mund aus und spritzte Wasser in sein Gesicht. Seine Hände zitterten wie bei einem alten Mann.

Im Schlafzimmer war es nicht mehr ganz so dunkel, anscheinend hatte Caroline Kerzen angezündet.

Sie hatte ihm Schuhe und Jacke ausgezogen, fiel ihm ein, als er halb besinnungslos vom Gin aufs Bett gefallen war. Was vorher passiert und wie er ins Zimmer gekommen war, daran konnte er sich nicht mehr erinnern.

Doch, er konnte sich noch an etwas erinnern. Er war auf der Treppe gestolpert, und Caroline hatte ihn gestützt, als er nach oben geschwankt war.

»Du lieber Himmel!« Er fuhr sich durch die schweißnassen Haare. Sie hatte ihm mit ihren kühlen Fingern über die Stirn gestrichen, und er war in tiefen Schlaf gefallen. Am liebsten wäre ihm gewesen, sie hätte ihn immer weiter gestreichelt, zärtlich und sanft, als sei er ihr Geliebter,

Gott, Rexton, du Narr. Du blöder Idiot. Lernst du es denn nie mehr?

»Mylord?« Sie stand in der Tür zum Badezimmer, in ihrem ärmellosen Leinenhemd, und schaute ihn aus ihren großen Augen an.

»Halt den Mund und hör auf, mich so anzusehen. Hör einfach auf!« Frustriert schlug er mit der Faust gegen die Wand, traf dabei aber die gläserne Ablage über dem Waschbecken, die in tausend Scherben zersprang.

»Oh, Mylord … Ihr blutet.« Sie griff nach seiner Hand, an der ein langer Schnitt klaffte.

»Halt den Mund!« Er hob die Faust. »Lass mich einfach in Ruhe …«

Erschreckt wich sie zurück.

»Oh, Scheiße«, flüsterte er. Er hatte noch nie eine Frau geschlagen, und jetzt stand er hier mit erhobener Faust vor ihr. »Verschwinde endlich«, sagte er. »Raus hier. Raus.«

»Ihr meint …« Sie blickte zur Zimmertür.

»Geh!«, brüllte er.

»Ich … ich werde nach Hause geschickt, wenn man mich außerhalb dieses Zimmers ohne Euch sieht.«

Er drängte sich an ihr vorbei und nahm die Leine aus der schwarzen Kiste. Erfolglos versuchte er, sie an ihrem Halsband zu befestigen. »Mach es selbst!«

Dann packte er sie und riss die Tür auf.

»Wohin bringt Ihr mich?«, fragte sie, als er sie den Gang entlangzerrte.

»Habe ich dir erlaubt zu sprechen?«

»N-nein, aber …«

»Dann halt deinen verdammten Mund.«

Frederick Weatherall, Marquess of Dunhurst, der aufgewacht war, als nebenan im Zimmer Glas splitterte, stand am Fenster seines Schlafzimmers und beobachtete, wie Rexton mit der Laterne in der einen Hand und der Leine in der anderen dieses kleine Luder Rose über den Rasen hinter sich herzog. Der Gang des Mannes war schleppend und unsicher. Kein Wunder, wenn man bedachte, wie viel er getrunken hatte.

Dunhurst blickte ihnen nach, bis sie im Wald, der die Stallungen und das Kutscherhaus umgab, verschwunden waren. Dann schenkte er sich einen großen Whiskey ein, trank ihn und blickte nachdenklich in die Nacht.

Was würde er dafür geben, diese kleine Fotze einmal alleine zu erwischen und ihr eine Lektion zu erteilen – beiden, auch diesem Rexton, der sich in alles einmischte. Als ob Rexton sich ihm gegenüber nicht schon letztes Jahr ungeheuerlich genug benommen hätte, als er sein Zimmer durchsucht und versucht hatte, ihn von der Sklavenwoche auszuschließen – dieses Jahr hatte er ihn auch noch vor allen lächerlich gemacht. Als einziger Mann, der reich genug war, um Dunhurst bei der begehrten Rose zu überbieten, hatte er sie ihm doch absichtlich weggenommen. Und Dunhurst hatte sich mit Lili begnügen müssen, die – er wusste immer noch nicht, wie – die Rollen vertauscht und ihn schrecklich gedemütigt hatte.

In dem Brief, den Lili ihm hinterlassen hatte, hatte sie versprochen, niemandem von seiner Erniedrigung zu erzählen, vorausgesetzt, er bliebe die Woche über »brav«. *Wenn ich jedoch nur den leisesten Verdacht habe*, hatte sie geschrieben, *dass Ihr einer der Sklavinnen wehgetan habt, werden alle hier genau erfahren, was mit Euch in jener Nacht passiert ist.* Nach dem Zwischenfall mit Saffron hatte sie ihn gewarnt, dass sie beinahe ihre Drohung wahrgemacht hätte und dass er sich besser zurückhalten würde.

Das Problem war, dass Lili nicht die Einzige war, die von jener Nacht wusste. Es hatte noch eine Zeugin gegeben – Rose. Dunhurst hatte genug Freunde hier, um zu wissen, dass sie noch niemandem etwas erzählt hatte, aber was würde passieren, wenn sie erst wieder in London wären? Vielleicht würde sie die Geschichte einer Freundin weitertratschen, die es ihrerseits dann drei oder vier anderen Personen zutragen würde. Er würde unweigerlich seinen guten Ruf verlieren. Binnen Kurzem würden sich alle über ihn lustig machen – hinter seinem Rücken, aber vielleicht auch offen.

Am Waldrand tauchte ein Licht auf. Dunhurst ließ sein Glas sinken, als er sah, dass Rexton allein war. Der Viscount kam über den Rasen auf das Schloss zu und blieb nur einmal stehen, um sich an einem Baum abzustützen. Etwa eine halbe Minute lang verharrte er so mit gesenktem Kopf, dann wandte er sich wieder in Richtung Stallungen.

»Nein«, flüsterte Dunhurst.

Als ob Rexton ihn gehört hätte, blieb er erneut stehen und fuhr sich mit beiden Händen durch die Haare. Dann drehte er sich um und ging entschlossen auf das Château zu.

Dunhurst lächelte.

11

Noch ein Tag, dachte Caroline und setzte sich in der stockdunklen Scheune auf einen Strohballen. Wenn sie noch vierundzwanzig Stunden durchhielt, konnte sie ein neues Leben anfangen.

Rexton hatte ihre Leine um die Leiter geschlungen, die zum Heuboden führte. Die Leine hing nur lose am Halsband, und er hatte ihr auch die Hände nicht gefesselt. Wenn sie wollte, konnte sie sich mit Leichtigkeit selbst befreien, aber wozu sollte das gut sein? Wenn man sie erwischte, wie sie alleine und ohne Fesseln herumspazierte, würde man sie nur mit leeren Händen nach Hause schicken. Und die Leine verursachte ihr ja kein wirkliches Unbehagen. Sie war so lang, dass sie sich bewegen und ins Stroh legen konnte – falls sie überhaupt einschlafen konnte.

Die Pferde in dem Stall mit den vierzehn Boxen, die durch den breiten, gepflasterten Mittelgang getrennt wurden, hatten sich unruhig bewegt, als Rexton sie hierhergebracht hatte. Manche waren immer noch wach – sie konnte hören, wie sie Heu kauten und ab und zu schnaubten –, aber die meisten waren wohl wieder eingeschlafen.

Der Stallgeruch war eine unangenehme Erinnerung an Nemeton. Die Wut, die sie danach für ihn empfunden hatte, hatte ein wenig nachgelassen, als Narcissa ihr seine Geschichte erzählt hatte. Jetzt jedoch war sie erneut aufgeflammt, nachdem er sie wie einen Hund hier angebunden hatte, nur weil sie freundlich zu ihm gewesen war.

Aber eigentlich konnte sie ihm dankbar dafür sein. Sein Verhalten ihr gegenüber zeigte nur zu deutlich, wie sehr er sie verachtete. Sie wusste doch, wie wenig er für sie empfand, und sie würde kein zweites Mal Schwäche ihm gegenüber zeigen.

Licht drang durch die Ritzen der Doppeltür am Ende des Gangs. Vielleicht hatte Lord Rexton sich ja doch eines Besseren besonnen.

Es spielt keine Rolle, sagte sie sich. *Er hat es nicht verdient, dass du ihm gegenüber weich wirst. Du tust nur dir selbst weh.*

Knarrend öffnete sich die Tür. Lord Dunhurst trat ein, eine Laterne in der einen und seinen Spazierstock in der anderen Hand. Caroline sprang auf.

Der bullige Marquess lächelte kalt, als er näher kam. »Ihr seht ganz anders aus ohne die Farbe im Gesicht«, sagte er. »Jünger. Man könnte beinahe glauben, Ihr wärt tatsächlich das reine, süße Mädchen, das Ihr vorgebt zu sein, und nicht die Hure, die Ihr in Wirklichkeit seid, wie wir beide wissen.«

»Ihr geht am besten, bevor Lord Rexton wiederkommt«, sagte sie so gleichmütig, wie es ihr möglich war. »Er ist nur gegangen, um … ein paar Decken zu holen. Er kommt gleich …«

»Es überrascht mich nicht, dass Ihr lügt.« Er stellte die Laterne auf den Boden und begann, den Elfenbeingriff seines Spazierstocks abzudrehen. »Ich muss jedoch sagen, ich hätte erwartet, dass jemand wie Ihr ein wenig geübter darin ist.«

»Es … es stimmt«, erwiderte sie. Mit zitternden Fingern bemühte sie sich, ihre Leine vom Halsband zu lösen.

»Lügnerin!« Er zog aus seinem Spazierstock einen dicken schwarzen Knüppel und schlug damit auf ihre Arme.

Sie schrie vor Schmerzen auf. Immer wieder schlug er auf sie ein, und Caroline brach auf dem Stroh zusammen und hielt sich schützend die Arme über den Kopf. Ihre Rippen schmerzten unerträglich. Die Pferde waren jetzt alle wach, schnaubten und wieherten und traten gegen die Türen ihrer Boxen.

Schließlich legte er den Knüppel beiseite, um ihre Leine von der Leiter zu lösen. Sie sah, dass er aus schwarzem Kautschuk bestand. Das war die Waffe, die er bei Dahlia benutzt hatte, und sie hatten sie in seinem Zimmer nicht finden können, weil sie die ganze Zeit in seinem Spazierstock gesteckt hatte.

»Das könnt Ihr nicht tun«, sagte sie, als er sie an der Leine auf die Füße zerrte. »Ich trage nicht das schwarze Herz. Wenn Rexton herausfindet, dass Ihr …«

»Das wird er nicht.« Dunhurst drehte sich um und griff nach einem der Werkzeuge, die an der Stallwand hingen – ein großes Heumesser.

Caroline packte die Hand, die ihre Leine hielt, und biss hinein, so fest sie konnte. Er brüllte vor Schmerz auf und ließ die Leine fallen.

Caroline rannte zur Hintertür des Stalls, die nur wenige Meter entfernt war, aber er riss sie an der Schulter herum, drängte sie gegen die Wand und hielt ihr das Messer an den Hals.

»Wenn Rexton morgen früh wiederkommt, werdet Ihr nicht mehr da sein«, sagte Dunhurst. »Er wird nach Euch suchen, aber man wird Euch nirgends finden. Er wird annehmen, dass Ihr weggelaufen seid – alle werden das glauben. Sie werden nach Hause fahren und nie erfahren, dass Ihr in Wirklichkeit hiergeblieben seid, vergraben in den Wäldern, wo Euch nie …«

Sie trat ihn mit aller Wucht mit dem Knie zwischen die Beine, so fest, wie Aubrey es ihr beigebracht hatte. Er krümmte sich vor Schmerzen, aber als sie wegrennen wollte, stach er mit dem Messer zu.

Caroline taumelte und blickte in dumpfem Schock auf das Messer, das aus der linken Seite ihres Bauches ragte. Als sie sich zur Tür wandte, packte er ihre Haare. Mit letzter Kraft zog sie das Messer heraus, und ein Blutstrahl drang aus der Wunde.

Dunhurst zerrte sie herum, aber sie holte blindlings mit

dem Messer aus. Er wich heulend zurück und schlug die Hände vor sein blutüberströmtes Gesicht.

Eine Hand auf die blutende Wunde gepresst, in der anderen das Messer, lief Caroline aus dem Stall einen Weg entlang, der in den dunklen Wald hineinführte.

»Du kleines Luder!«, schrie Dunhurst hinter ihr her. »Du verdammte dreckige Fotze!«

So schnell sie konnte, stolperte sie ins Dickicht, aber er war ihr dicht auf den Fersen. Voller Panik lief sie in die Richtung eines plätschernden Bachs und watete kurz entschlossen hindurch, da sie annahm, dass Dunhurst sich wohl kaum die Schuhe nass machen wollte. Mit schmerzverzerrtem Gesicht hockte sie sich schließlich hinter einen dicken Baum. Sie hörte, wie er sich fluchend und drohend in die entgegengesetzte Richtung entfernte.

Eine Weile war es still, dann schrie er von Weitem: »Du kommst nicht weit mit diesem Loch im Bauch. Du wirst nie wieder aus diesem Wald herauskommen. Und in ein paar Stunden, wenn die Sonne aufgegangen ist, komme ich zurück. Dann finde ich dich und werde dich tief vergraben.«

Caroline wartete noch eine Weile, dann stand sie mühsam und unter Schmerzen auf. Sie musste zum Schloss zurück, bevor sie verblutete, aber sie war so benommen und desorientiert, dass sie nur ziellos umherirrte. Immer wieder stürzte sie über Steine und Wurzeln, stand auf und taumelte weiter. Als es dämmerte, ging sie in Richtung der aufgehenden Sonne, weil sie dachte, das Château müsse im Osten liegen, aber der Wald wurde nur noch dichter.

Schwer atmend lehnte sie sich an einen Baum. Das Messer musste sie irgendwo fallen gelassen haben, es war jedenfalls nicht mehr in ihrer Hand. Sie blickte sich um. Die Bäume schwankten auf sie zu, und sie fiel hin. Hart schlug ihr Kopf auf dem Boden auf.

Steh auf, dachte sie erschöpft. *Steh auf.* Aber ihr Körper war so schwer, und der Boden unter ihr fühlte sich seltsam weich an, wie eine Federmatratze. Ihr Herz hämmerte, und ihr war kalt.

Caroline blickte an ihrem Hemd herunter, das dunkel vor Blut war.

Nicht so, dachte sie. *Bitte, Gott, nicht so.*

Darius streifte durch den Wald. Langsam wurde es heller, und gelegentlich blieb er stehen, um den Geruch von Blut – von Menschenblut – zu erschnüffeln, der in der Luft hing. Schließlich wurde der Geruch überwältigend, und vor sich sah er etwas Weißes im federigen Meer der Farne.

Es war eine Frau, die, die sie Rose nannten und die am Tag zuvor am Nemeton an die große Eiche gefesselt gewesen war. Sie lag mit angezogenen Knien auf der Seite, die Augen geschlossen und die Arme um sich geschlungen. Ihre Haut war so blass wie ihr Leinenhemd. Aus einer Wunde an ihrer linken Seite sickerte immer noch Blut. Ihr linker Arm und ihre Schulter waren mit blauen Flecken übersät. Ihre Beine und zum Teil auch ihre Arme waren zerkratzt, und sie atmete nur noch schwach. Wenn man bedachte, wie viel Blut sie verloren hatte, war es ein Wunder, dass sie überhaupt noch am Leben war.

Lange würde sie es nicht mehr durchhalten. Wenn die Blutung gestoppt werden konnte, hatte sie eine Chance, aber von alleine würde sie nicht aufhören.

Für Darius, der mit der Macht verflucht war, Leben aus den Klauen des Todes zu reißen, gab es in einer solchen Situation nie eine richtige Entscheidung. Wenn er diese Frau heilte, würde er den natürlichen Lauf der Dinge verändern, was unvorhergesehene Konsequenzen haben könnte. Seine persönliche Sorge galt der Möglichkeit, dass seine »Gabe« entdeckt und er wieder bedrängt werden würde von all denen, die um einen geliebten Kranken bangten. Das hatte er schon erlebt, und es hatte ihn buchstäblich zu einem Sklaven gemacht, der gefangen war in einem Alptraum aus Schmerz und Siechtum, denn jede Heilung kostete ihn Kraft; je schlimmer die Krankheit, desto erschöpfter blieb er zurück. Um dieser höllischen Existenz zu entgehen, hatte er sein Heimatland verlassen und war um die halbe Welt gereist, dorthin, wo man Dschinn nicht kannte und er in Ruhe und Frieden leben konnte. Selbst die anderen Follets hier in Grotte Cachée hatten keine Ahnung, dass Darius Krankheiten und Wunden heilen konnte. Er hatte auf die bittere Art gelernt, dass er niemandem, Mensch oder Follet, trauen konnte.

Wenn er die Blutung dieser Frau stillen würde, würde er viel riskieren. Andererseits hatte die Erfahrung ihn gelehrt, dass er von seinen Schuldgefühlen überwältigt werden würde, wenn er gar nichts täte – einfach nur wegginge und sie sterben ließe.

Darius schaute sich in alle Richtungen um, um sich zu vergewissern, dass er wirklich allein war. Sorgsam schnüffelte er, ob er vielleicht noch einen anderen menschlichen Geruch wahrnehmen würde. Nichts.

Er miaute. Rose rührte sich nicht. Er trat ganz nahe an ihren Kopf und maunzte laut. Ihre Augenlider flatterten kurz, aber dann lag sie wieder ganz still.

Er hockte sich hin, hielt den Atem an und verwandelte sich in eine menschliche Gestalt. Die Transformation trat sofort und so abrupt wie immer ein. Er hielt die Augen geschlossen und stützte sich mit den Händen auf dem Boden ab, bis der Schwindel nachließ, was nur ein paar Sekunden dauerte. Dann atmete er tief durch, öffnete die Augen und blickte auf die scharfen, leuchtenden Farben um ihn herum.

Sanft drehte er Rose auf den Rücken und streichelte ihr kühles, wächsernes Gesicht. Er spürte eine Leere, die ihm sagte, dass sie von seiner Anwesenheit tatsächlich nichts mitbekam. Er führte die Hände direkt über ihrem Körper nach unten. Dabei fühlte er, dass zwei Rippen gebrochen waren. Aber das konnte er erst später behandeln, wenn er mit der tiefen Wunde fertig war – falls er dann noch die Kraft dazu hatte.

Die Wunde an ihrer Seite, die von einem Messer verursacht worden war, hatte die Milz getroffen, deshalb blutete sie auch so stark.

Darius schloss die Augen, konzentrierte all seine Energie auf die zerstörten Gefäße in dem kleinen Organ und versiegelte sie. Dabei wurden seine Hände ganz heiß und bebten. Dann fügte er das innere Gewebe wieder zusammen und arbeitete sich von innen bis zur obersten Hautschicht hinauf. Sie würde eine etwa sieben Zentimeter lange Narbe zurückbehalten, aber sie würde in der nächsten Woche verblassen und schließlich nicht mehr zu sehen sein. Der Blutverlust würde sie natürlich eine Zeit lang schwächen, aber sie würde überleben.

Er nahm sich noch die Zeit, ihre Rippen zusammenzufügen, dann sank er zitternd und völlig verausgabt zu Boden.

Rexton stand im Pferdestall und starrte verwirrt auf die Stelle, wo er Caroline angebunden hatte. Sie war weg, und es gab kein Zeichen dafür, dass sie jemals dort gewesen war. Nur das Stroh war aus irgendeinem Grund auf dem Boden verstreut.

Er ergriff einen Rechen und schob das Stroh zurück, aber ein Teil blieb am Steinboden hängen. Als er sich hinhockte und den Boden berührte, stellte er fest, dass er nass war. In einer Ecke stand ein Holzeimer mit einem feuchten Putzlumpen.

Wo zum Teufel war sie? Warum hatte sie den Boden aufgewischt? Wenn er nur letzte Nacht nicht so betrunken gewesen wäre. Sein Kopf fühlte sich an, als sei er zwischen zwei riesigen Händen zerquetscht worden, und er konnte keinen klaren Gedanken fassen.

Als er sich erhob, fiel sein Blick auf eine graue Katze, die am Tor stand und ihn beobachtete. Er hatte sie schon häufiger hier gesehen; Inigo nannte sie Darius. Die Katze schnüffelte an einem Blatt, das auf dem Weg lag, der vom Stall wegführte.

»Na, *du* weißt ja wahrscheinlich nicht, was aus ihr geworden ist«, murmelte Rexton und wandte sich zum Gehen. Plötzlich schoss ihm das Tier so vor die Füße, dass er beinahe darüber gestolpert wäre. Blöde Katzen. Ständig waren sie einem im Weg.

Sie hatte etwas im Maul – das Blatt. Jetzt ließ sie es fallen und miaute.

Rexton hatte schon erlebt, dass Katzen einem Menschen, den sie lieben, Mäuse oder Vögel als Tribut bringen, aber dass sie es auch mit Pflanzen oder Blättern machten, war ihm noch nicht untergekommen. Das Blatt schien von einer Platane oder einem Ahorn zu stammen. Es war hellgrün, mit einem roten Fleck am Stiel. Ein bisschen früh, dachte Rexton. Selbst in einer gebirgigen Gegend wie der Auvergne färbte sich doch das Laub nicht so früh im Jahr.

Wieder schnüffelte Darius an dem Blatt. Und dann blickte er zu Rexton hoch.

Rexton bückte sich und hob das Blatt auf. Er rieb mit dem Daumen über den kleinen roten Fleck.

Er färbte ab. »Ach, du lieber Himmel!«

Die Katze lief zur Tür, blickte Rexton an und miaute.

Verwirrt und alarmiert starrte Rexton ihr nach.

Sie huschte bis zum Waldrand, drehte sich um und miaute erneut.

Er folgte ihr.

12

»O mein Gott. O Gott!«

Caroline tauchte aus der Dunkelheit auf und bemühte sich angestrengt, die Augen zu öffnen.

Etwas lag auf ihrer Brust. Sie spürte das Kitzeln von Haaren, ein Ohr. »Gott sei Dank«, hauchte er.

Sie hörte ein reißendes Geräusch, zart huschten Fingerspitzen über die Messerwunde an ihrer Seite.

Er umfasste ihren Kopf, streichelte ihr Gesicht. »Caroline.«

Sie hatte gedacht, es sei Rexton, aber das konnte nicht sein; er würde sie nicht Caroline nennen. Sie schlug die Augen auf und blinzelte zu der undeutlichen Gestalt empor.

»Was ist passiert? Wer hat das …«

Ihre Augen fielen wieder zu.

»Caroline«, sagte er mit rauer, gepresster Stimme, »bleib hier. War es Dunhurst? Er hat eine Schnittwunde. Er hat gesagt, er habe sich beim Rasieren geschnitten. War er es?«

Sie versuchte zu antworten. Ihre Lippen gehorchten ihr nicht, aber sie konnte zumindest den Kopf leicht bewegen und nickte.

Er murmelte etwas, das sie nicht verstand, dann hob er sie hoch und sagte ihr, es würde alles gut. Seine Stimme verklang, als sie wieder bewusstlos wurde.

»Sie müsste eigentlich tot sein.«

Caroline öffnete die Augen und blickte sich um. Sie war im *Chambre Romaine* und lag in der Mitte des großen Bettes.

»Ich verstehe nicht, Dr. Coates.« Das war Rextons Stimme. »Wie kann denn die Wunde so schnell heilen?«

Caroline wandte den Kopf nach seiner Stimme. Ihr Hals fühlte sich seltsam dünn und schwach an, und sie hob vorsichtig die Hand, um ihn zu berühren. Das Halsband war weg. Ebenso die Fesseln um Knöchel und Handgelenke.

»Das ist ein Mysterium, das sage ich Euch«, erwiderte der Arzt, der mit Rexton und Mr. Riddell auf dem Balkon stand. Alle drei Männer lehnten am Geländer, mit dem Rücken zu Caroline. »Aber es ist nicht das erste … Wunder, wenn Ihr so wollt, das ich als Arzt erlebe. Einmal habe ich einen kleinen Jungen entbunden, der mit einem Tumor im Rückgrat zur Welt kam. Diese Krebsgeschwüre sind immer tödlich – man kann nichts tun. Das sagte ich auch seiner Mutter, aber sie betete trotzdem um seine Heilung. Eines Morgens wachte der kleine Junge auf, und der Tumor war weg, als wäre er nie da gewesen. Er ist jetzt fünfzehn Jahre alt, ein gesunder, robuster junger Mann.«

»Ich glaube nicht an Wunder«, sagte Rexton.

»Zum Glück für Miss Keating lässt Gott sich davon nicht abhalten«, erwiderte der Arzt. »Es ist wirklich ein Wunder, dass sie trotz des hohen Blutverlusts überlebt hat. Allerdings wird sie jetzt eine Zeit lang zu schwach zum Reisen sein. Und, äh, ich weiß ja nicht, wie lange Ihr beabsichtigt hierzubleiben, Mylord, aber ich möchte Euch darauf hinweisen, dass die junge Dame gegenwärtig nicht in der Verfassung ist, um in intimer Hinsicht …«

»Wofür haltet Ihr mich?«, fragte Rexton.

Die beiden anderen Männer wandten den Blick ab.

Schließlich brach Mr. Riddell das verlegene Schweigen. »Archer lässt ausrichten, dass Miss Keating hierbleiben kann, bis sie völlig wiederhergestellt ist. Was ihre vertraglichen Verpflichtungen angeht, so wurde ihre Sklavenschaft zwar vorzeitig beendet, allerdings ohne ihre Schuld. Ihr versteht hoffentlich, Rexton, dass Ihr trotzdem verpflichtet seid, den vollen Preis von hunderttausend Guineen zu bezahlen.«

»Selbstverständlich.«

»Wenn ich fragen darf«, fuhr Riddell fort, »gab es einen … einen besonderen Grund, warum Ihr sie gestern Nacht im Pferdestall gelassen habt? Hat sie etwas getan, das Euch missfallen hat?«

Rexton seufzte. »Ich war betrunken.«

Lügner, dachte Caroline. Ja, er war betrunken gewesen, aber der eigentliche Grund war das nicht gewesen. Er hatte es getan, um sie auf Distanz zu halten, damit er sie wie ein *Ding* behandeln konnte. Deshalb hatte er ihr auch immer die Augen verbunden oder die Kapuze aufgesetzt. Und er vollzog mit ihr gerade die Akte, von denen er wusste, dass sie sie verabscheute, damit sie auch ganz bestimmt nur negative Gefühle für ihn entwickelte.

Sie hatte diese Lektion nur langsam gelernt, aber mittlerweile hatte sie es begriffen. Zwar war sie sich bewusst, welche unglücklichen Umstände Rexton dazu getrieben hatten, niemanden an sich heranzulassen, aber die Tatsache blieb bestehen, dass er ein distanzierter, gefühlloser Mann geworden war. Die kleinste warmherzige Geste von ihrer Seite hatte er grausam bestraft. Er konnte einfach keine echte Bindung mehr zu einem anderen menschlichen Wesen aufbauen.

»*Seht Ihr?*«, hatte er am Nemeton gesagt, nachdem er ihr bewiesen hatte, was für ein Monster er war.

Da hatte sie es noch nicht wirklich gesehen. Aber jetzt.

»Dann machst du es also?«, fragte Lili, die am späten Nachmittag bei Caroline auf der Bettkante saß.

Die Tür ging auf. Lord Rexton, unrasiert, ungekämmt und immer noch in den Kleidern, in denen er geschlafen hatte, trat mit einem schwer beladenen Teetablett ein.

»Ja«, erwiderte Caroline leise.

»Gut«, flüsterte Lili. »Du wirst es nicht bereuen.«

Rexton begrüßte Lili und stellte das Tablett auf Carolines Nachttisch ab. Eine Kanne Tee und ein Teller mit Plätzchen und belegten Broten standen darauf. »Ich habe das aus dem *Salon Bleu* stibitzt.«

»Darf ich Euch kurz sprechen, Mylord?«, fragte Lili.

Misstrauisch blickte er von einer Frau zur anderen. »Selbstverständlich.«

Lili küsste Caroline auf die Wange und versprach, später noch einmal wiederzukommen. Dann trat sie mit Rexton in den Gang. Sie zogen die Schlafzimmertür hinter sich zu, aber ihre Stimmen waren trotzdem gedämpft zu hören.

»Vielleicht«, sagte Lili, »würdet Ihr besser woanders schlafen, in Anbetracht von Carolines Verfassung und ihrem Bedürfnis nach Ruhe.«

»Hat Caroline darum gebeten?«

Lili zögerte, erwiderte dann aber: »Ja, Mylord.«

»Nun gut«, antwortete er nach einer Weile.

Nachdem Lili sich verabschiedet hatte, war es so lange still, dass Caroline schon annahm, Rexton sei ebenfalls gegangen. Aber dann öffnete sich die Tür wieder.

Er trat an ihr Bett, sah sie aber nicht an. Er machte ihr einen Teller zurecht und sagte: »Ihr müsst etwas essen, damit Ihr wieder zu Kräften kommt.«

»Ich habe keinen Hunger«, erwiderte sie, »aber ich hätte gerne etwas Tee.«

»Nur Sahne, oder?«, fragte er und schenkte ihr eine Tasse ein.

»Ja, richtig«, erwiderte sie überrascht.

Er reichte ihr Tasse und Untertasse und setzte sich auf den roten Ledersessel. Mit einer Hand fuhr er über die Stoppeln an seinem Kinn und sagte: »Dunhurst ist tot.«

Sie senkte die Tasse und blickte ihn an.

»*Ich* war es nicht.«

Aber er hätte ihn bestimmt am liebsten umgebracht. Lili hatte Caroline erzählt, wie Rexton im Frühstücksraum auf Dunhurst losgegangen war, nachdem er Caroline am Morgen ins Schloss zurückgebracht hatte. Er hatte den Marquess aus seinem Stuhl gezerrt und ihn wild geschüttelt. »*Wenn Inigo und Cutbridge ihn nicht zurückgehalten hätten*«, hatte Lili gesagt, »*dann hätte er den Schurken umgebracht.*« Wenn man bedachte, wie sehr die beiden Männer einander verabscheuten, war Rexton zweifellos dankbar für den Vorwand gewesen, Dunhurst zu verprügeln.

Jetzt sagte Rexton: »Die Schweizergardisten des Seigneur des Ombres haben ihn im Keller angekettet, um ihn den hiesigen Behörden zu übergeben, damit er wegen versuchten Mordes vor Gericht gestellt werden konnte. Archer hat ihm gesagt, sie würden ihn wahrscheinlich nicht hängen, aber für den Rest seines Lebens einsperren. Er hat erwidert, er habe nicht die Absicht, in einem französischen Gefängnis zu verrotten, und anscheinend hat er das ernst gemeint. Sie haben ihn mit Fußeisen an eine hohe Steinsäule gekettet. Als er einen Stuhl verlangte, um sich hinsetzen zu können, haben sie ihm einen gebracht, und als die Wachen weg waren, hat er aus seiner Krawatte eine Schlinge gemacht und sie sich um den Hals gelegt. Dann ist er auf den Stuhl gestiegen, hat sie an einem Eisenring oben an der Säule befestigt und den Stuhl weggetreten.«

Caroline nickte benommen. Sie trank einen Schluck Tee, dann stellte sie die Tasse wieder auf das Tablett und sagte: »Ich bin müde. Ich möchte jetzt schlafen.«

Nervös rieb er seine Hände an der Hose. »Ich dachte, vielleicht …«, stammelte er. »Wir beide, nun ja, wir haben uns unter ungewöhnlichen Umständen kennengelernt, aber ich dachte, vielleicht …« Er holte tief Luft und fuhr entschlossen fort: »Ich würde mich sehr geehrt fühlen, wenn Ihr einwilligen würdet, meine Frau zu werden.«

Sie starrte ihn an.

»Wenn Ihr wollt, könnt Ihr trotzdem unterrichten«, sagte er hastig. »Ich … ich könnte Euch eine Schule bauen. Mir ist klar, dass alles … nun ja, ich meine, man kann unsere Beziehung wohl kaum als normal bezeichnen. Ihr seid als Sklavin an mich verkauft worden. Aber im Laufe der letzten Tage …«

»O mein Gott«, murmelte sie. »Natürlich. Natürlich. Wenn Ihr mich heiraten würdet, würdet Ihr die hunderttausend Guineen nicht bezahlen müssen. Nun, die zehntausend Guineen Kommission müsstet Ihr auf jeden Fall bezahlen, aber den Rest könntet Ihr Euch sparen.«

Er starrte sie an. »Ich weiß, was Ehe in Eurer Gesellschaftsschicht bedeutet«, erklärte sie ihm. »Es ist nur ein vertragliches Arrangement. Es hat nichts mit Liebe oder Zuneigung zu tun. Ihr bekommt Euren Erben und den Anschein von Achtbarkeit, ohne irgendetwas aufgeben zu müssen – den Gin nicht, das Opium, die Huren, die Geliebten …«

»Himmel«, flüsterte er und schüttelte den Kopf.

»Macht Euch keine Gedanken, Mylord. Ihr braucht mich nicht zu heiraten, um die neunzigtausend Guineen zu sparen. Ich will das Geld nicht. Behaltet es nur.«

»Das könnt Ihr doch nicht ernst meinen. Würdet Ihr wahrhaftig in das Elend und die Armut von St. Giles zurückgehen, nur um mein Geld nicht nehmen zu müssen?«

»Ich gehe nicht zurück nach London. Ich gehe nach Russland.«

Er starrte sie so fassungslos an, als hätte sie gesagt, sie wolle zum Mond.

»Lili hat mir von einer Familie erzählt, mit der der Seigneur des Ombres befreundet ist. Sie sind mit der kaiserlichen Familie verwandt. Ich glaube, die Frau ist eine Cousine des Zaren.

Sie haben zwei kleine Töchter und suchen eine Gouvernante. Lili hat bereits mit dem Seigneur darüber gesprochen, und er ist bereit, ein gutes Wort für mich einzulegen. Sie hat gesagt, die Russen seien ganz versessen auf englische Gouvernanten, und selbst wenn diese Familie mir keine Stellung anbietet, wird mich schon jemand anderer nehmen.«

»Ihr wollt das Geld zurückweisen, nach allem, was Ihr in der vergangenen Woche durchgemacht habt?«

»Ja, genau das ist der Grund, warum ich es nicht annehmen will. Es würde mich immer daran erinnern, wie ich es verdient habe, wie ich … wie ich mich habe erniedrigen lassen, was Ihr mit mir …« Sie brach ab und blickte ihn mit brennenden Augen an. »Ich wünsche bei Gott, ich wäre nie hierhergekommen. Könnte ich sieben Jahre meines Lebens aufgeben, um die vergangenen sieben Tage auszulöschen, so würde ich nicht zögern.«

»Caroline …«

»Nennt mich nicht so!« Sie setzte sich auf und sagte mit bebender Stimme: »Warum solltet Ihr mich gerade jetzt mit meinem Vornamen anreden? Warum?«

Ihr Ausbruch schien ihm die Sprache zu verschlagen. Er hob beschwichtigend die Hände und sagte: »Ihr habt recht. Das steht mir nicht zu. Aber, Miss Keating, ich bitte Euch, überlegt Euch das mit dem Geld …«

»Geht jetzt bitte«, sagte sie. Sie spürte, wie ihr Tränen in die Augen traten, und er sollte sie nicht weinen sehen. »Ich bin so müde. Ich möchte einfach nur schlafen.« Sie ließ sich in die Kissen zurücksinken und zuckte zusammen, als ein scharfer Schmerz die Wunde an ihrer Seite durchschoss.

Er erhob sich und streckte die Hand aus. »Wartet, lasst mich …«

»Nein. Lasst mich einfach in Ruhe. Ich möchte schlafen.«

Caroline öffnete die Augen, wobei sie sich fragte, was sie geweckt hatte.

Ein Geräusch. Ein Keuchen oder so.

Es dämmerte bereits. Sie lag ganz still im Halbdunkel und lauschte, aber sie hörte nichts mehr. Vorsichtig drehte sie sich um, zum Balkon hin. Die Doppeltür war geschlossen, aber durch die Glasscheiben konnte sie Rexton sehen. Er saß mit dem Rücken zu ihr auf dem Stuhl.

Zuerst dachte sie, er würde lachen, weil seine Schultern bebten, aber dann senkte er den Kopf und fuhr sich mit den Händen durch die Haare. Sein Rücken zuckte, und jetzt hörte sie auch den keuchenden Laut wieder.

Ungläubig setzte sie sich hastig auf. Erneut schoss ein scharfer Schmerz durch die Wunde, aber sie ignorierte es. Sie schob die Decke zurück und stand auf. Ihr seidener Morgenmantel lag am Fußende des Bettes, und sie warf ihn sich über ihr Hemd.

Entschlossen öffnete sie die Balkontür und trat zu Rexton hinaus. Als er hörte, dass die Tür aufging, fuhr er sich rasch mit den Händen durch die Haare, wobei er sich verstohlen über die Wangen wischte. Dann räusperte er sich und saß ganz still da, drehte sich jedoch nicht um. »Ihr solltet nicht aufstehen. Dr. Coates hat gesagt, Ihr müsst im Bett bleiben.«

»Ich bin aufgewacht und … sah Euch hier draußen.«

Der Viscount schwieg einen Moment, dann beugte er sich vor und sagte ein wenig verlegen: »Ich habe nicht mehr geweint, seit meine … seit ich sechs war.«

»Seit Eure Mutter starb«, sagte Caroline.

Er warf ihr einen fragenden Blick über die Schulter zu. Seine Augen waren rot gerändert und verquollen. »Ach so, Cordelia«, sagte er dann.

»Wer?«

»Cordelia Beckinridge. Narcissa.«

»Ja, Narcissa. Sie hat erschöpfend über das Leben von Lord Rexton berichtet.«

»Erschöpfend trifft es genau, glaube ich.« Seufzend schüttelte er den Kopf. »Geht wieder zu Bett, Caro… Miss Keating. Ihr braucht Ruhe, und ich bin keine gute Gesellschaft. Gott, was müsst Ihr von mir denken.«

Sie setzte sich hinter ihn auf die Liege – vorsichtig, weil sie sich nicht klar darüber war, ob dieses Gespräch eine so gute Idee war – und sagte: »Es ist keine Schande, seinen Gefühlen freien Lauf zu lassen.«

»Das habe ich nicht gemeint«, erwiderte er. »Ich meinte, was Ihr nach dieser Woche von mir als Mann denken müsst. Mein Gott, ich habe Euch fast getötet.«

Sie streckte die Hand aus, um ihn am Rücken zu berühren, ließ sie dann jedoch wieder sinken. »Ihr habt mir das nicht angetan, das war Dunhurst.«

»Ja, aber ich habe Euch ihm praktisch übergeben. Ich bin daran schuld, dass Ihr so zugerichtet worden seid. Ihr habt das Recht, mich zu verabscheuen. Ich wünschte nur …« Er rieb sich mit den Fäusten über die Stirn. »Oh, wenn ich doch nur einen einzigen Menschen auf dieser Welt lieben könnte, der nicht … o Gott!«

Er drehte sich halb zu ihr um und fuhr mit leiser, rauer Stimme fort: »Ich reise morgen ab. Ich werde Euer Leben nicht mehr zerstören, aber Ihr sollt eins wissen: Als ich Euch gefragt habe, ob Ihr mich heiraten wollt, da ging es mir nicht um die neunzigtausend Guineen. Ich verstehe, warum Ihr mich nicht haben wollt – warum solltet Ihr? Aber Ihr müsst wissen, dass Ihr … Mein Gott, Ihr seid nicht die Frau, die ein Mann wegen Geld oder aus Verpflichtung heiraten will …« Er schluckte und zitterte am ganzen Leib.

»Ihr seid die Frau, an die ein Mann sein Herz verliert, auch wenn es das Letzte auf der Welt ist, was er will. Ihr seid die

Frau, für die ein Mann ein besserer Mensch sein möchte, die er beschützen und in seiner Nähe haben will, mit der er sein Leben teilen will, auch wenn er das nie für möglich gehalten hätte.«

»Ihr seid ein Mensch, David, wie wir alle«, erwiderte Caroline leise. »Wir alle brauchen ...«

»Sagt das noch einmal.«

Caroline wusste sofort, was er meinte. »David«, sagte sie. Sie streichelte sein Gesicht und flüsterte: »David ... David ...«

Er schloss die Augen und ließ den Kopf sinken, bis seine Stirn an ihrer lag. Eine heiße Träne lief über ihre Wange, aber sie hätte nicht sagen können, ob es seine oder ihre war.

»Es tut mir leid, Caroline«, sagte er. »Es tut mir so leid, dass ...«

»Du brauchst dich nicht ...«

»Doch. Ich muss es sagen. Und du hast ein Recht darauf, es zu hören.« Er packte sie an den Schultern. »Es gibt keine Entschuldigung dafür, wie ich dich behandelt habe, und sag nicht, es sei in Ordnung, denn das ist es nicht.«

»Ich verzeihe dir.«

»Ich verdiene nicht ...«

»Frag mich noch einmal.«

Er starrte sie an, als würde er seinen Ohren nicht trauen. »Nachdem ich dich so ungeheuerlich behandelt habe?«

»Du hast die Maske eines Ungeheuers getragen, aber jetzt, wo du sie abgenommen hast, stelle ich fest, dass mir der Mann, der sich dahinter verbirgt, sehr gefällt.«

»Wirklich?«, sagte er. »Du ... du ...«

»Frag mich noch einmal, David.«

Er umfasste ihren Kopf mit seinen großen Händen und fragte: »Willst du mich heiraten, Caroline?«

Sie lächelte. »Einen Mann heiraten, der mich noch nicht einmal geküsst hat? Ich weiß nicht, ob das so eine gute ...«

Sein Mund senkte sich über ihre Lippen, und ihr blieb beinahe das Herz stehen. Der Kuss war lang und tief und berührend zärtlich.

Danach hielt er sie eng umschlungen und rieb sein stoppeliges Gesicht an ihrem. »Ich kann es kaum erwarten, dass es dir besser geht, damit ich dich lieben kann – wirklich lieben, nicht so wie vorher. Ich verspreche dir, dass ich dich nie wieder solchen Zumutungen aussetze.«

Mit einem spitzbübischen Lächeln erwiderte sie: »Ich würde es vermutlich verstehen, dass du von Zeit zu Zeit den Drang verspüren könntest, dein Versprechen zu brechen, wenn ich sehr, sehr unartig war … Mylord.«

»Miss Keating«, sagte er schmunzelnd, »was für ein skandalöser Vorschlag.« Und bevor er sie erneut küsste, fügte er hinzu: »Ich glaube, das wird eine äußerst interessante Ehe.«

Blaue Stunde

Durch den Willen verloren,
durch den Willen gefunden,
durch den Willen frei,
gefangen und gebunden.

Angelus Silesius

»Blaue Stunde«: eine kurze Zeitspanne um Sonnenaufgang und Sonnenuntergang, wenn sich die Lichtbedingungen für Filmaufnahmen schnell ändern, von einem warmen orangefarbenen Schimmer zu einem klaren Blau, das Nachtszenen zulässt, noch bevor es dunkel wird.

1

Später Nachmittag, August dieses Jahres

Willkommen im *Château des Freaks.*

Ich fuhr mit meinem kleinen, gemieteten blauen Renault vor das Torhaus und ließ die Scheibe herunter, als der Wachmann über die Zugbrücke auf mich zutrat.

Das Schloss der Freaks: So hatte ich Grotte Cachée getauft, nachdem ich dort drei Wochen Weihnachtsferien verbracht hatte, damit Mom mit Doug nach Hawaii fahren konnte. Es war mein erster und letzter Besuch: Alle weiteren Einladungen Dads hatte ich ausgeschlagen. Den wahren Grund hatte ich ihm nicht erzählt, weil er mir zu peinlich war. Er glaubte zunächst, ich hätte das Château und die ständigen Gäste zu anstrengend gefunden. Aber dann bekam er von irgendwoher einen Hinweis und lud mich zehn Jahre lang nicht mehr ein.

Bis gestern.

Der Wachmann, ein muskulöser Silberrücken in schwarzem Polohemd und schwarzer Hose, sagte: »*Bonjour, Mademoiselle. Haben Sie sich verirrt?*« Das war seit Jahrzehnten, vielleicht sogar seit Jahrhunderten die Standardbegrüßung für unbekannte Besucher.

Ich zog die kleine, goldumrandete Eintrittskarte aus meiner Jeanstasche, nahm sie aus dem Umschlag und reichte sie ihm. »Sie erkennen mich nicht mehr, Luc, oder? Hilft Ihnen das weiter?« Ich nahm meinen Strohhut ab und fuhr mir durch die modisch kurz geschnittenen Haare, die noch genauso weizenblond waren wie bei meiner Geburt.

»*Mon dieu!* Mademoiselle Archer! Entschuldigung! Aber es ist auch lange her.«

»Neunzehn Jahre«, erwiderte ich und steckte die Karte wieder ein. »Mein Vater hat mich gebeten zu kommen. Er ist hoffentlich zu Hause.«

»Aber natürlich«, erwiderte er und öffnete mir die Wagentür. »Würde er Sie einladen, wenn er nicht da wäre?«

»Ich, äh, ich bin früher gekommen, als er erwartet hat.«

»Sieh zu, dass du Anfang September hier sein kannst«, hatte Dad bei unserem gestrigen Telefongespräch gesagt. Hatte ich es mir eingebildet, oder hatte sein aristokratischer britischer Akzent tatsächlich besonders träge geklungen?

»Aber das ist erst in drei oder vier Wochen, Dad«, hatte ich geantwortet. *»Ich mache mir solche Sorgen um dich. Seit deinem letzten Besuch in New York ist fast ein Jahr vergangen, und für gewöhnlich besuchst du mich mindestens alle zwei Monate.«*

»Wir haben in den nächsten Wochen viele Gäste. Es wäre wirklich das Beste, du wartest bis September.«

»Eigentlich ist dieses Wochenende perfekt für mich. Ich treffe mich am Montagmorgen mit Kunden, für die ich einen Katalog mit Badebekleidung entwerfe, in London. Heute ist Freitag. Ich könnte morgen nach Aulnat fliegen, Samstag und Sonntag mit dir verbringen und Sonntagabend nach London zurückfliegen.«

»Du möchtest bestimmt lieber nicht hier sein, wenn wir Gäste haben. Dann habe ich doch gar keine Zeit für dich. Warte bis nächsten Monat.«

Luc sagte mir, mein Vater sei wahrscheinlich in der Bibliothek. Er würde meinen Wagen in die Garage fahren und mein Gepäck aufs Zimmer bringen lassen.

Die kaugummikauende Blondine, die vor der offenen Tür zur Bibliothek stand, trug ein langes Kleid, das vage an edwardianische Mode erinnerte, wenn man einmal von dem tiefen Ausschnitt absah, der operierte Brüste von enormen Ausmaßen enthüllte. Ihr Gesicht war dick geschminkt, ihre langen, welligen Haare hochgesteckt: eine Mischung aus Brigitte Bardot und Edith Wharton.

»Entschuldigung, haben Sie Emmett Arch...«, begann ich.

»Schscht!!« Sie hielt einen Finger an die Lippen und flüsterte mit Brooklyner Akzent: »Sie drehen gerade.«

Ich blickte durch die Tür in die Bibliothek, und mir klappte der Unterkiefer herunter. Drei Personen trieben es auf dem Tisch, in der Mitte des riesigen, hohen Raums. Um den Tisch herum waren gleißend helle Scheinwerfer aufgebaut, und zwei Männer mit Digitalkameras auf den Schultern standen davor. Eine Frau, eine Rothaarige, lag mit gespreizten Beinen und Armen auf dem Tisch, während ein Typ, der auf ihr lag, in sie hineinstieß und dabei die Muschi einer dunkelhaarigen Frau leckte, die vor ihm kniete. Sie war die Einzige, die wenigstens halbwegs bekleidet war, mit einem Satin-Mieder, Strümpfen, Stilettos und langen Handschuhen, alles in Schwarz. Sie schlug dem Mann mit einer Reitgerte auf den Hintern und schrie: »Fester! Schneller! Streng dich an!«

Lili? Ich hatte sie zuerst nicht wiedererkannt, weil sie so stark geschminkt war, aber diese samtige, exotisch klingende Stimme war unverkennbar.

»Bist du der Fluffer?« Die Blondine blickte mich fragend an und produzierte eine dicke rosa Kaugummiblase.

»Fluffer?«

Sie ließ die Blase zerplatzen und pumpte mit der Faust vor ihrem Mund hin und her, in der universellen Blow-Job-Geste. »Das Mädchen, das die Jungs auf die Szene vorbereitet. Aber du bist es wahrscheinlich nicht.«

»Ich bin nur Gast hier.«

Die Blondine streckte ihre Hand aus. »Ich bin Juicy Fisher.«

»Isabel Archer.« Ich schüttelte ihr die Hand, wobei ich überlegte, ob ich Desinfektionsmittel eingepackt hatte. Sie fragte mich nicht, ob ich nach der Figur von Henry James benannt war, aber es hätte mich auch gewundert.

»Schnitt!«, brüllte ein Mann in der Bibliothek. »Emmeline! Das war dein Stichwort! Wo zum Teufel bleibst du?«

Die Blondine zischte: »Scheiße!« Sie nahm ihren Kaugummi aus dem Mund und klebte ihn an den Türrahmen. »Entschuldigung, Larry! Mein Fehler!«

»Macht noch mal von ›Fick das Luder. Ramm sie‹«, sagte der Mann.

Ein Mädchen mit einem halben Dutzend Piercings im Gesicht hielt die Klappe an eine der Kameras und sagte: »Szene zwei, Einstellung zwei, die Siebte.«

»Action!«, rief Larry.

»Fick das Luder! Ramm sie!«, sagte Lili.

Juicy öffnete einen Sonnenschirm und schlenderte in die Bibliothek.

»Archie!«, schrie sie. »Was machst du da?«

»Emmeline!«, sagte der Typ. »Ich habe dich nicht erwartet.«

»Das sehe ich. Du Schuft! Du herzloser Betrüger!«

»Mir scheint, dein Archie war sehr ungezogen«, sagte Lili. »Ungezogene Jungen müssen bestraft werden.«

»Ja, gerne.« Juicy trat an den Tisch und nahm Lili die Peitsche aus der Hand. Dann jedoch zögerte sie und fragte: »Entschuldigung, Larry, aber wo stehe ich noch mal?«

»Schnitt!«

Ich trat näher, um einen Blick auf Larry zu werfen, der neben einem Laptop auf der Kante eines Schreibtischs saß. Er war in den Dreißigern und sah mit seiner Schildpattbrille eher wie ein Lehrer aus und nicht wie ein Pornoregisseur.

In einer Ecke hinter ihm saßen Elic und Inigo, flüsterten und kicherten miteinander. Inigo, der ein Betty-Boop-T-Shirt, weite gestreifte Shorts, orangefarbene Converse All Stars und eine Sonnenbrille trug, schraubte gerade den Deckel von einer Flasche Tequila. Elic, in einem verblichenen schwarzen T-Shirt, mit Jeans und bloßen Füßen, wirkte immer noch wie ein goldener Gott. Wie Lili sahen auch die beiden nicht einen Tag älter aus als vor neunzehn Jahren. Irgendwas musste im Wasser von Grotte Cachée sein.

Aus den Augenwinkeln bemerkte ich eine Bewegung oben. Mein Dad beugte sich über das Geländer der Galerie und winkte mir, ich solle zu ihm nach oben kommen.

Als ich die Treppe im Südost-Turm hinaufstieg, ging mir durch den Kopf, wie seltsam es war, dass mein kultivierter Vater den Dreharbeiten zu einem Porno zuschaute. Noch seltsamer war, dass er sie selbst arrangiert hatte. Als *administrateur* von Adrien Morel, Seigneur des Ombres, dem sechsunddreißigjährigen Herrn von Grotte Cachée, geschah alles im Château letztlich auf Veranlassung meines Vaters. Er hatte Bekanntschaften auf der ganzen Welt, und auf seinen zahlreichen Reisen lud er Leute, die er als »vielversprechend« empfand, ins Schloss ein. Was er darunter verstand, hatte er mir nie erklärt, aber ich wusste, dass es etwas mit Elic, Lili und Inigo zu tun hatte – ach ja, und auch mit dem zurückhaltenden Darius, dem ich während meines dreiwöchigen Aufenthalts nur einmal flüchtig begegnet war.

Mein Vater nannte sie »die Follets«, und ich nahm an, das sei ihr Nachname. Sie waren wohl irgendwie mit Adrien verwandt, allerdings waren Elic und Lili anscheinend untereinander nur sehr entfernte Verwandte, da sie offensichtlich ein Liebespaar waren. Mir kamen sie vor wie die Freak-Familie Robinson, da sie in ihrem kleinen, abgelegenen Tal nach ihren eigenen Regeln lebten und spielten. Ich hatte sie schon damals exzentrisch, geheimnisvoll und verwöhnt gefunden, weil sie scheinbar mühelos alles bekamen, was sie wollten.

Sie arbeiteten nicht, und sie schienen sich für nichts zu interessieren außer für ihr Vergnügen. Wenn ich Dad fragte, was mit ihnen los sei, sagte er nur, er würde alle meine Fragen beantworten, wenn ich einwilligen würde, ihm als *administrateur* zu folgen – das wäre dann schon die neunte Generation von Archers in dieser Position. Der erste war Lord Henry Archer gewesen, der zweite Sohn des Marquess of Heddonshaw, der den Posten von 1742 bis zu seinem Tod im Jahr 1801 innegehabt hatte. Meine Reaktion darauf war immer die gleiche gewesen: »Ja, klar, ich ziehe in ein entlegenes französisches Château, um einen Haufen reicher, verwöhnter Irrer zu hüten … wenn es in der Hölle schneit.«

In jenen Weihnachtsferien hatte Dad mich gewarnt, nicht zu viel Zeit mit den Freaks zu verbringen und vor allem nicht ins Badehaus oder in die Höhle zu gehen. Als ich zwei Wochen da war, hörte ich, wie er zu Inigo sagte: »In einer Woche ist sie wieder weg, es kommen amüsante neue Gäste, und du kannst nach Herzenslust deine ›heroischen Dimensionen trainieren‹, wie du es formulierst. In der Zwischenzeit wäre ich dir sehr dankbar, wenn du aufhören würdest, ständig darüber zu jammern, wie verdammt geil du bist. Vor allem nicht in Isabels Gegenwart. Meinst du, du schaffst das?« Was diese kleine Rede abgesehen vom Gebrauch der Wörter »verdammt« und »geil« so denkwürdig machte, war sein gereizter Tonfall, zumal er normalerweise sowohl mit den Freaks als auch mit Adrien fast ehrerbietig sprach. Inigo jedenfalls war so überrascht, dass er in Lachen ausbrach und sagte: »Gut gemacht, Arch!«

Ich war mittlerweile an der Tür im zweiten Stock angekommen, die auf die Galerie führte. Links von mir erstreckten sich Reihen um Reihen von Bücherregalen, nur unterbrochen von hohen Fenstern, durch die das weiche Licht der Nachmittagssonne drang. Rechts von mir war ein langer schmaler Raum, in dem vereinzelt Sesselgruppen auf Perserteppichen standen. In einem dieser Sessel saß mein Vater.

Dad lächelte mich ein wenig vorwurfsvoll an, als wolle er sagen: »Was machst du denn hier?« Auf seinen Wangen lag ein rosa Schimmer; offensichtlich war es ihm peinlich, dass ich die Szene unten mitbekommen hatte. Er packte das Geländer und erhob sich, als ich näher kam. Sein früher einmal dunkles Haar war grau geworden, seitdem ich ihn das letzte Mal gesehen hatte, und sein maßgeschneiderter Savile-Row-Anzug saß nicht so makellos wie sonst. Er war erst dreiundsechzig, aber er wirkte gut zehn Jahre älter.

»Hey, Dad, hast du kürzlich ein paar gute Pornos gesehen?« Ich küsste meinen Vater auf beide Wangen, was das Äußerste an Körperkontakt zwischen uns war. Er war immer schon ein bisschen distanziert gewesen.

»Was hast du mit deinen Haaren gemacht?«, fragte er.

»Es hat zweihundert Dollar gekostet, also sag besser nichts.«

»Schön, dich zu sehen«, sagte er ernst, »aber mir wäre lieber gewesen, du hättest gewartet.«

»Hallo, Isabel.« Die Stimme war tief, leise und hatte einen französischen Akzent.

Das Herz schlug mir auf einmal bis zum Hals. Ich drehte mich um und sah Adrien Morel, den Grund dafür, dass ich neunzehn Jahre lang nicht mehr in Grotte Cachée gewesen war.

2

Adrien stand vor dem Fenster, neben einem Schreibtisch, auf dem sich Bücher und Papiere stapelten. Ein in Leder gebundener Band mit Pergamentseiten lag aufgeschlagen vor ihm. Als mein Blick darauf fiel, klappte er das Buch zu und kam mit ausgestreckter Hand um den Schreibtisch herum auf mich zu.

Als ich ihn das letzte Mal gesehen hatte, war er ein schlaksiger Siebzehnjähriger gewesen. Er hatte immer noch diese großen, seelenvollen Augen und diese störrischen, scheinbar nicht zu bändigenden braunen Haare, aber er war zu einem Mann gereift. Das Leben hatte Spuren in seinem Gesicht hinterlassen; seine Schultern waren breiter, kräftiger. Er trug eine Kakihose und ein blaues Hemd mit aufgerollten Hemdsärmeln, nicht zu vergleichen mit den weiten Pullovern und zerschlissenen Jeans seiner Jugend.

»Adrien.« Ich schüttelte ihm die Hand und lächelte ihn an, obwohl es mich all meine Kraft kostete, meine Miene neutral und meine Hand ruhig zu halten. »Es ist lange her.«

»Ja, in der Tat. Du sprichst mittlerweile Englisch mit einem amerikanischen Akzent.«

»Nur, wenn ich erregt bin«, erwiderte ich. »Du weißt schon – wütend oder … was auch immer.«

»Schnitt!«, brüllte Larry von unten. »Emmeline, peitsch ihn fester aus. Und Fanny, jetzt kommst du ins Bild. Tritt hinter Emmeline, und reib dich an ihr, während sie Archie auspeitscht.

Zuerst kommt die Zeile, dass Männer immer mehr Probleme machen, als sie wert sind, und dann knöpfst du ihr Kleid auf und fasst ihre Titten an. Es muss möglichst echt aussehen.«

Adrien seufzte und sagte: »Ich freue mich, dich wiederzusehen, obwohl ich sagen muss, du hättest auf deinen Vater hören und zu einem passenderen Zeitpunkt herkommen sollen.«

Ich blickte gespielt gleichgültig auf die Schauspieler und die Filmcrew. »Ich finde es recht interessant, einmal zu sehen, wie solche Filme gemacht werden.«

»Auf jeden Fall entschuldige ich mich schon einmal«, sagte er.

Die Männer setzten sich erst, als ich Platz genommen hatte. Solche höflichen Gesten gab es nur an einem Ort auf diesem Planeten: in Grotte Cachée. Trotz seiner Jugend war Adrien möglicherweise sogar noch traditionsbewusster als mein Vater.

Ich fragte Dad nach dem Pornofilm, und er sagte mir, er sei der Produzent des Streifens.

»Er basiert darauf.« Adrien nahm ein Buch von einem der Stapel auf seinem Schreibtisch und reichte es mir.

Es war ein schmales Bändchen mit einem braunen Einband, der an den Kanten schon ganz abgestoßen war. *Emmelines Emanzipation* lautete der Titel. Ich schlug die erste Seite auf. Als Verfasser war »Anonymus« angegeben.

Mein Vater sagte: »Die Autorin, wenn ich die richtige Person im Visier habe, hat 1902 ein paar Tage hier verbracht. Das Buch erschien ein Jahr später bei Saturnalia Press. Es spielt in einem abgelegenen Schloss mit einem römischen Badehaus. Es wird auch eine Höhle erwähnt, allerdings findet keine der Szenen dort statt. Und einige der Figuren, vor allem Tobias, haben verblüffende Ähnlichkeit mit …« Er wechselte einen kurzen Blick mit Adrien. »… mit Leuten, die damals hier gelebt haben.«

»Das ist die Erstausgabe«, erklärte Adrien, als ich den Band durchblätterte. »Sie wurde zum hundertsten Jahrestag der Publikation in New York bei Sotheby's versteigert. Darius hat sie telefonisch ersteigert – er sammelt antiquarische Bücher.«

Ich nickte, ohne aufzublicken, weil ich nicht mehr Blickkontakt mit ihm herstellen wollte als nötig. Ich fühlte mich sehr zu Adrien Morel hingezogen, eine chemische Reaktion, auf die ich keinen Einfluss hatte – und die Adrien offensichtlich nicht teilte. Als wir uns vor neunzehn Jahren kennengelernt hatten, hatte ich das Gefühl gehabt, meiner anderen Hälfte begegnet zu sein. Wie ich war Adrien Einzelkind und musste mit einem Schicksalsschlag fertig werden, der seine Welt auf den Kopf gestellt hatte.

Im Winter davor waren seine Eltern und ihr *administrateur*, mein Großvater, ums Leben gekommen, als der Privatjet der Morels in den Schweizer Alpen abgestürzt war. Mit sechzehn Jahren erbte Adrien die *seigneury* von Grotte Cachée, während mein Vater, der gerade seinen Dienst bei der Royal Air Force als Leutnant quittiert hatte, auf einmal Adriens *administrateur* war, obwohl er geglaubt hatte, noch jahrelang Zeit zu haben, bevor er den Posten antreten musste. Wir lebten damals in Chelsea in London, wo meine amerikanische Mutter, Madeleine Lamb Archer, eine selbst ernannte »göttinnengleiche Wahrsagerin«, Prominenten wie Prinzessin Diana die Zukunft voraussagte. Als mein Vater ihr mitteilte, dass wir in ein einsames Tal in einer abgelegenen Gegend von Frankreich ziehen würden – und ich am besten aufs Internat ginge –, reichte sie prompt die Scheidung ein. Innerhalb eines Monats waren wir wieder in ihre Heimatstadt New York gezogen, wo sie sich mit ihrem früheren Freund Douglas Tilney einließ; sobald sie geschieden war, heiratete sie ihn.

Als ich in jenen Weihnachtsferien ins Château kam und Adrien kennenlernte, kam er mir trotz seiner Jugend wie eine alte, melancholische Seele vor. Weil seine Eltern es für unpassend hielten, ihn den Vorgängen in Grotte Cachée auszusetzen, war er in einem luxuriösen Jagdhaus im Wald aufgewachsen, und da er von Privatlehrern unterrichtet worden war, hatte er kaum Gelegenheit gehabt, Freundschaften mit Gleichaltrigen zu schließen.

Ich war damals ähnlich einsam wie er, da ich in der elitären Privatschule, auf der meine Mutter mich angemeldet hatte, kaum Anschluss gefunden hatte. Adrien und ich erkannten einander sofort als verwandte Seelen und unternahmen alles gemeinsam, redeten, wanderten, liefen Ski und hörten Musik. Ich zeichnete sein Porträt und schenkte es ihm, was ihn anscheinend sehr berührte, denn er gestand mir, das sei das schönste und persönlichste Geschenk, das ihm je jemand gemacht habe.

Als wir eines Abends vor dem Kamin im Rittersaal saßen, ergriff er meine Hand und hielt sie fest. Ich spürte, dass er mich küssen wollte, sich aber nicht traute, und so küsste ich ihn. Im Schloss gab es eine graue Katze, die überall herumlief, und genau in diesem Moment miaute sie laut. Sie setzte sich vor den Kamin und starrte uns an. Adrien schien ihr Verhalten sehr zu irritieren, und er sagte zu ihr, sie solle abhauen, aber sie rührte sich nicht vom Fleck. Die Stimmung war dahin, und da Adrien sich nicht wohlzufühlen schien, ging ich schließlich zu Bett.

Am nächsten Morgen war Adrien unerklärlich kühl mir gegenüber und blieb es auch für die letzten drei Tage meines Aufenthalts. Immer, wenn ich etwas mit ihm unternehmen wollte, war er beschäftigt. Wenn wir uns unterhielten, setzte er sich nicht mehr neben mich, sondern weit weg auf einen anderen Stuhl. Er wollte nicht mehr mit mir durch die Wälder streifen, nicht mehr Ski laufen, nichts mehr von unseren gemeinsamen Unternehmungen wissen. Einmal ertappte ich ihn dabei, wie er mich ansah, und ich glaubte so etwas wie Trauer in seinem

Blick gesehen zu haben, bevor er sich abwandte, aber er blieb so distanziert wie zuvor. Es war mir schrecklich peinlich, dass ich sein Interesse missverstanden hatte, und ich war wütend auf mich, weil ich dadurch unsere Freundschaft zerstört hatte. Am Morgen meiner Abreise bemerkte ich, als mein Vater mein Gepäck in den Kofferraum lud, wie sich die Vorhänge in Adriens Arbeitszimmer im obersten Stockwerk des Torturms bewegten. Ich blickte hinauf; sofort fielen sie zu.

»Isabel?«, sagte Adrien. »Möchtest du?«

»Was?«

»Möchtest du das Buch ausleihen? Es scheint dich ja sehr zu faszinieren.«

»Oh. Äh, klar. Danke.«

Dad sagte: »Es war Inigos Idee, aus dem Buch einen Film mit den Follets in den Hauptrollen zu machen. Mit allen außer Darius natürlich. Er hatte mit so etwas nie etwas zu tun. Aber Elic und Lili meinten, es würde bestimmt Spaß machen. Der Mann, den ich als Regisseur engagiert habe, Larry Parent, möchte gerne von der Pornoschiene weg und einen anderen Film realisieren, aber er kann das Geld dafür nicht auftreiben. Ich habe ihm angeboten, ihm seinen Traum zu finanzieren, wenn er *Emmelines Emanzipation* hier im Château mit Inigo, Elic und Lili dreht. Zuerst wollte er davon nichts wissen, weil er sich geschworen hatte, nie wieder einen Porno zu machen, aber schließlich ist er doch darauf eingegangen. Die Dreharbeiten sind beinahe abgeschlossen. Es hat nur zwei Wochen gedauert.«

»Inigo wollte den Tobias spielen, der … der Emmeline in der Kunst der Liebe unterweist«, warf Adrien ein. »Sein Freund Erik wird von Elic gespielt, und dessen Geliebte, Lucretia, von Lili.«

»Eines verwirrt mich«, sagte ich. »Dad, weißt du noch? Damals in den Weihnachtsferien habe ich meine Kamera mitgebracht, aber du hast sie mir abgenommen, damit ich auch ganz bestimmt keine Fotos von den Follets mache. Du hast gesagt, sie hassten es, wenn man sie fotografiert, und du wolltest es noch nicht einmal riskieren, als ich versprochen habe, sie auf keinen Fall abzulichten. Ich weiß bis heute nicht, warum, aber ist ja auch egal. Ich verstehe nur nicht, warum Leute, die es hassen, fotografiert zu werden, sich beim *Sex* sogar filmen lassen. Und der Film wird ja auch auf DVD erscheinen, also werden ihn ja alle möglichen Leute sehen.«

»Das wird kein Problem sein«, antwortete mein Vater.

»Aber …«

»Wenn ihr beide mich entschuldigen wollt«, sagte Adrien. Er stand auf, um zu gehen, das Buch mit den Ornamenten unter dem Arm. »Ich habe noch zu tun. Es ist so schön, dich wiederzusehen, Isabel. Ich hoffe, du bleibst eine Weile.«

»Das ist nett, Adrien, aber leider fliege ich morgen Abend wieder nach London.«

»Schade. *Adieu.*«

Mein Vater blickte ihm nach, bis Adrien verschwunden war, und dann begann er rau zu husten.

»Dad, geht es dir gut?«

»Du solltest ihn nicht Adrien nennen.«

»Oh, bitte.«

»Du solltest *mon seigneur* zu ihm sagen, wie ich.«

»Das ist doch lächerlich.«

»Nein, es ist respektvoll. Und wenn du *administrateur* bist, erwartet man es sowieso von dir, deshalb kannst du genauso gut jetzt schon damit anfangen.«

»Dad, sag so etwas bitte nicht.«

Nachdenklich rieb er sich über das Kinn. »Komm«, sagte er und stand auf. »Geh mit mir zu meinen Zimmern.«

Es war nicht besonders weit, aber als wir da waren, ging sein Atem pfeifend. Er trat sofort an einen Wandschrank und holte ein Gerät auf Rädern heraus, das auf den ersten Blick aussah wie eine Nähmaschine im Koffer, nur größer. Dann setzte er sich und zog einen Plastikschlauch heraus, an dessen Ende sich eine Nasenkanüle befand. Diese führte er in seine Nasenlöcher ein und schaltete das Gerät ein, das mit leisem Summen ansprang. Tief atmend lehnte er sich mit geschlossenen Augen zurück.

Ich setzte mich auf seine Ledercouch und ließ den Kopf in die Hände sinken. Als er die Maschine schließlich ausgeschaltet und die Kanüle entfernt hatte, sagte ich: »Sprich mit mir, Dad.«

»Man nennt es idiopathische Lungenfibrose«, sagte er sachlich, während er den Plastikschlauch wieder zusammenrollte. »Idiopathisch bedeutet, dass sie die Ursache nicht wissen. Meine Lungen haben sich extrem entzündet, und die Narbenbildung führt zu Versteifungen. Ich werde in der Universitätsklinik in Clermont-Ferrand ambulant behandelt, und sie haben mir Kortison und Immunsuppressiva gegeben, die bisher keinerlei Wirkung gezeigt haben. Ich bin zu alt für eine Lungentransplantation – die Altersgrenze liegt bei sechzig. Sie haben mir gesagt, dass die Krankheit sich bei mir außergewöhnlich aggressiv entwickeln würde und dass ich höchstens noch ein Jahr zu leben hätte.«

»*Was?*«

»Laut dem Lungenspezialisten steht meine Lebenserwartung in direktem Zusammenhang mit dem Level an Stress und Belastung in meinem Leben. Ich soll mich entspannen, meine Reisen auf ein Minimum reduzieren …«

»O mein Gott«, unterbrach ich ihn. Tränen traten mir in die Augen.

»Wenn du anfängst zu weinen«, sagte er leise mit ruhiger Stimme, »muss ich dich bitten zu gehen. Ich kann mit meinen eigenen Emotionen wesentlich erfolgreicher umgehen als mit deinen.«

»Oh, Scheiße.« Ich holte tief Luft, um meine Tränen zurückzudrängen. Am liebsten hätte ich mich in seine Arme geworfen, aber das hätte ihm überhaupt nicht gefallen.

»Isabel, meine Liebe, musst du fluchen wie ein Bierkutscher?«

»Dad, was zum Teufel ist ein Bierkutscher?«, erwiderte ich. Meine Stimme hatte einen leicht hysterischen Klang. »Das hast du früher schon immer gesagt, und ich habe verdammt noch mal keine Ahnung, was ein Bierkutscher ist.«

»Jemand, der Bier ausfährt. Und übermäßig flucht.«

»Adrien weiß es nicht, oder? Und auch sonst niemand?«

»Du lieber Himmel, nein. Diese Art von Drama kann ich nicht brauchen. Und dir erzähle ich es auch nur, damit du dich auf die Verantwortung vorbereiten kannst, die vor dir liegt.«

»O mein Gott«, stieß ich erneut aus und sank auf der Couch in mich zusammen. Jetzt war mir auch klar, warum mein Vater mich herbestellt hatte. »Dad ... o mein Gott, ich liebe dich so sehr, und ich wünschte ... ich wünschte, ich könnte dir sagen, was du hören willst, dass ich willens und bereit bin, den Posten als *administrateur* anzutreten, aber es ist ... es ist einfach nicht das Richtige für mich. Ich werde es nicht machen. Es tut mir leid. Wirklich, aber du wirst andere Vorkehrungen treffen müssen. Ich helfe dir dabei. Ich werde jemanden finden ...«

»Die Archers haben als *administrateurs* den Hohedruiden von Grotte Cachée gedient seit ...«

»Den Hohe- was?«

»Du weißt schon, was ich meine.«

»*Druiden?* Du meinst keltische Priester? Weißt du, dass Mom sich neuerdings als Druidin bezeichnet? Es ist so verdammt peinlich, ich kann es dir gar nicht beschreiben.«

»Denk einfach darüber nach, bitte. Ich flehe dich an.«

»Dad ...« Ich schüttelte den Kopf. »Ich werde meine Meinung nicht ändern. Ich habe ein Leben in New York. Ich habe

Freunde dort, arbeite erfolgreich freiberuflich und wohne zur Untermiete in der schönsten mietpreisgebundenen Wohnung in ganz Manhattan.«

»Ich bitte dich ja nur, dass du einmal darüber nachdenkst. Tust du das für mich?«

Ich nickte und sagte ihm, was er hören wollte. »Okay. In Ordnung. Ich denke darüber nach.«

3

An jenem Abend saß ich im Pool, genoss das warme Wasser und das Mondlicht, das durch das offene Dach des Badehauses drang, und fragte mich, wie ich meinem Vater helfen konnte, was ich zu dieser ganzen *administrateur*-Geschichte sagen und was ich tun sollte, um es besser zu machen. Trotz der Scheidung und der Tatsache, dass meine Mutter das Sorgerecht für mich hatte, hatte ich mich meinem Vater immer schon näher gefühlt. Wir hatten eine Beziehung, die ich zu meiner Mutter nie hatte. Er war die Achse meiner Welt.

Meine Kehle wurde eng, und meine Augen brannten. Dad mochte ja seinen bevorstehenden Tod auf seine typische blasierte Art akzeptieren, aber ich konnte mir nicht vorstellen, was ich ohne ihn tun sollte. Bei der Aussicht, ihn zu verlieren, stürzte ich in einen schwarzen Abgrund. Ich fühlte mich jetzt schon beraubt.

In der Dunkelheit hinter dem Badehaus sah ich einen winzigen orangefarbenen Punkt, der immer näher kam. Schließlich hörte ich das Geräusch von Flipflops auf dem Fliesenboden, und kurz darauf stand Adrien in der Tür.

Er blieb stehen und starrte mich an. »Isabel. Hi.« Er hatte sein Hemd ausgezogen, trug aber immer noch seine Kakihose, die tief genug auf den Hüften saß, dass ich den Bund seiner grauen Unterhose erkennen konnte. Sein Oberkörper war wundervoll proportioniert, und auf der Brust war er leicht behaart. Zwischen den Fingern hielt er eine brennende Zigarette.

Schützend schlang ich die Arme um mich, obwohl ich einen Badeanzug trug. Gott sei Dank, denn zuerst hatte ich erwogen, nackt zu baden.

»Du …« Meine Stimme versagte. Ich schluckte. »Du rauchst?«

Er nickte und trat zu einem Aschenbecher auf einem schmiedeeisernen Tisch, um sie auszudrücken. »Schlechte Angewohnheit, ich weiß. Es tut mir leid, dass ich dich gestört habe. Ich gehe lieber und lasse dich …«

»Das ist doch albern, Adrien. Ich gehe. Es gibt doch keinen Grund, warum du …«

»Isabel?« Er trat an den Rand des Beckens und blickte mich aufmerksam an. »Ist alles in Ordnung?«

»Mir geht es gut, ich …« Ich fuhr mir mit den Fingern durch die nassen Haare. »Ich, äh, ich bin nur müde.«

Er hockte sich hin, tauchte eine Hand ins Wasser und musterte mich. »Hat er es dir gesagt? Mit seiner Lunge? Es ist doch seine Lunge, oder?«

»Du … du weißt es? Wie …?«

»Sagen wir mal, es ist schwer, so etwas vor mir zu verbergen. Ist es sehr ernst?«

Ich nickte, mein Kinn bebte. »Er … er …« Ich schluchzte und sagte: »Er stirbt.«

»*Mon dieu.*« Adrien schlüpfte aus seinen Flipflops, sprang in der Hose ins Becken und nahm mich in die Arme. »Schscht«, flüsterte er. »Nicht weinen. O Gott, Isabel, es tut mir so leid. Es tut mir so leid.«

Ich lag in seinen Armen, weinte, und er hielt mich fest, streichelte mir über Arme und Rücken und flüsterte beruhigende Worte.

Schließlich versiegten meine Tränen, und mir wurde bewusst, wie intim es war, so aneinandergeschmiegt im warmen Wasser zu stehen, seine Haut an meiner, und seine Wärme, seinen Atem zu spüren. Die trauernde Leere in mir verwandelte sich in etwas Greifbares, und nicht nur meine Seele, sondern auch mein Körper empfand sie.

Er rieb seine Wange an meinen Haaren und hauchte meinen Namen. Meine Kopfhaut prickelte heiß, als er mich auf den Scheitel küsste. Seine Lippen glitten zu meiner Schläfe hinunter, und ich küsste ihn auf den Hals.

Er stand ganz still, nur sein Brustkorb hob und senkte sich. Ich legte eine Hand auf sein Herz und spürte es wie eine Trommel schlagen. Wieder küsste ich ihn auf den Hals und dann aufs Kinn.

Er legte einen Arm um mich, umfasste meinen Hinterkopf, und unsere Lippen trafen sich. Der Kuss war hart und hungrig, er schmeckte nach salzigen Tränen und Tabak, Trauer und Kummer. Ich spürte, wie er hart wurde, schlang die Beine um seine Taille und drückte mich an ihn, als ob ich mit ihm verschmelzen wollte.

Es ging alles so schnell, mit einer blinden, qualvollen Wildheit. Er zerrte an den Trägern meines Badeanzugs, ich knöpfte seine Hose auf, keuchte, als die glatte Säule seiner Erektion heraussprang. Da es ihm offenbar zu lange dauerte, mich aus dem eng anliegenden Badeanzug herauszuschälen, schob er einfach den Schritt zur Seite, packte meine Hüfte mit einer Hand und drang in mich ein.

Wieder traten mir Tränen in die Augen, als er die Leere in mir ausfüllte. Seine Stöße waren tief und kräftig, fast gewalttätig, und ich begegnete ihnen kraftvoll. Wasser schwappte aus dem Becken auf den Marmorboden. Er umfasste meinen Kopf und küsste mich, stöhnte in meinen Mund, während seine Stöße immer schneller und drängender wurden. Lust ließ mein Herz anschwellen, bis ich das Gefühl hatte zu explodieren. Als ich merkte, dass er kam, erreichte auch ich den Höhepunkt. Es war wie ein Tausend-Volt-Stromstoß, der durch meinen Körper jagte.

Zitternd und keuchend hielt er mich, als die Zuckungen langsam nachließen und unsere Herzen wieder normal schlugen.

»Ich habe nichts genommen«, sagte er ein wenig atemlos. »An Schutz.«

»Ich nehme die Pille«, murmelte ich in seine Halsbeuge.

Er nickte. »Ich bin, äh, ich bin gesund. Du weißt schon.«

»Ich auch.«

»Trotzdem …« Er schüttelte leicht den Kopf.

Ich blickte ihn an.

Er wich meinem Blick aus und strich mir die feuchten Haare aus dem Gesicht. Dann zog er die Träger meines Badeanzugs wieder hoch und knöpfte sich die Hose zu.

»Du hältst es für einen Fehler«, sagte ich.

Er ließ sich Zeit mit der Antwort.

Ich löste mich von ihm und stieg aus dem Becken. Am liebsten wäre ich wieder in Tränen ausgebrochen. Was hatte ich denn geglaubt? Dass er nach neunzehn Jahren plötzlich Gefühle für mich entwickelt hätte?

Hastig schlüpfte ich in meinen Bademantel und sagte: »Erklär mir bloß nicht, dass du mich aus Mitleid gevögelt hast, selbst wenn es so war. Das könnte ich jetzt nicht ertragen.«

»Gott, Isabel.« Adrien trat an den Beckenrand. »Wie kommst du denn auf die Idee?«

»Warum nicht?« Ich drehte mich um und ging.

4

Ich habe gestern Abend *Emmelines Emanzipation* gelesen«, sagte ich am nächsten Morgen zu meinem Vater, als wir bei Tee und Scones an einem kleinen Tisch auf dem Balkon seiner Wohnung hoch über dem zentralen Hof des Schlosses saßen.

»Ach ja? Und wie findest du es?«

»Es ist ein bisschen überholt.«

Er hob seine Tasse und pustete in seinen Tee. »Es wurde vor über hundert Jahren geschrieben, aber ich finde, es hat trotzdem seine amüsanten Momente.«

»Absicht war das aber nicht. Der Film scheint sich nicht sehr eng an das Buch zu halten. Als Emmeline im Buch Archie mit diesen beiden Frauen überrascht, macht sie sich ja fast in die Hose.«

»Isabel, kannst du nicht einfach sagen: ›Sie regt sich auf‹?«

»Ja, meinetwegen, sie regt sich auf. Und zwar so sehr, dass sie auf der Stelle ohnmächtig wird. Das passiert doch ständig. Sie ist eine absolut naive, erschreckte Jungfrau, als Tobias sie unter seine, äh, gigantischen Fittiche nimmt, und erst am Schluss wird sie die herrische Mistress Emmeline.«

»Was willst du damit sagen?«

»Als ich gestern die Szene in der Bibliothek gesehen habe, da ist mir aufgefallen, dass sie ungefähr zwei Minuten gebraucht hat von ihrem ersten ›Archie, du Schuft!‹ bis zu diesem heißen Feger. Was soll das?«

Ihr Vater zuckte mit den Schultern. »Larry hat das Drehbuch nach dem Roman geschrieben. Ich habe ihm freie Hand gelassen, solange die Follets die Rollen spielen dürfen, die sie sich ausgesucht haben.«

»Wenn man vom Teufel spricht.« Ich nickte zum Hof hinunter. Larry Parent, seine Crew und ein paar Schauspieler in Bademänteln – unter ihnen Elic, Inigo und Lili – waren auf dem Weg zum Brunnen in der Mitte des Hofs.

»Ich glaube, das ist die vorletzte Szene im Drehbuch«, sagte mein Vater. »Heute Nachmittag wollen sie die Höhlenszene drehen, und dann sind sie fertig.«

»Im Buch gibt es keine Höhlenszene.«

»Ich habe sie vor ein paar Tagen vorgeschlagen. Etwa einen Kilometer vom Eingang entfernt gibt es ein wunderbares Kristallbecken, und ich habe Larry gesagt, dass das ein großartiges Setting für eine Szene zwischen Emmeline und Tobias wäre. Orangensaft?«, fragte er und hob einen kleinen Glaskrug an.

Ich nickte und hielt ihm mein Glas hin.

Heraus damit, sagte ich mir. Es war nur eine Notlüge, und wenn er dadurch länger und zufriedener leben konnte, schadete sie ja niemandem. *»Mein Lungenfacharzt hat gesagt, je weniger Stress ich habe, desto länger lebe ich.«*

»Äh, Dad, ich habe nachgedacht über unser Gespräch gestern, dass ich dir als *administrateur* nachfolgen soll, äh …«

Er beugte sich vor. »Ja?«

»Ich, äh …« Ich konnte ihm nicht in die Augen sehen und blickte angestrengt auf mein Glas Orangensaft. »Ich mache es.«

»Oh, Isabel.« Er ergriff meine Hand und drückte sie. Eine solche Geste hatte ich bei ihm noch nie erlebt. »Du kannst dir nicht vorstellen, was das für mich bedeutet. Es hat so schwer auf mir gelastet, daran zu denken, dass jemand anderer als ein Archer nach all diesen Jahren hier als *administrateur* dient. Und ich hatte keine Ahnung, wo ich Ersatz hernehmen sollte, wenn du ablehnen würdest.«

»Ich weiß, Dad. Du kannst dich jetzt entspannen.«

»Ich muss dir so viel erzählen, dich in so vieles einführen. Du wirst wahrscheinlich genauso ungläubig wie ich reagieren, als ich damals zum ersten Mal von der Geschichte dieses Ortes hörte und wie die Follets hierherkamen – und warum Adrien Morel und seine Vorfahren sie seit mehr als zweitausend Jahren beschützen.«

Ich legte den Kopf schräg. »Zweitau…?«

»Action!«

Ich blickte in den Hof hinunter. Im Brunnen fand vor laufender Kamera eine Orgie statt. Die Rothaarige aus der Bibliotheksszene stand über den Rand des Beckens gebeugt und ließ sich von Elic von hinten nehmen. Dabei küsste er Lili, die neben ihm kniete und ebenfalls von einem anderen Typ von hinten gestoßen wurde. Inigo stand am Fuß der Statue und saugte an einer Flasche Tequila, während »Fanny« an ihm saugte. Dabei fickte sie der Typ, der Archie spielte, in den Arsch.

»Eigentlich muss es in dieser Szene regnen«, sagte ich.

»Das Wetter hat nicht mitgespielt«, erwiderte Dad und erhob sich, »deshalb hat Larry beschlossen, er kann auch ohne Regen leben. Er will einfach nur fertig werden. Komm mit. Ich will dir etwas zeigen.«

»Meinst du nicht, du solltest erst klopfen?«, fragte ich, als Dad, der von dem kurzen Spaziergang erschöpft war, mit einem der zahllosen Schlüssel an seinem Schlüsselring die Tür zu Adriens Arbeitszimmer im Torturm aufschloss.

»Er kommt erst heute Abend aus Lyon zurück«, antwortete er rasselnd. »Er trifft sich wegen irgendwelcher Renovierungsarbeiten mit einem Architekten. Und außerdem habe ich freien Zugang zu seinem Arbeitszimmer – ich allein.« Er öffnete die Tür und fügte hinzu: »Kein anderer Zivilist als der *administrateur* darf diesen Raum betreten.«

»Zivilist?«

»Diejenigen ohne die Gabe.«

»Äh …«

Er schob mich hinein und sagte: »Du darfst auch nur herein, weil du meine Erbin bist.«

Oh, Mann. »Dad, ich weiß wirklich nicht, ob ich …« Ich schaute mich um und stieß aus: »Wow!«

Es war ein großer Raum mit Fenstern an allen vier Seiten. Durch die Fenster an der Südwand sah ich die Straße, die auf das Torhaus zuführte, die Fenster nach Norden blickten auf den Hof. Die Mauern waren unverputzt, was dem Raum eine mittelalterliche Aura verlieh, auch wenn man die Steine vor lauter Gemälden, Zeichnungen, Fotografien und Wandbehängen kaum sehen konnte.

Er hatte sogar die Bleistiftzeichnung aufgehängt, die ich ihm damals zu Weihnachten geschenkt hatte. Sie war unter Glas in einem prachtvollen Blattgoldrahmen, das muss man sich mal vorstellen!

Es gab Regale und Schränke, ein verschlissenes Ledersofa und zwei lange Arbeitstische, die im rechten Winkel zueinander in der Nordostecke standen. Auf einem Tisch standen ein Computer sowie ein Laptop, ein Drucker, ein Kopierer, ein übergroßer Scanner und ein eher esoterisches Gerät, das ich als Bindemaschine erkannte, mit der man qualitativ hochwertige Taschenbücher produzieren konnte. Diagonal in der Ecke zwischen den beiden Tischen befand sich ein automatischer Papierschneider. Auf dem anderen Tisch lagen zahlreiche alt aussehende Manuskripte und Pergamentrollen, ein Stapel von Büchern – der Titel des obersten Buches lautete *Das Äquivalenz-Prinzip in der Vortex-Theorie von Materie* – und ein paar Notizbücher mit Spiralheftung. Auf dem Umschlag des obersten stand mit schwarzem Filzstift:

ÉTÉ 14 A. D.
L'ARRIVÉE D'INIGO
BÂTIMENT DU BAIN PUBLIC
LA MORT DE L'AUGUSTUS

»Sommer, Anno Domini 14«, murmelte ich. »Inigos Ankunft, Bau des Badehauses, der Tod des Augustus.« Ich trat näher an den Tisch, um das Notizbuch darunter anzuschauen. Auf dem zweiten stand: 1500–1600, DOMENICO VITTURI/COURTISANES; auf dem dritten: 18TH C., HELLFIRE CLUB; und auf dem vierten, das am auffälligsten war: VISITATIONS PAR DES VAMPIRES.

Am östlichen Ende des Raums befand sich ein massiver Walnussschreibtisch, der übersät war mit Büchern und Papieren. An der gegenüberliegenden Wand stand eine Vitrine, die einen uralten Spazierstock aus einem knorrigen Eichenast und einen schweren goldenen Halsring enthielt, der so aussah, als gehörte er eher in ein Museum.

Mein Vater lehnte sich an den Schreibtisch und sagte: »Das hat Brantigern, dem Protek…« Der Rest des Satzes ging in einem heftigen Hustenanfall unter. Als er vorbei war, wirkte er benommen.

»Dad, ist alles in Ordnung?«

Er nickte. »Mir ist nur ein wenig schwindlig. Das geht vorbei.«

Ich half ihm zur Couch, damit er sich setzen konnte. »Hier.« Er reichte mir den Schlüsselring, zeigte auf den Bücherschrank mit den Glastüren und sagte: »Hol den ersten Band heraus.«

Auf den Büchern, die als Broschuren gebunden waren, stand VOLUME I, VOLUME II, VOLUME III und so weiter.

Mein Vater sagte: »Die Bücher im zweiten Regal sind meine englischen Übersetzungen, falls du sie lieber nicht auf Französisch lesen möchtest.«

Ich zog den ersten Band auf Englisch heraus und schloss den Bücherschrank wieder ab.

»Adriens Vorfahren waren schon vor Christus hier in diesem Tal Häuptlinge und spirituelle Anführer«, erklärte mein Vater. »Als die Römer Gallien besetzten, blieb ein junger Druide namens Brantigern mit einer kleinen Gruppe seiner Stammesgenossen hier, um Darius zu schützen.«

»Der Eremit?«

»Er hat hier seit über zweitausend Jahren gelebt«, sagte mein Vater. »Er ist ein Dschinn.«

»Äh, wie in *Bezaubernde Jeannie*?«

Er warf mir einen tadelnden Blick zu und erwiderte: »Nein. Nicht wie in *Bezaubernde Jeannie*. Er stammt aus einer uralten, verehrungswürdigen Rasse, wie auch Elic, Lili und Inigo, die später hier ankamen. Elic ist ein nordischer Elf und aufgrund genetischer Mutation auch ein Dusios, was bedeutet, dass er sequenziell hermaphroditisch ist.«

»*Ein Hermaphrodit?* Ich habe ihn doch bei den Dreharbeiten gesehen, und seine Geschlechtsteile kamen mir ziemlich männlich vor – und auch sehr funktionsfähig, möchte ich hinzufügen.«

»Der entscheidende Begriff hierbei ist ›sequenziell‹, was bedeutet, dass er wie bestimmte Tiere die Fähigkeit hat, zu Reproduktionszwecken sein Geschlecht zu ändern. Lili war die Göttin des Neumondes im alten Babylon, aber die meiste Zeit galt sie als Hexe oder Sukkubus. Und Inigo ist ein Satyr.«

»Okay, aber hat ein Satyr nicht Fell an den Schenkeln und Hufe und Hörner? Und einen Schwanz?«

»Den Schwanz hat er sich chirurgisch entfernen lassen, seine Hörner sind sehr klein, und wenn du ganz frühe griechische Darstellungen von Satyrn betrachtest, wirst du feststellen, dass sie normale menschliche Beine haben.«

»Ja, gut, das erklärt vieles.«

»Die meisten Leute halten Follets für sexuelle Dämonen, Incubi und Succubi – jedenfalls früher, als man noch an solche Kreaturen glaubte –, weil ihre körperlichen Bedürfnisse so verzehrend sind. Bei Darius allerdings nicht so sehr, es sei denn, er berührt zufällig einen Menschen und absorbiert *dessen* fleischliche Gelüste – er hat sein eigenes Kreuz zu tragen. Deshalb nimmt er in Gegenwart von Menschen für gewöhnlich die Gestalt einer grauen Katze an. Manchmal verwandelt er sich auch in eine Blaumerle, aber für gewöhnlich ist er eine Katze.«

»Oh. Dann ist er also so etwas wie ein Gestaltwandler?«

»Für die alten, präislamischen Semiten waren die Dschinn tatsächlich Gestaltwandler. Wie gesagt, er meidet die Menschen, aber die anderen brauchen sexuelle Begegnungen, je intensiver, desto besser. Ohne könnten sie nicht auskommen, das wäre, als wenn sie nichts zu essen oder zu trinken bekämen, und ihr Hunger ist kaum gestillt, da kehrt er auch schon wieder, sodass sie sich in einem ständigen Fieberrausch der Lust befinden.«

Hatte mein reservierter, züchtiger Vater gerade gesagt: »Fieberrausch der Lust«? Glaubte er etwa tatsächlich an dieses ganze Gerede von geschlechtsverwandelnden Elfen und *Satyrn*? Redete ich wirklich mit ihm über *dieses* Thema?

»Wenn sie ständig so geil sind, warum können sie dann nicht einfach …« Ich deutete eine reibende Bewegung an meinem Schritt an, das universelle Masturbationssymbol.

»Inigo findet so Erleichterung, aber Lili oder Elic nicht. Elics Physiologie macht ihn sowieso besonders verwundbar. Er würde mit Sicherheit sterben, wenn er für längere Zeit keine menschlichen Frauen hätte. Es müssen Menschen sein – mit Follets kann er sich nicht paaren. Inigo und Lili würden wahrscheinlich wahnsinnig werden, wenn sie gezwungen wären, sehr lange keusch zu leben. Deshalb ist es unsere Pflicht als *ad-*

ministrateur, den Follets regelmäßig fleischliche Nahrung zu beschaffen. Das bedeutet hauptsächlich, Gäste ins Schloss zu holen, mit denen sie sexuell verkehren können.«

»Also den Zuhälter für sie zu spielen?«

Mein Vater bedachte mich mit einem frostigen Blick, aus dem ich schließen konnte, dass meine Bemerkung ihn wirklich wütend gemacht hatte. »Deine Wortwahl ist eine Beleidigung für mich und die Follets, die zu behüten eine heilige Berufung ist. Um richtig für sie sorgen zu können, musst du sie dir als Götter und Göttinnen vorstellen, die sich von sexueller Energie, einer natürlichen und schönen Lebenskraft, nähren.«

»Es tut mir leid, Daddy, ich wollte dich nicht beleidigen.« *Götter und Göttinnen* … Offensichtlich verlor er den Verstand. Das lag bestimmt an der Krankheit. Sein Gehirn bekam nicht genug Sauerstoff …

Milder gestimmt sagte er: »Ich weiß, dass man sich an die Vorstellung lebendiger Götter erst gewöhnen muss, weil heutzutage ja sowieso niemand mehr glaubt. Für mich sind die Follets ähnlich wie Prinzen und Prinzessinnen einer untergegangenen Monarchie. Sie haben zwar keinen offiziellen königlichen Status mehr, aber trotzdem fließt blaues Blut in ihren Adern.«

»Dad, äh …« Ich schüttelte verwirrt den Kopf. »Hast du mit Adrien über all das gesprochen?«

Er lächelte. »Was glaubst du, von wem ich das alles weiß? Als Adriens Eltern und mein Vater ums Leben kamen und ich den Posten als *administrateur* übernahm, wusste ich nur sehr wenig über die Follets oder den Stammbaum der Morels. Aber Adrien wusste alles. Er hatte es von seinem Vater und aus den schriftlichen Überlieferungen der früheren *gardiens* erfahren. Zurzeit ist er gerade dabei, die einzelnen Schriftstücke zu einem Gesamtwerk zusammenzufassen, der *Histoire Secrète de Grotte Cachée.*«

»Das hier?«, fragte ich und zeigte auf das Buch in meiner Hand.

»Wenn er fertig ist, werden es viele Bände sein, und das ist der erste. Aber Adrien hat nicht nur alles über die Geschichte dieses Ortes gelernt, er hatte spezielle Tutoren, die ihn auf seine priesterliche Berufung vorbereitet haben. Sie haben ihm dabei geholfen, seine Gabe zu erkennen und zu entwickeln.«

»Was für eine Gabe?«

»Eigentlich ist es ein ganzes Bündel außersinnlicher Fähigkeiten, die er von seinen Druiden-Vorfahren geerbt hat.«

»Außersinnlich? Wie bei Wahrsagern?«

»Er kann zwar keine Gedanken lesen, aber er kann die Aura von Menschen deutlich erkennen. Seine Träume vermitteln ihm außergewöhnliche Einsichten, und er beherrscht gewisse Zaubersprüche – in alter gallischer Mundart –, mit denen er, in Ermangelung eines besseren Wortes, zaubern kann. In alter Zeit hätte man ihn einen Seher genannt und ihn als Priester angesehen, deshalb bezeichnet er sich selbst und Menschen mit ähnlichen Gaben als Druiden und Druidinnen.«

»Wie Mom?« Ich verdrehte die Augen.

»Deine Mutter *ist* eine Druidin.«

Mir verschlug es die Sprache.

»Sie ist mit der Gabe geboren«, sagte er. »Das ist bei manchen Menschen so, für gewöhnlich, weil beide Eltern die Gabe besitzen, es ist nämlich ein rezessives Gen. Wenn nur ein Elternteil die Gabe hat, ist die Wahrscheinlichkeit gering, dass sie sich auf die Nachkommen überträgt. Bei deiner Mutter war auf jeden Fall das Problem, dass sie nie richtig ausgebildet worden ist wie Adrien. Sie kann mit ihren Gaben nicht umgehen, und sie sind mangelhaft entwickelt, aber sie spürt, dass sie da sind. Bei den meisten Menschen ist das nicht so, weil unsere Kultur zu arrogant und skeptisch ist, um anzuerkennen, dass manche Dinge über das Sichtbare hinausgehen. Im Allgemeinen kann bei dieser ablehnenden Einstellung selbst ein außergewöhnlich begabter Druide, der darauf trainiert ist, Auren zu lesen, sie nicht als Gleichgesinnte erkennen. Deshalb hat sich deine Mutter auch so auf diesen ganzen Hokuspokus mit Tarot-Karten und Kristallkugeln eingelassen.«

»Ach ja, das ist also *Hokuspokus*, aber dein Gerede von Satyrn, Elfen und Dschinn …«

Erneut bekam er einen Hustenanfall, dann lehnte er sich erschöpft zurück. »Lies das Buch, Isabel. Darin steht alles, was du wissen musst.«

5

Und so berichte ich, Brantigern Anextlomarus, die Legende unseres Volkes, nicht für römische Augen noch für jedermanns Augen bestimmt, nur für die Götter und Göttinnen allein. Unsere Riten und Geheimnisse sind stets vor denen bewahrt worden, die unsere Götter verbrennen und unsere Wahrheiten verspotten würden. Auf ewig soll es so sein.

So schloss meine Nachmittagslektüre, Band I von Adriens *Histoire Secrète de Grotte Cachée*, in der der Druide Brantigern vom Glauben und von der Geschichte seines keltischen Volksstammes erzählt, der die gallischen Kriege und die römische Besatzung in seiner Ansiedlung im Tal überstanden hat.

Ich klappte das Buch zu und legte es auf meinen Schoß. Sorgsam hielt ich es fest, damit es nicht in das Becken des Badehauses fiel, an dessen Rand ich saß und die Beine im Wasser baumeln ließ. Das Buch war faszinierend, aber auch ein wenig beunruhigend, vor allem der Teil über die Stammesangehörigen, die als Hüter für »Götter« dienten, die ich aus dem täglichen Umgang kannte. Zuerst war Darius da gewesen, ihr »Gott des Feuers« aus einem unbekannten, fremden Land, der jahrhundertelang tief in ihrer »verzauberten Höhle« gelebt hatte. Dann kam Elic, ein »freundlicher Dusios aus dem Norden«, und schließlich Inigo, der den römischen Eroberern Modell für die Statuen im Badehaus gestanden hatte. Lili wurde nirgendwo erwähnt. Sie musste später gekommen sein.

Die Geschichte selbst mochte sorgfältig recherchiert sein, aber diese Sache mit Darius, Elic und Inigo … es ging nicht darum, dass der Stamm Götter anbetete, davon gab es schließlich Dutzende. Aber diese speziellen Götter lebten immer noch in Grotte Cachée. Ich hatte sie kennengelernt, du liebe Güte. Sollte ich ernsthaft glauben, dass sie keine Menschen waren, sondern göttliche, sexbesessene Wesen, die Tausende von Jahren alt waren?

»Du hast deinen Vater angelogen.«

Ich drehte mich um. Adrien stand im Eingang, in einem silbergrauen Anzug, einer Krawatte in derselben Farbe. Die Hände hatte er in die Taschen gesteckt. Anscheinend war er gerade von seinem Termin in Lyon zurückgekommen. Unwillkürlich fragte ich mich, wie lange er dort schon gestanden haben mochte.

»Du hast gar nicht die Absicht, ihm als *administrateur* nachzufolgen«, schalt er mich sanft. »Das hast du ihm nur gesagt, um ihn zu beruhigen.«

»Was macht dich da so sicher?«

»Ich war nicht so sicher, bis ich dich hier gesehen habe. Ich muss zugeben, dass ich erleichtert bin. Es ist das Beste so.« Er blickte auf das Buch, während er sein Jackett ablegte. »Ein bisschen viel, um es auf einmal zu verdauen, was?«

Er wirkte entspannt und beherrscht, als versuche er auszublenden, was genau hier am Tag zuvor passiert war. Gestern war es mir schon schwergefallen, ihn anzusehen, aber heute war es geradezu eine Qual.

Ich hob das Buch und sagte: »Was ist das eigentlich? Ein mehrbändiger Fantasy-Roman, der tatsächliche historische Ereignisse mit mythologischen …«

»Es ist keine Fiktion.« Adrien nahm eine Schachtel Sobranie Black Russians und ein goldenes Feuerzeug aus der Innentasche seines Jacketts, bevor er es über die Rückenlehne eines schmiedeeisernen Stuhls hängte. Er setzte sich und lockerte seine Krawatte.

»Ach, willst du behaupten, es sei alles wahr? Selbst der Teil mit den Follets?« Adrien bildete sich das wahrscheinlich alles nur ein, und mein früher so rationaler Vater hatte sich irgendwie komplett hineinziehen lassen. Aber war es angesichts seiner angegriffenen Gesundheit und des Wissens, dass Stress seinen Zustand nur noch verschlimmerte, überhaupt ratsam, es ihm ausreden zu wollen? Vielleicht sollte ich ihn einfach glauben lassen, was er glaubte.

»Das Buch ist ein nüchterner, auf Tatsachen basierender Bericht über Leben und Geschichte der Vernae, geschrieben von Brantigern, dem Protektor«, sagte Adrien. »Ich habe ihn nur aus dem Gallischen ins Französische übersetzt, und dein Vater hat den Text nach und nach ins Englische übertragen.«

»Bereitet es dir keine Sorgen, dass eine reine ›Zivilistin‹ an dieses ach so geheime Dokument gekommen ist?«, fragte ich.

»Du würdest niemals ausplaudern, was du hier erfahren hast«, sagte Adrien mit ruhiger Gewissheit.

»Woher willst du das wissen? Von meiner Aura?«

»Ich weiß das, weil du zuverlässig und vertrauenswürdig bist und deinen Vater viel zu sehr liebst, als dass du das verraten würdest, was ihm wichtig ist. Auch nicht nach seinem Tod.«

»Du erzählst ihm doch nicht, dass ich nicht wirklich vorhabe, seine Nachfolge anzutreten, oder? Er ist so krank. Er braucht nicht ...«

»Nein, natürlich nicht. Aber es ist gut, dass *ich* es weiß. Dann kann ich mich um einen Ersatz kümmern. Du erlaubst?«, fragte er und nahm eine Zigarette aus der Schachtel.

Ich nickte. »Und sag ihm auch nicht, dass du von seiner Krankheit weißt – bitte. Er muss es dir von sich aus sagen. Er ist so zurückhaltend, so stolz und gefasst.«

Adrien zündete die schwarze Zigarette mit dem goldenen Mundstück an und sagte, nachdem er den ersten Zug inhaliert hatte: »Ich habe schon vor über einem Jahr gemerkt, dass mit deinem Vater etwas nicht in Ordnung war, weil seine Aura dunkler wurde. Ein- oder zweimal machte ich eine beiläufige Bemerkung, aber er wehrte ab, und so schwieg ich. Ich kenne ihn gut genug, um zu wissen, wann ich den Mund halten muss.«

»Ich bin dir sehr dankbar dafür.« Ich blickte auf meine Armbanduhr und sagte: »In einer knappen Stunde muss ich zum Flughafen aufbrechen. Da Dad nicht mehr so viel reisen darf, möchte ich ihn gerne alle paar Wochen besuchen kommen, wenn das für dich in Ordnung ist.«

Adrien ließ seine Zigarette sinken. In seinen Augen stand eine Spur von Qual und Verzweiflung. »Es tut mir weh, dass du das noch fragst …« Er senkte den Blick und schüttelte leicht den Kopf, als wolle er sich ermahnen, nicht zu viel preiszugeben. Dann blickte er wieder auf und sagte: »Du bist hier immer willkommen, Isabel. Immer. Du brauchst nie zu fragen.«

Ich nickte und wandte den Blick ab. Er rauchte schweigend.

Nach einer Weile wies er auf den Höhleneingang in dem zerklüfteten Felsgesicht, das die Rückwand des Badehauses bildete. »Wie lange drehen sie dort schon?«

»Sie waren schon drin, bevor ich hierhergekommen bin, also über eine Stunde.«

»Ich sollte mal nach ihnen sehen. Dein Vater wollte sich eigentlich darum kümmern, aber ich wusste ja, dass es viel zu anstrengend für ihn gewesen wäre, vom Schloss hierher zu laufen.«

Er blickte zur Höhle, die Augen leicht zusammengekniffen, als ob er sich konzentrieren müsse. Dann lächelte er und sagte: »Sieht so aus, als ob das kleine Projekt zu Ende wäre.«

»Was, kannst du etwa wie Superman durch Felswände sehen?«

»Nicht durch Felswände, nein, und ganz bestimmt nicht auf diese Entfernung. Sie sind noch ziemlich weit in der Höhle, kommen aber in unsere Richtung. Stimmen kann man auf sehr große Entfernungen hören, durch alle möglichen Materialien.«

»Okay, Adrien, Dad hast du anscheinend dazu gebracht, mit dir Dämonen und Druiden zu spielen, aber ich bin für Zaubertricks nicht so empfänglich – vor allem nicht für solche, die überhaupt nichts beweisen.«

»Wie findest du diesen hier?« Adrien schwenkte die Hand und sagte: *»Uediju rowero gutu.«*

»... du hast die USB-Sticks verloren? Du hast die verdammten USB-Sticks verloren?«

»Ich habe sie nicht verloren, Larry. Ich habe sie gestern Abend in meine Kameratasche gepackt, wie immer, aber heute Morgen waren sie weg. Ich wollte schon in den Ort fahren und neue holen, aber ...«

»Warum zum Teufel hast du es dann nicht gemacht?«, schrie Larry. *»Das ist unsere einzige verfluchte Möglichkeit zur Sicherung!«*

»Weil du mich den ganzen Tag hinter der verfluchten Kamera gebraucht hast!«

»Wir sind am Arsch! Wir sind völlig am Arsch! Weißt du eigentlich, wie verdammt völlig am Arsch wir sind?«

Adrien wedelte erneut mit der Hand. Das Gespräch verstummte, als habe man es ausgestellt.

»Wie hat dir dieser Trick gefallen?«, fragte er.

»Das war schon viel besser«, antwortete ich benommen.

»Larry hat also die Hosen voll, weil der elektromagnetische Vortex in der Höhle alle digitalen Bilder in den Kameras und seinem Laptop gelöscht hat, als er die Szene am Kristallbecken gefilmt hat. Er hat das Filmmaterial zwar auf zwei USB-Sticks gesichert, aber sie scheinen verschwunden zu sein. Alles, was er gefilmt hat, seit er hier ist, ist weg.« Er zog an seiner Zigarette. »*C'est la vie.*«

»Ein elektromagnetischer Vortex?«

»Du hast doch von den Vortices in Sedona, Arizona, und am Macchu Picchu gehört?«

Ich nickte.

»Sie werden häufig mit Vulkanen in Verbindung gebracht, oder auch mit magnetischen Meteoriten, die in der Erde vergraben sind. Im Fall von Grotte Cachée handelt es sich zufällig um einen Meteoriten, der direkt unter einem erloschenen Vulkan liegt.« Er wies mit dem Kopf zur Felswand. »Je tiefer man in die Höhle eindringt, desto stärker wird die Wirkung des Vortex.«

Ich war immer noch ganz benommen von Adriens Demonstration mit den Stimmen. »Du wusstest also, dass alles Filmmaterial gelöscht wird, wenn er in der Höhle dreht«, sagte ich. »Und ich nehme an, es ist kein Zufall, dass die USB-Sticks verschwunden sind.«

Adrien zuckte mit den Schultern, lächelte und drückte seine Zigarette aus.

»Natürlich«, sagte ich. »Die Follets bekommen eine neue Form ›fleischlicher Nahrung‹, ohne ihre Intimsphäre preiszugeben und an die Öffentlichkeit zu gehen. Sehr clever von dir, *mon seigneur.*«

»Dein Vater hat sich das ausgedacht. Ich wäre wahrscheinlich nicht von selbst auf die List mit dem Vortex gekommen.«

»... was zum Teufel sollen wir denn Archer sagen, wenn er fragt, wo sein Film ist?« Das war Larry Parents Stimme, die sich jetzt tatsächlich aus der Höhle näherte. »Oh, mein Freund, wir sind echt am Arsch.«

»*Bonjour*«, grüßte Adrien, als Larry mit seiner Crew, Inigo und Juicy Fisher aus der Höhle auftauchte. Sie mussten sich ducken, um durch die niedrige Öffnung zu kommen.

Larry schickte die anderen weiter und trat mit grimmiger

Miene auf Adrien zu. »Hey, Mr. Morel. Ist, äh, Mr. Archer in der Nähe?«

»Wenn es um das Filmmaterial geht, das aus Kameras und Laptop verschwunden ist, können Sie das auch mit mir besprechen.«

Larry starrte ihn mit offenem Mund an. »Sie wissen es schon?«, sagte er erstaunt.

»Ich habe es gehört.«

Larry blickte zur Höhle und sagte: »Ja, aber …«

»Tief in der Höhle ist ein elektromagnetischer Vortex«, erklärte Adrien. »Wir hätten Sie warnen sollen, bevor Sie dort gedreht haben. Es ist allein unsere Schuld.«

»Das ist … nun, das ist wirklich sehr verständnisvoll von Ihnen, aber, äh …«

»Aber es bekümmert Sie, dass Sie ein kreatives Produkt verloren haben, in das Sie so viel Zeit und Mühe gesteckt haben.«

Ich sah Larry an, dass er am liebsten heftig reagiert hätte, aber er riss sich zusammen und erwiderte: »Ja, genau. Das ist ein Punkt, aber da ist auch … Ich meine, ich will hier nicht so geschäftsmäßig klingen, schließlich bin ich ein Künstler und so, aber …«

»Sie befürchten, dass wir Ihren unabhängigen Film nicht finanzieren, weil Sie jetzt nichts mehr vorzuweisen haben. Aber bitte, machen Sie sich in dieser Hinsicht keine Gedanken, Mr. Parent. Ich glaube, ich kann ohne Weiteres für Mr. Archer sprechen, wenn ich Ihnen sage, dass dieses kleine Missgeschick Ihre Bezahlung in keiner Weise tangiert.«

»*Wirklich?*«

»Wie bereits erwähnt, die Schuld liegt einzig und allein bei uns.«

Als Larry gegangen war, sagte ich zu Adrien: »Und ich habe mir schon Sorgen gemacht, dass Dad nicht mehr ganz bei sich ist. Aber jetzt glaube ich eher, ich bin diejenige.«

Adrien beugte sich vor. »Wie kommst du darauf?«

Einen Moment lang kaute ich auf meiner Unterlippe. »Diese Klangverstärkung, war das real?«

»Ja.«

»Und … und Elic, Lili, Inigo und Darius …«

»Sind Follets. Und das ist nicht ihr Nachname.«

Ich schüttelte den Kopf. »Verdammter Mist.«

»Hat dir schon mal jemand gesagt, dass du fluchst wie ein Bierkutscher?«

»Dann ist also Darius wirklich eine Katze?«

»Wenn er will.«

»An jenem Abend, in meinen Weihnachtsferien damals, als wir vor dem Kamin im Rittersaal gesessen haben, da ist doch diese Katze hereingekommen und hat mich so lange angestarrt, bis ich ins Bett gegangen bin …«

Er nickte. »Das war Darius. Er, äh, nahm seine menschliche Gestalt an, als du gegangen warst, und hat ein kurzes Gespräch über Pflichtbewusstsein mit mir geführt. Er war nicht streng, er war sogar sehr freundlich, aber er fragte mich, ob ich mich ›auf etwas Ernstes einlassen wollte‹ mit jemandem, den ich nie … na ja.«

Er erhob sich, nahm ein Handtuch von dem Stapel auf der Bank und brachte es mir. »Hier, trockne dir die Füße ab! Sie müssen ja mittlerweile ganz verschrumpelt sein.«

»Danke.« Ich legte das Buch beiseite, zog die Beine aus dem Wasser und ergriff das Handtuch.

Adrien hockte sich neben mich, nahm das Buch und sagte: »Hast du es ganz gelesen?«

Ich nickte und rieb mir Unterschenkel und Füße trocken.

»Dann weißt du auch, wie wichtig es für das Wohlergehen der Follets ist, dass ihre *gardiens* Druiden sind – dass sie also die Gabe besitzen. Jeder *gardien* seit Brantigern hat die Gabe gehabt, weil jeweils beide Elternteile sie besaßen. Als ich die

Histoire Secrète zusammengestellt habe, bin ich häufiger auf Fälle gestoßen, in denen ein *gardien* aus einer heiligen Pflicht heraus die Frau, die er liebte, zurückgewiesen und stattdessen die Frau mit der Gabe geheiratet hat, die für ihn ausgewählt worden war.«

Ich blickte auf. »Das ist … Mein Gott, Adrien, das ist so traurig.«

Er sah zu Boden.

Ich fuhr fort: »Es ist ja so, als ob die *gardiens* Sklaven wären. Sie leben in einem Käfig aus Tradition und Pflicht und sind Gefangene in diesem verdammten Château.«

»Wie meine Vorfahren bin auch ich dazu erzogen, mein Leben *dibu e debu* zu widmen – den Göttern und Göttinnen. Sie kommen immer an erster Stelle. Sie sind mein Daseinszweck.«

»Und wer wählt die Ehefrauen aus?«, fragte ich.

»Wie bei jeder arrangierten Ehe für gewöhnlich die Eltern. Wenn die Eltern tot sind, fällt diese Aufgabe dem *administrateur* des *gardien* zu. Er – oder sie – ist im Allgemeinen weit gereist und hat Verbindungen in der ganzen Welt, während der *gardien* eher zu Hause bleibt.«

Ich stand auf und faltete das feuchte Handtuch, um meine Hände zu beschäftigen. »Dann, äh, sucht mein Vater also eine Frau für dich?«

Auch er stand auf. »Seit einiger Zeit schon, aber Frauen mit der Gabe sind schwer zu finden. Vielleicht hat mein nächster *administrateur* mehr Glück.«

Kein Wunder, dass er erleichtert war, als ich zugegeben hatte, meinem Vater auf den Posten nicht nachfolgen zu wollen. Mir war die Kehle wie zugeschnürt. Ich holte tief Luft und sagte mit erzwungener Jovialität: »Gott, Adrien, dein Leben ist wirklich mittelalterlich. Ich könnte das nicht aushalten. Da kann ich ja froh sein, dass aus uns nie … ›etwas Ernstes‹ wird.«

»Lügnerin«, sagte er leise.

Ich blickte ihn an.

»Ich kann deine Aura sehen«, erinnerte er mich.

»Das ist nicht fair«, erwiderte ich mit rauer Stimme. »Ich kann deine nicht sehen.«

»Das ist wahrscheinlich auch gut so.«

»Sei vorsichtig, wenn du zum Flughafen fährst«, sagte mein Vater, während Adrien meinen kleinen Rollkoffer in den Kofferraum des Wagens hob. Er blickte zum rosig verfärbten Himmel. »Hier wird es schnell dunkel. Die Berge schlucken die Sonne.«

»Ich bin eine gute Fahrerin, ob am Tag oder in der Nacht«, erwiderte ich. »Mach dir keine Sorgen.«

»Er hat recht«, warf Adrien ein. »Du bist das Fahren auf den Bergstraßen nicht gewohnt, und im Dunkeln …«

»Ich komme schon klar, Jungs. Ach du liebe Güte.« Ich blickte auf die Uhr. »Ich muss los. Eigentlich sollte ich schon fast da sein.«

»Dann fahr jetzt«, sagte mein Vater. »Damit du nicht am Ende noch deinen Flug verpasst.«

»Tschüs, Dad.« Wie immer küssten wir uns auf die Wange. Ich mag es mir ja eingebildet haben, aber ich hatte das Gefühl, er hielte meine Schultern einen Augenblick länger fest als sonst.

»Adrien.« Ich streckte die Hand aus. Er schüttelte sie. Es war quälend höflich.

»Lass dir nicht wieder neunzehn Jahre Zeit, bevor du das nächste Mal kommst«, sagte er.

»Nein, bestimmt nicht.«

Er öffnete mir die Autotür. Ich stieg ein, hauchte meinem Vater einen Kuss zu und fuhr davon.

Er hatte recht gehabt. Die Sonne ging tatsächlich schnell unter. Als ich den langen Kiesweg entlangfuhr, der aus dem

Tal herausführte, wurde der Himmel violett und dann zartblau mit einem ganz schwachen Streifen Indigo am Horizont.

Ich blickte in den Rückspiegel. Das Schloss, das mir immer so dunkel und abweisend erschienen war, leuchtete jetzt bronzefarben vor diesem fast überirdischen Himmel. Eine einzelne Gestalt stand auf der Zugbrücke und blickte mir nach: Adrien.

Ich behielt ihn im Auge, bis die Straße eine Kurve machte und das Schloss nicht mehr zu sehen war.